HEYNE <

ANNA TODD

NOTHING *more*

Roman

Band 6 der AFTER-Serie

Aus dem Amerikanischen von
Anja Mehrmann und Sabine Schilasky

WILHELM HEYNE VERLAG
MÜNCHEN

Die Originalausgabe *Nothing More* erschien bei Gallery Books,
a division of Simon & Schuster Inc., New York

FSC
www.fsc.org
MIX
Papier | Fördert gute Waldnutzung
FSC® C083411

Penguin Random House Verlagsgruppe FSC® N001967

10. Auflage
Deutsche Erstausgabe 10/2016

Redaktion: Catherine Beck
Umschlaggestaltung: Zero Werbeagentur, München
Umschlagabbildung: © FinePic, München
Satz: Leingärtner, Nabburg
Druck und Bindung: CPI books GmbH, Leck
Printed in the EU
ISBN: 978-3-453-41970-4

www.heyne.de

Playlist Landon

Kevin Garrett – Come Up Short
James Bay – Let It Go
Kings of Leon – Closer
Kevin Garrett – Pushing Away
The Weeknd – As You Are
John Mayer – Edge Of Desire
The Lumineers – In The Light
Halsey – Colors
Little Mix – Love Me Or Leave Me
Halsey – Gasoline
Birdy – All You Never Say
Kelly Clarkson – Addicted
The Weeknd – Acquainted
Zayn – Fool For You
John Mayer – Assassin
Without – Years & Years
One Direction – Fool's Gold
Adele – Love In The Dark
Halsey – Hurricane
Kevin Garrett – Control
Zayn – It's You
The 1975 – A Change Of Heart
Taylor Swift – I Know Places

1

Mein Leben ist ziemlich einfach, es gibt kaum Komplikationen. Ich bin glücklich, das wissen alle.

Morgens sind meine ersten Gedanken:

Hier ist es gar nicht so voll, wie ich dachte.

Hoffentlich hat Tessa heute frei, damit wir zusammen abhängen können.

Mom fehlt mir.

Ja, ich bin im zweiten Studienjahr an der New York University, aber meine Mom ist trotzdem eine meiner besten Freundinnen.

Ich vermisse mein Zuhause, darum hilft es mir so, Tessa in der Nähe zu haben; sie ist hier meine Familie.

Ich weiß, dass viele Studenten von zu Hause wegziehen und es gar nicht erwarten können, ihre Heimatstadt hinter sich zu lassen, aber bei mir ist das anders. Zufällig gefiel es mir in meiner, auch wenn ich dort nicht aufgewachsen bin. Bei meiner Bewerbung für die NYU hatte ich einen Plan, nur ging der nicht so auf wie gedacht. Ich wollte hierherziehen und mir eine Zukunft aufbauen, gemeinsam mit Dakota, mit der ich seit der Highschool zusammen war. Ich wäre nie auf den Gedanken gekommen, dass sie am College als Single durchstarten wollte.

Ich war völlig fertig und bin es immer noch, aber ich wünsche ihr, dass sie glücklich ist – notfalls auch ohne mich.

Der September ist hier kühl, doch im Gegensatz zu Washington regnet es kaum. Das ist immerhin schon mal etwas.

Auf dem Weg zur Arbeit checke ich mein Telefon, so wie ich es ungefähr fünfzig Mal pro Tag tue. Mom ist schwanger, und ich bekomme eine kleine Schwester – falls irgendwas ist, möchte ich schnell einen Flieger nehmen und da sein können. Nur zur Sicherheit. Meine Mom und Ken wollen sie Abigail nennen, und ich kann es kaum erwarten, die Kleine kennenzulernen. Mit Babys hatte ich eigentlich noch nie zu tun, aber die kleine Abby ist mir schon jetzt das Liebste auf der ganzen Welt. Bis jetzt hat Mom aber nur Fotos von den unglaublichen Sachen geschickt, die sie in der Küche zaubert.

Es gibt Schlimmeres, aber hey: Mir fehlt ihr Essen!

Auf den Straßen ist ziemlich viel los. An einer Kreuzung warte ich in einem Pulk Menschen: viele Touristen mit schweren Kameras um den Hals. Ich muss lachen, als ein Junge im Teenageralter ein riesiges iPad hochhält, um ein Selfie zu machen.

So was werde ich nie kapieren.

Die Ampel wechselt zu Gelb, und dann blinkt es endlich grün. Ich drehe meine Musik lauter.

Hier draußen habe ich fast immer Kopfhörer drin. Die Stadt ist viel lauter, als ich erwartet hatte, und ich halte es besser aus, wenn ich den Lärm ausblende oder zumindest mit Klängen färbe, die ich mag.

Heute ist es Hozier.

Sogar bei der Arbeit trage ich Kopfhörer – wenigstens in einem Ohr, damit ich noch die Kaffeebestellungen verstehe, die man mir zuschreit. Allerdings lenken mich heute zwei Männer ab. Beide tragen Piratenkostüme und brüllen sich gegenseitig an. Und als ich in den Laden komme, renne ich in Aiden hinein, den unangenehmsten meiner Kollegen.

Er überragt mich ein ganzes Stück und hat dieses weißblonde Haar, das ihn wie Draco Malfoy aussehen lässt, deshalb finde ich ihn irgendwie unheimlich. Neben der Draco-Ähnlichkeit ist er auch noch widerlich. Zu mir ist er nett, doch mir entgeht nicht, wie er die Studentinnen ansieht, die ins Grind kommen. Bei denen benimmt er sich, als wären wir in einem Club und nicht in einem Café.

Wie er auf sie herablächelt, mit ihnen flirtet und sie mit seinem Blick bedrängt, finde ich ziemlich abstoßend. Tatsächlich sieht er nicht mal besonders gut aus, doch wenn er ein bisschen netter wäre, würde ich das vielleicht anders sehen.

»Aufpassen, Alter«, murmelt Aiden und knallt mir die Hand auf die Schulter, als wären wir auf einem Footballfeld.

Heute schafft er es in Rekordzeit, mich zu nerven, aber ich schüttle das ab und gehe nach hinten, um mir meine gelbe Schürze umzubinden und noch mal mein Handy zu checken. Nachdem ich meine Karte abgestempelt habe, mache ich mich auf die Suche nach Posey. Ich soll sie für ein paar Wochen einarbeiten. Posey ist nett und still, aber fleißig, und ich mag es, dass sie immer den Gratis-Cookie nimmt, den wir ihr geben, damit sie sich bei uns wohlfühlt. Die meisten Neuen lehnen ihn ab, aber Posey hat diese Woche jeden Tag einen gegessen: Schoko, Schoko-Macadamia, Zucker und irgendein komisches grünliches Ding, wahrscheinlich ein glutenfreier Biokeks.

»Hi«, sage ich lächelnd. Sie lehnt an der Eismaschine, hat sich das Haar hinter die Ohren gestrichen und liest die Rückseite einer Kaffeepackung. Nachdem sie kurz zu mir aufgeblickt und mich angelächelt hat, liest sie weiter.

»Mir leuchtet immer noch nicht ein, wieso sie fünfzehn Dollar für so eine kleine Packung Kaffee verlangen«, sagt sie und wirft mir die Tüte zu.

Ich fange sie knapp, und sie droht mir durch die Hände zu flutschen, aber ich halte sie fest. »*Wir*«, korrigiere ich lachend und stelle die Packung zurück auf den kleinen Tisch. »Wir verlangen das.«

»Ich arbeite noch nicht lange genug hier, um von ›wir‹ zu reden«, kontert sie, zieht das Haarband von ihrem Handgelenk und bindet sich ihr rotbraunes Haar zusammen. Es ist eine Menge Haar, und Posey bindet es sorgfältig hoch, bevor sie mir mit einem Nicken signalisiert, dass sie bereit ist.

Sie folgt mir nach vorn in den Laden und wartet an der Kasse. Diese Woche hat sie gelernt, Bestellungen anzunehmen, als Nächstes wird sie die Getränke machen. Ich nehme am liebsten Bestellungen an, weil ich lieber mit den Leuten rede, als mir die Finger an der Espressomaschine zu verbrühen, wie es mir praktisch fast jede Schicht passiert.

Während ich noch alles an meiner Station klarmache, bimmelt die Türglocke. Ich sehe zu Posey rüber, ob sie schon so weit ist, und natürlich ist sie bereit, die morgendlichen Koffeinsüchtigen zu empfangen. Zwei Mädchen kommen laut quatschend auf den Tresen zu. Eine der Stimmen geht mir sofort durch und durch. Ich sehe hin: Ja, es ist Dakota. Sie trägt einen Sport-BH, weite Shorts und grellbunte Turnschuhe. Anscheinend kommt sie vom Laufen, denn für den Tanzunterricht wäre sie anders angezogen. Dann hätte sie einen Body und engere Shorts an … und würde genauso gut aussehen. Wie immer.

Dakota war seit Wochen nicht hier, und es überrascht mich, sie jetzt zu sehen. Es macht mich sogar so nervös, dass meine Hände anfangen zu zittern und ich mich dabei ertappe, wie ich völlig grundlos auf dem Computer herumtippe. Ihre Freundin Maggy entdeckt mich als Erste. Sie tippt Dakota an, und Dakota dreht sich mit einem strahlenden Lächeln zu mir um. Ihre Haut ist von einem zarten Schweißfilm bedeckt, und ihre schwarzen Locken sind zu einem losen Knoten gebunden.

»Ich hatte gehofft, dass du heute arbeitest«, sagt sie und winkt erst mir, dann Posey zu.

Hat sie? Ich weiß nicht, wie ich das verstehen soll. Ja, wir hatten uns darauf geeinigt, Freunde zu bleiben, aber ich weiß nicht, ob das hier wirklich nur freundschaftliches Geplauder ist oder mehr.

»Hi, Landon.« Maggy winkt mir ebenfalls zu.

Ich lächle beide an und frage, was sie möchten.

»Iced Coffee mit Sahne«, antworten sie im Chor. Sie sind auch fast gleich angezogen, nur dass Maggy von Dakotas glänzender Karamellhaut und den leuchtenden braunen Augen übertrumpft wird.

Wie ferngesteuert nehme ich zwei Becher und tauche sie routiniert in den Eiskübel. Dann greife ich nach dem Krug mit abgekühltem Kaffee und gieße ihn ein. Dakota beobachtet mich, das spüre ich. Irgendwie komme ich mir linkisch vor, und als ich merke, dass auch Posey mir zusieht, wird mir bewusst, dass ich ihr erklären könnte – nein, *sollte* –, was ich hier mache.

»Den gießt du über das Eis. Die Abendschicht bereitet den Kaffee vor, damit er abkühlen kann, sonst würde das Eis natürlich sofort schmelzen«, sage ich.

Das sind eigentlich Grundlagen, und ich komme mir schon fast blöd dabei vor, dass ich es vor Dakota erläutere. Nicht dass wir zerstritten wären oder so; wir hängen nur nicht mehr zusammen rum und reden nicht mehr so wie früher. Sie war vor mir in New York City, mit neuen Freunden in einer neuen Umgebung, und ich wollte sie nicht ausbremsen. Also habe ich mein Versprechen gehalten, und wir sind Freunde geblieben. Immerhin kenne ich sie seit Jahren und werde sie immer sehr mögen. Sie war meine zweite Freundin und meine erste richtige Beziehung. Derzeit mache ich immer mal was mit So – sie ist drei Jahre älter als ich, doch wir sind im Grunde nur befreundet. Sie ist auch nett zu Tessa und hat ihr geholfen, einen Job in dem Restaurant zu bekommen, in dem sie jetzt arbeitet.

»Dakota?« Aidens Stimme übertönt mich, als ich die beiden fragen will, ob ich noch mehr Sahne draufgeben soll.

Verwirrt beobachte ich, wie Aiden über den Tresen hinweg nach Dakotas Hand greift. Er hebt sie in die Höhe, und mit einem strahlenden Lächeln dreht sie sich vor ihm.

Dann rückt sie mit einem flüchtigen Blick zu mir ein wenig von ihm weg und sagt betont sachlich: »Ich wusste gar nicht, dass du hier arbeitest.«

Ich sehe zu Posey rüber, um mich abzulenken. Dann starre ich auf den Aushang an der Wand hinter ihr. Es geht mich wirklich nichts an, mit wem Dakota befreundet ist.

»Hatte ich das letzte Nacht nicht erwähnt?«, fragt Aiden, und ich huste, um den Laut zu kaschieren, den ich unwillkürlich von mir gegeben hatte.

Zum Glück scheint es niemand außer Posey zu merken, und die gibt sich wirklich Mühe, ihr Grinsen zu verbergen.

Ich sehe Dakota nicht an, obwohl ich spüre, dass ihr die Situation unangenehm ist. Sie schenkt Aiden dasselbe Lachen wie vor einem Jahr meiner Grandma, als sie ihr Weihnachtsgeschenk ausgepackt hat. Dieser hohe Laut … Dakota hat meine Grandma so glücklich gemacht, als sie über den kitschigen singenden Fisch auf dem Brett aus Holzimitat gelacht hat! Als sie gleich noch mal lacht, wird mir klar, dass sie sich ziemlich unwohl fühlt. Um die Situation zu entspannen, reiche ich ihr lächelnd die beiden Becher und sage, dass ich sie hoffentlich bald wiedersehe.

Noch ehe sie antworten kann, lächle ich wieder, gehe ins Hinterzimmer und drehe die Lautstärke meiner Kopfhörer höher.

Ich warte, dass die Türglocke wieder läutet und mir verrät, dass Dakota und Maggy weg sind, da geht mir auf, dass ich es über den Lärm des gestrigen Hockeyspiels in meinem Ohr gar nicht hören würde. Selbst mit nur einem Ohrstöpsel in meinem Ohr würden die jubelnde Menge und das Knallen der Schläge die alte Messingglocke übertönen. Ich gehe wieder nach vorn und sehe, wie Posey die Augen verdreht, als Aiden ihr vorführt, wie toll er Milch aufschäumen kann. Mit der Dampfwolke vor seinem weißblonden Haar sieht er absurd aus.

»Er hat gesagt, dass sie zusammen studieren, an dieser Tanzakademie«, flüstert Posey mir zu.

Ich erstarre und sehe Aiden an, der nichts mitbekommt. Sicher ist er ganz in seiner eigenen coolen Welt. »Hast du ihn gefragt?« Ich habe Angst davor, wie seine Antworten auf andere Fragen zu Dakota ausfallen könnten.

Posey nickt und greift nach einem Metallkännchen, um es auszuspülen. Ich folge ihr zur Spüle, und sie dreht den Hahn auf. »Ich habe gesehen, wie du reagiert hast, als er ihre Hand gehalten hat, also dachte ich, ich frage einfach mal, was zwischen ihnen läuft«, erklärt sie mit einem Schulterzucken, bei dem sich ihre dichte Lockenmähne mitbewegt.

Ihre Sommersprossen sind außergewöhnlich hell und sprenkeln ihre oberen Wangen und den Nasenrücken. Sie hat sehr volle Lippen – fast einen Schmollmund – und ist beinahe so groß wie ich. Das alles ist mir schon am dritten Tag aufgefallen, als ich sie angelernt habe. Da hatte ich das Gefühl, dass bei ihr Interesse aufgeflackert ist.

»Ich war mal eine Zeit lang mit ihr zusammen«, gestehe ich meiner neuen Freundin und reiche ihr ein Geschirrtuch, damit sie das Kännchen abtrocknen kann.

»Oh, ich glaube nicht, dass sie zusammen sind. Sie wäre ja irre, was mit einem Slytherin zu haben.« Als Posey grinst, werde ich rot, und wir lachen beide.

»Das ist dir auch aufgefallen?«, frage ich.

Unwillkürlich greife ich nach einem Pistazien-Pfefferminz-Cookie und biete ihn ihr an.

Grinsend nimmt sie den Cookie und hat die Hälfte schon gegessen, bevor ich die Dose wieder geschlossen habe.

2

Als meine Schicht zu Ende ist, logge ich mich aus und nehme zwei Becher von der Theke, um die beiden Getränke für den Feierabend zuzubereiten: zwei Macchiatos, einen für mich und einen für Tessa. Allerdings keinen gewöhnlichen Macchiato, sondern einen mit drei Schuss Haselnuss und ein paar Tropfen Bananensirup extra. Klingt widerlich, aber man glaubt gar nicht, wie gut das schmeckt. Irgendwann habe ich zufällig die Flaschen mit Vanille und Banane verwechselt, und inzwischen ist dieser Zufallsmix mein Lieblingsgetränk. Und Tessas. Und jetzt auch Poseys.

Damit wir Studenten uns auch gut ernähren, besorge ich die Erfrischungen, und Tessa bringt fast jeden Abend Reste für das Dinner aus dem *Lookout* mit, dem Restaurant, in dem sie arbeitet. Manchmal ist das Essen noch warm, aber es ist so gut, dass man es auch kalt noch essen kann. Trotz unseres schmalen Budgets schaffen wir es, guten Kaffee zu trinken und Gourmetgerichte zu essen, das haben wir also ziemlich cool hinbekommen.

Tessa hat heute die Spätschicht, darum lasse ich mir beim Zuschließen Zeit. Nicht dass ich es ohne sie zu Hause nicht aushalte, aber es gibt einfach keinen Grund, warum ich mich beeilen sollte. Außerdem wird mich die Arbeit davon abhalten, allzu genau über Dakota und den Slytherin-Typen nachzudenken. Manchmal mag ich die Stille einer leeren Wohnung, aber ich habe noch nie allein gelebt, und oft treiben mich das Summen des Kühlschranks und das Klopfen in den Leitungsrohren an den Rand des Wahnsinns. Dann erwische ich mich dabei, dass ich auf die Geräusche eines Footballspiels warte, wie sie immer aus dem Arbeitszimmer meines Stiefvaters kamen, oder auf den Duft nach Ahornsirup aus Moms Küche. Mit den Seminaraufgaben für diese Woche bin ich schon fertig. Die ersten Wochen meines zweiten Studienjahrs sind ganz anders gelaufen als das letzte Jahr. Ich bin froh, dass ich die langweiligen Pflichtkurse für Erstsemester hinter mir habe und jetzt mit meiner Ausbildung zum Lehrer anfangen kann. Endlich habe ich das Gefühl, wirklich auf meine Laufbahn als Grundschullehrer hinzuarbeiten.

Diesen Monat habe ich schon zwei Bücher gelesen und alle Kinofilme gesehen, und Tessa hält die Wohnung so sauber, dass es für mich überhaupt nichts mehr zu tun gibt. Im Grunde weiß ich mit meiner Zeit nichts Sinnvolles anzufangen, und außer Tessa und zwei Kollegen im *Grind* habe ich bisher kaum Freunde gefunden. Ich glaube nicht, dass ich mit irgendeinem von ihnen Zeit außerhalb des Coffeeshops verbringen könnte, außer vielleicht mit Posey. Timothy, ein Typ aus meinem Sozialkundekurs, ist cool. Am zweiten Tag trug er ein Trikot von den Thunderbirds, und wir kamen ins Gespräch über das Hockeyteam meiner Heimatstadt. Sport und Fantasyromane sind immer eine sichere Sache, wenn ich neue Leute kennenlerne, das fällt mir nämlich erst mal nicht so leicht.

Mein Leben ist ziemlich langweilig. Ich fahre mit der Subway über die Brücke zum Campus und wieder zurück zu unserer Wohnung in Brooklyn, ich gehe zu Fuß zur Arbeit und von dort wieder nach Hause. Es ist zu einem Muster geworden, ein ständiger Kreislauf vollkommen belangloser Ereignisse. Tessa behauptet, dass ich nur Schiss habe, und dass ich einfach neue Freunde finden und mit ihnen Spaß haben müsste. Am liebsten würde ich ihr sagen, dass sie sich da auch mal selbst dran halten könnte. Aber natürlich ist es leichter, über andere zu meckern, als vor der eigenen Haustür zu kehren. Auch wenn meine Mom und Tessa fest der Überzeugung sind, dass ich kein Sozialleben habe, amüsiere ich mich ganz gut. Ich mag meinen Job und meine Kurse in diesem Semester. Es gefällt mir, dass ich in einem ziemlich coolen Teil von Brooklyn wohne, und mein neues College gefällt mir auch. Klar, manches könnte besser sein, aber insgesamt ist mein Leben okay und easy. Keine Komplikationen und Verpflichtungen, abgesehen von der, ein guter Sohn und Freund zu sein.

Ich blicke auf die Uhr und zucke zusammen, als ich sehe, dass es noch nicht mal zehn ist. Wegen einer Gruppe Frauen, die sich endlos über Scheidungen und Babys unterhielten, habe ich den Laden später als üblich zugemacht. Ständig war irgendein »Oh!« oder »O nein!« zu hören, also dachte ich mir, ich lasse sie lieber in Ruhe, bis sie ihre Probleme durchgekaut haben und bereit sind zu verschwinden. Um Viertel nach neun sind sie dann gegangen. Ihr Tisch war voll mit Servietten, halbvollen Tassen mit kaltem Kaffee und Gebäckresten. Das Chaos hat mir nichts ausgemacht, denn so war ich wenigstens noch ein paar Minuten beschäftigt. Ich ließ mir ziemlich viel Zeit und stapelte ganz sorgfältig Papierservietten in die Metallbehälter. Dann fegte ich den Boden, ein Strohhalmpapier nach dem anderen, und bewegte mich so langsam wie möglich, während ich die Eisbehälter und die Mahlzylinder der Kaffeemaschinen befüllte.

Irgendwie arbeitet die Uhr gegen mich, und ich frage mich, was das ist mit der Zeit und mir. Jepp, die Zeit sabotiert mich oft, aber heute Abend nervt mich das mehr als sonst. Jede Minute, die vergeht, bedeutet sechzig Sekunden Verarsche. Der kleine Zeiger der Uhr tickt langsam vor sich hin, aber das Ticken scheint sich nicht zu summieren – ich habe das Gefühl, dass die Zeit überhaupt nicht vergeht. Ich fange an, ein Spiel aus meiner Grundschulzeit zu spielen: Ich halte ein paarmal hintereinander für dreißig Sekunden den Atem an. Nach ein paar Minuten wird das langweilig, und ich gehe mit der Kassenschublade in den Personalraum und zähle die Tageseinnahmen. Im Coffeeshop ist es still bis auf das Summen der Eismaschine im Hinterzimmer. Schließlich ist es zehn Uhr, und ich kann es nicht länger hinauszögern.

Bevor ich gehe, lasse ich den Blick ein letztes Mal durch den Laden wandern. Ich bin mir sicher, dass ich nichts vergessen habe, keine Kaffeebohne liegt noch irgendwo herum, wo sie nicht hingehört. Normalerweise mache ich den Laden nicht allein zu. Meine Schichten wechseln immer wieder, und ich schließe entweder mit Aiden oder mit Posey ab. Posey hat mir angeboten, noch zu bleiben, aber ich habe zufällig gehört, dass sie keinen Babysitter für ihre Schwester gefunden hat. Posey ist eher still und erzählt nicht viel von sich, aber nach allem, was ich so mitbekomme, scheint das kleine Mädchen der Mittelpunkt ihres Lebens zu sein.

Ich verriegele den Safe und schalte die Alarmanlage ein, ehe ich die Tür hinter mir zuziehe und abschließe. Es ist kalt draußen, ein kühler Wind zieht vom Fluss herauf und legt sich über Brooklyn. Ich bin gern nah am Wasser, irgendwie gibt der Fluss mir das Gefühl, mich vor dem Großstadtgedränge zu beschützen. Trotz ihrer Nähe sind Brooklyn und Manhattan ganz unterschiedlich.

Zwei Frauen und zwei Männer gehen gerade vorbei, als ich abschließe und auf den Gehweg trete. Ich sehe, wie die vier sich zu zwei Händchen haltenden Paaren aufteilen. Der größere der Männer trägt ein Trikot der Browns, und ich frage mich, ob er ihre Torstatistik für diese Saison gelesen hat. Wenn er es getan hätte, würde er vermutlich nicht so stolz in diesem Ding herumlaufen. Ich beobachte sie, während ich ihnen folge. Der Browns-Fan ist lauter als der Rest der Truppe und hat noch dazu eine unangenehm tiefe Stimme. Ich glaube, er ist betrunken. Ich überquere die Straße, um Abstand zwischen uns zu bringen, und rufe meine Mutter an, um zu hören, wie es ihr geht. Eigentlich erzähle ich ihr immer nur, dass bei mir alles in Ordnung ist und ihr Kind mal wieder einen Tag in der großen Stadt überlebt hat. Ich frage sie, wie es ihr geht, aber es ist typisch für sie, dass sie darauf nicht eingeht und gleich nach mir fragt.

Die Nachricht, dass ich wegziehe, hat Mom weniger ausgemacht, als ich gedacht hätte. Sie wollte, dass ich glücklich bin, und mit Dakota nach New York zu ziehen machte mich glücklich. Na ja, zumindest war das der Plan. Mein Umzug sollte der Kitt für unsere bröckelnde Beziehung sein. Ich dachte, dass es die Entfernung war, die uns zusetzte, aber irgendwie war mir entgangen, dass sie sich nach Freiheit sehnte. Das kam für mich völlig unerwartet, weil ich nie versucht hatte, sie einzusperren. Ich habe sie nie kontrolliert oder ihr vorgeschrieben, was sie zu tun hat. So bin ich einfach nicht drauf. Seit dem Tag, an dem dieses mutige Mädchen mit den tollen Haaren in das Haus nebenan gezogen war, wusste ich, dass sie etwas Besonderes war. Etwas ganz Besonderes und Echtes, das ich niemals hätte verstecken wollen. Wie hätte ich das auch anstellen sollen? Und warum? Ich habe sie in ihrer Unabhängigkeit sogar gefördert und sie gedrängt, zu ihrer scharfen Zunge und ihren Überzeugungen zu stehen. In den fünf Jahren, die wir zusammen waren, habe ich ihre Stärke immer geschätzt. Und ich habe versucht, ihr alles zu geben, was sie brauchte.

Als sie Angst vor ihrem Umzug an den Big Apple bekam, habe ich sie ihr genommen. Ich habe selbst schon Erfahrung mit Umzügen. Kurz vor meinem letzten Jahr auf der Highschool bin ich von Saginaw nach Washington gezogen. Immer wieder habe ich sie daran erinnert, dass sie gute Gründe hatte, nach NYC zu gehen:

ihre Leidenschaft fürs Tanzen, ihr Talent. Es verging kein Tag, an dem ich sie nicht daran erinnerte, wie großartig sie war, und ihr sagte, dass sie stolz auf sich sein sollte. Mit Blasen an den Zehen und blutenden Knöcheln trainierte sie Tag und Nacht. Dakota ist einer der ehrgeizigsten Menschen, die ich kenne. Die guten Noten flogen ihr nur so zu, und schon als Teenager hatte sie immer einen Job. Wenn meine Mom gearbeitet hat und sie nicht mitnehmen konnte, fuhr sie die Meile zu ihrer Arbeit als Kassiererin in einem Truck Stop mit dem Fahrrad. Sobald ich sechzehn war und den Führerschein hatte, bat sie ihren Dad, ihr Fahrrad zu verkaufen. So bekam sie etwas Geld, und ich fuhr sie gern.

Und dennoch glaube ich, dass Dakota sich in ihrer Familie nie wirklich frei gefühlt hat. Ihr Dad versuchte, sie und Carter in ihrem kleinen Backsteinhaus einzusperren, doch die Laken, die er vor die Fenster hängte, konnten keines seiner Kinder im Haus halten. Als Dakota nach New York zog, entdeckte sie eine neue Art zu leben. Zuzusehen, wie ihr Vater verkümmerte, bis nichts mehr übrig war als Zorn und Alkohol, war kein Leben. Die Schuld am Tod ihres Bruders hinunterzuspülen war kein Leben. Ihr wurde klar, dass sie nie wirklich gelebt hatte. Ich selbst habe an dem Tag damit begonnen, an dem ich ihr begegnet bin, aber bei ihr war es anders.

Sosehr mich das Ende unserer Beziehung auch verletzt hat, ich habe es ihr nie vorgeworfen und tue es auch jetzt nicht. Aber trotzdem muss ich sagen, dass sie mich damit extrem verletzt und außerdem die Zukunft zerstört hat, die wir gemeinsam geplant hatten. Ich dachte, ich würde nach New York ziehen und dort mit ihr zusammenleben. Ich glaubte, dass ich jeden Morgen aufwachen würde, ihre Beine um meine geschlungen, den süßen Duft ihrer Haare in der Nase. Ich dachte, wir würden immer mehr Erinnerungen sammeln, während wir gemeinsam diese Stadt kennenlernen. Wir würden durch Parks schlendern und so tun, als verstünden wir etwas von der Kunst, die in all den abgefahrenen Museen hängt. Als ich anfing, meinen Umzug nach New York zu planen, hatte ich so große Erwartungen. Ich hielt ihn für den Beginn meiner Zukunft, nicht für das Ende meiner Vergangenheit.

Allerdings halte ich ihr zugute, dass sie es kommen sah, dass sie sich ihre wahren Gefühle eingestand und sich von mir trennte, bevor ich nach New York kam. Anstatt mir etwas vorzuspielen, bis uns die ganze Sache schließlich um die Ohren flog, war sie ehrlich zu mir. Doch als sie endgültig Schluss machte, hatte ich mich schon so lange mit dem Umzug beschäftigt, dass ich dabei blieb. Ich hatte bereits die Studiengebühren gezahlt und die Kaution für eine Wohnung hinterlegt. Ich bedaure meine Entscheidung nicht, und wenn ich zurückblicke, finde ich, dass New York genau das war, was ich gebraucht habe. Die Stadt hat mich nicht wirklich verzaubert, ich bin noch nicht von ihrem Charme hypnotisiert, und ich glaube nicht mal, dass ich nach dem Abschluss hierbleiben werde – aber ich mag sie inzwischen ganz gern. Später möchte ich mich irgendwo niederlassen, wo es ruhig ist, mit einem schönen großen Garten und viel Sonne.

Es hilft, dass Tessa mit mir hierhergezogen ist. Ich bin nicht glücklich über die Umstände, die sie hergeführt haben, aber ich bin froh, dass ich ihr einen Ausweg bieten konnte. Tessa Young war der erste Mensch, mit dem ich mich an der Washington Central University angefreundet habe, und irgendwie ist sie auch der einzige geblieben, bis ich wegging. Sie war die erste und einzige Freundin, die ich in Washington hatte, und umgekehrt. Ihr erstes Jahr an der WCU war hart. Sie verliebte sich, und schon kurz danach wurde ihr das Herz gebrochen. Ich steckte in einer seltsamen Zwickmühle zwischen meinem Stiefbruder, zu dem ich eine Beziehung aufzubauen versuchte, und meiner besten Freundin Tessa, die von genau diesem Typen verletzt worden war.

Als sie mich darum bat, war ich sofort für sie da. Mir gefiel die Vorstellung, meine Wohnung mit ihr zu teilen, und ich wusste, dass es ihr helfen würde. Meine Rolle als guter Freund, als netter Kerl, gefällt mir. Ich bin mein ganzes Leben lang der nette Junge von nebenan gewesen, und damit fühle ich mich am wohlsten. Ich muss nicht im Mittelpunkt stehen. Erst vor Kurzem ist mir klar geworden, dass ich mir sogar große Mühe gebe, Situationen zu vermeiden, in denen ich im Mittelpunkt stehen könnte. Ich bin dafür bekannt, die Nebenrolle zu spielen, den hilfsbereiten Kumpel oder Freund – und das ist völlig okay für mich. Als in Michigan alles den Bach runterging, habe ich meinen Kummer mit mir selbst ausgemacht. Ich wollte nicht, dass jemand mit mir litt, vor allem nicht Dakota.

Ihr Schmerz war unvermeidlich, und egal, was ich tat, ich konnte ihn ihr nicht abnehmen. Tatenlos musste ich mit ansehen, wie sie litt, als ihr Leben von einer Tragödie in Stücke gerissen wurde, die ich verzweifelt zu verhindern versuchte. Sie war mein Verband, ich war ihr Sicherheitsnetz. Ich fing sie auf, wenn sie stolperte, und dieser Schmerz, den wir gemeinsam durchlebt haben, wird uns immer miteinander verbinden, bis ans Ende der Zeit. Egal, ob wir nun Freunde sind oder mehr.

Ich denke nur selten daran. Das sind Erinnerungen, die ich aus meinem Gedächtnis verbannt habe. Diese Wunde ist zwar gesäubert und fest verbunden, aber noch lange nicht verheilt.

3

Als ich nach Hause komme, liegt ein Paket vor der Tür. Tessas Name steht mit schwarzem Filzstift darauf, und ich weiß sofort, von wem es ist. Ich schließe auf und schiebe das Paket vorsichtig mit dem Fuß hinein. Es brennt kein Licht, also ist Tessa noch nicht von der Arbeit zurück.

Ich bin müde, aber morgen kann ich ausschlafen, denn dienstags und donnerstags fangen meine Kurse später an als sonst. Ich freue mich darauf. Das sind meine Lieblingstage, weil ich dann noch in Boxershorts im Bett liegen bleiben und fernsehen kann. Eigentlich ein armseliger kleiner Luxus, aber ich genieße jede Sekunde. Ich ziehe die Schuhe aus, stelle sie nebeneinander und rufe laut nach Tessa, um sicher zu sein, dass sie wirklich nicht da ist. Als sie nicht antwortet, ziehe ich mich im Wohnzimmer aus, einfach so. Noch ein kleiner Luxus. Ich knöpfe meine Jeans auf, streife sie ab und lasse sie einfach am Boden liegen. Ich komme mir ein bisschen rebellisch vor, aber im Grunde bin ich nur erschöpft.

Ich hebe meine Hose doch noch auf, dann das Hemd, die Socken und meine Boxershorts, und bringe die Sachen in mein Zimmer, wo ich wieder alles auf den Boden werfe. Aufräumen kann ich später noch.

Erst mal brauche ich eine Dusche.

Der Hebel der Dusche in unserem Badezimmer klemmt fast

jedes Mal, wenn ich das Wasser anstellen will. Es dauert mindestens eine Minute, bis es das Wasser durch die Rohre schafft. Unser Hausmeister hat die Armatur schon zweimal »repariert«, aber sie hält einfach nicht. Tessa hat sogar selbst mal versucht, das Ganze in Ordnung zu bringen. Wie sich zeigte, sind Reparaturen überhaupt nicht ihr Ding. Ich muss lachen, wenn ich daran denke, wie wütend sie war, als das Wasser aus dem Hahn platzte und sie vollspritzte. Klatschnass stand sie im Bad, und der Duschkopf aus Metall flog quer durch den Raum und schlug ein kleines Loch in die Rigipswand. Einige Wochen später ging er wieder kaputt, als Tessa die Dusche anmachte und dabei den nicht gerade stabilen Hebel aus der Wand riss. Ihr spritzte das eiskalte Wasser ins Gesicht. Sie hat geschrien wie am Spieß und ist aus dem Badezimmer gerannt, als stünde sie in Flammen.

Weil ich an das Knirschen des Duschkopfs gewöhnt bin, trete ich einen Schritt zurück und warte, bis das Wasser aus der Leitung kommt. Ich höre es durch die Rohre rauschen und gehe schnell noch pinkeln. In Gedanken gehe ich noch einmal den Tag durch, wie schnell meine Kurse vorbeigingen und wie überrascht ich war, als Dakota und Maggy ins *Grind* spaziert kamen. Es ist immer noch ein komisches Gefühl, Dakota zu begegnen, vor allem wegen Aiden. Ich wünschte, ich hätte Zeit gehabt, mich darauf vorzubereiten. Seit Wochen habe ich nicht mit ihr geredet, und ich konnte mich kaum auf das Gespräch konzentrieren, weil sie so knappe Klamotten trug. Ich glaube, es ist ganz gut gelaufen, ich habe nichts total Peinliches gesagt, keinen Kaffee verschüttet und auch nicht gestottert. Ich frage mich, ob sie auch verlegen war und sich irgendwie überwinden musste, mit mir zu reden. Oder nimmt sie die Spannung zwischen uns gar nicht mehr wahr?

Eigentlich ist sie noch nie von sich aus auf mich zugekommen, darum habe ich keine Ahnung, wie sie sich fühlt und was zwischen uns eigentlich Sache ist. Sie hat noch nie gern über ihre Gefühle gesprochen, aber ich weiß, dass sie zu der Sorte Mädchen gehört, die einem manche Dinge ewig vorwerfen. Sie hat keinen Grund, sauer auf mich zu sein, aber ich denke es trotzdem sofort. Es kommt mir so merkwürdig vor, dass zwischen uns Funkstille herrscht, während wir früher jeden Tag miteinander geredet haben. Nachdem sie mich angerufen und Schluss gemacht hatte, habe ich versucht, unsere Freundschaft aufrechtzuerhalten, aber sie selbst hat eigentlich kaum was dafür getan.

Manchmal vermisse ich sie.

Verdammte Scheiße, ich vermisse sie sehr.

Als ich von Michigan nach Washington gezogen bin, habe ich mich daran gewöhnt, sie nicht mehr ständig zu sehen, aber wir haben immer noch jeden Tag miteinander geredet. Und bei jeder Gelegenheit bin ich rübergeflogen und habe sie besucht – einmal habe ich deswegen sogar Stress mit dem College bekommen. Als sie in New York war, ging sie auf Abstand. Ich wusste, dass irgendwas nicht stimmte, aber ich hoffte einfach, dass es wieder besser werden würde. Doch wenn wir telefoniert haben, spürte ich, wie sie mir mit jedem Auflegen ein bisschen mehr entglitt. Manchmal saß ich einfach nur da, starrte auf mein Handy und hoffte, dass sie noch mal anrufen würde, um zu fragen, wie mein Tag war. Dass sie mich was fragen und mir mehr von sich erzählen würde als nur einen zweiminütigen Abriss ihres Tagesablaufs. Ich hoffte, dass sie sich einfach nur an ihr neues Leben gewöhnen musste. Ich dachte, es wäre alles nur eine Phase.

Ich wollte, dass sie völlig in ihr neues Leben eintaucht und neue Freunde findet. Ich wollte ihr nichts wegnehmen. Ich wollte nur dazugehören, so wie immer. Ich wollte, dass sie sich in die Arbeit an der Tanzakademie stürzt, denn mir war klar, wie wichtig ihr das war. Ich wollte sie nicht von ihren Zielen ablenken, sondern habe versucht, sie so gut wie möglich zu unterstützen, sogar als sie mich nach und nach aus ihrem Leben strich. Ich spielte die Rolle des verständnisvollen Freunds, während ihr Terminkalender immer voller wurde.

Seit wir Kinder waren, habe ich immer den verständnisvollen Freund gespielt. Ich fühle mich wohl in dieser Rolle als netter Junge von nebenan. Ich war immer geduldig und hatte für alles Verständnis. An dem Abend, als sie mich anrief und tausend Gründe aufzählte, warum unsere Beziehung nicht funktionierte, nickte ich am anderen Ende der Leitung und behauptete, es sei okay, und ich würde sie verstehen. Ich verstand sie nicht, aber ich wusste, dass sie ihre Meinung nicht ändern würde, und sosehr ich auch um sie kämpfen wollte, so wollte ich doch genau das verhindern. Unsere Beziehung sollte nicht zu noch einer Sache werden, gegen die sie kämpfen musste. Dakota hat ihr ganzes Leben lang gekämpft. Ich hatte es geschafft, eins der wenigen positiven Dinge in ihrem Leben zu sein, und so sollte es bleiben.

Ich war frustriert und bin es irgendwie immer noch. Ich verstehe wirklich nicht, warum sie gar keine Zeit mehr für mich hatte, obwohl ihre Facebook-Postings nur aus Bildern von ihr und ihren Freundinnen in verschiedenen Restaurants und Clubs bestanden.

Es fehlte mir zu hören, wie ihr Tag gelaufen ist. Ich wollte hören, wie sie mit ihren guten Noten angab, wie sie davon schwärmte, dass sie ein bevorstehendes Casting kaum noch erwarten konnte. Sie war immer der Mensch gewesen, mit dem ich über alles reden konnte. Als ich Tessa kennenlernte und allmählich meinem Stiefbruder Hardin näherkam, änderte sich das, aber trotzdem vermisste ich sie. Ich kenne mich mit Beziehungen nicht besonders gut aus, aber ich wusste, dass bei uns etwas schiefläuft.

Plötzlich fällt mir auf, dass sich das Bad mit Wasserdampf füllt, während ich hier herumstehe, mich selbst im Spiegel anstarre und mal wieder das beschissene Ende meiner bisher einzigen Beziehung durchlebe. Also stelle ich mich unter die Dusche – kochend heißes Wasser knallt mir auf die Haut. Ich springe wieder raus und stelle die Wassertemperatur ein. Ich packe mein Handy in die Dockingstation und mache meinen Sport-Podcast an, ehe ich mich wieder unter den Wasserstrahl stelle. Die Stimmen der Sprecher, die sich über irgendwelche Skandale hinter den Kulissen des Hockeysports aufregen, sind laut und tief. Ich versuche herauszufinden, über wen sie sich beklagen, aber die Lautstärke schwankt ständig, also schalte ich das Handy aus. Es fällt von der Ladestation in die Spüle. Schnell hole ich es heraus, ehe es mich voll erwischt und ein unsichtbarer Hauself auch noch das Wasser anstellt. Ein Hauself, am liebsten Dobby oder sein Klon, wäre ideal. Harry Potter hat echt Glück gehabt.

Dieses Badezimmer ist viel zu klein für noch einen Körper, egal, ob Elf oder nicht. Es ist winzig – eigentlich sogar mikroskopisch –, und es gibt nur ein kleines Waschbecken mit einem wackeligen Wasserhahn neben der Toilette, die so schmal ist, dass mein Hintern kaum draufpasst. Wer auch immer diese Wohnung entworfen hat, hatte jedenfalls keinen Kerl von eins achtzig im Kopf. Es sei denn, besagter Kerl geht gern in die Knie, wenn er den Kopf unter den Duschstrahl halten will. Das warme Wasser prasselt mir auf den Rücken, während ich mich weiterhin mit Gedanken an Dakota quäle. Sie beansprucht ganz schön viel Platz in meinem Kopf, und offenbar hat sie nicht vor, daraus zu verschwinden. Sie sah heute so gut aus, so verdammt sexy in diesen Shorts und dem Sport-BH.

Hat sie bemerkt, dass sich mein Körper verändert hat, seit wir uns das letzte Mal gesehen haben? Ist ihr aufgefallen, dass meine Arme kräftiger geworden sind und mein Bauch endlich die definierten Muskeln hat, auf die ich immer hingearbeitet habe?

Als Jugendlicher war ich pummelig. Meine plumpe Figur war auf den überfüllten Fluren meiner Highschool oft Thema. »Schwabbeliger Landon« nannten sie mich. »Lass Landon bloß nicht auf dir *landen*«, spotteten sie. Vielleicht klingt das jetzt total blöd und kindisch, aber es hat mich wahnsinnig genervt, wenn diese Idioten hinter mir herrannten und so was riefen. Das war nur eins der vielen Höllenfeuer, die an der Highschool für mich loderten. Es war nichts im Vergleich zu dem, was mit Carter passiert ist, aber daran werde ich heute Abend nicht denken.

Je länger ich mich an unsere Begegnung im *Grind* zu erinnern versuche, desto mehr verarscht mich mein Gedächtnis und wirft alles durcheinander. Ich weiß nicht, was Dakota gedacht hat. Das wusste ich noch nie. Selbst als wir noch ziemlich jung waren, hat sie immer Geheimnisse vor mir gehabt. Damals war das irgendwie verlockend und aufregend. Jetzt, wo wir älter sind und sie sich ohne jede Erklärung von mir getrennt hat, ist es nicht mehr so lustig.

Ich starre auf die blaugrünen Kacheln und denke über all das nach, was ich in diesen fünf Minuten hätte sagen und tun sollen. Aber ich drehe mich im Kreis. Erst überlege ich, was ich hätte sagen können, dann mache ich mir klar, dass es im Grunde nicht so wichtig ist, und am Ende flippe ich fast wieder aus. Ich starre die Wand an, denke daran, wie sie vorhin vor mir stand. Ich wünschte, ich hätte von ihren vollen Lippen ablesen können, was sie wirklich gedacht hat.

Diese Lippen …

Dakotas Lippen sind ganz besonders. Sie sind voll, üppig und so perfekt zartrosa wie ein Blütenblatt. Diese Farbe hat mich immer in den Wahnsinn getrieben, und außerdem beherrscht sie die Kunst, ihre Lippen perfekt einzusetzen. Als wir das erste Mal rumgemacht haben, waren wir erst sechzehn. Wir waren gerade genau zwei Monate zusammen, und sie hatte einen Welpen für mich adoptiert. Ich wusste, dass meine Mom mir nicht erlauben würde, ihn zu behalten, und sie wusste das offenbar auch, aber trotzdem haben wir ihn in meinem Wandschrank versteckt. Dakota tat oft verbotene Dinge, aber immer mit guten Absichten. Wir kauften dem kleinen grauen Fellknäuel das beste Futter in der Zoohandlung unten an der Straße. Er bellte nicht oft, und wenn, dann hustete ich, um das Geräusch zu übertönen. Eine Zeit lang hat das tatsächlich funktioniert, aber dann wurde er zu groß für mein kleines Zimmer.

Nachdem ich den Hund zwei Monate dort versteckt hatte, musste ich meiner Mom von ihm erzählen. Sie hat sich längst nicht so aufgeregt, wie ich befürchtet hatte, aber sie erklärte mir, was es kostete, einen Welpen aufzuziehen, und als ich den Betrag mit dem mickrigen Scheck von der Autowaschanlage verglich, bei der ich gelegentlich jobbte, war das Ganze einfach unsinnig. Selbst wenn ich das Trinkgeld einrechnete, hätte ich keine Tierarztrechnung begleichen können. Unter Tränen und nach heftigen Protesten stimmte Dakota schließlich zu. Zum Trost sahen wir uns alle Folgen von »Herr der Ringe« an und fuhren total darauf ab. Wir ließen uns mit Frappuccino von Starbucks volllaufen und beschwerten uns, weil er fünf Dollar pro Becher kostete. Wir aßen Twizzlers und Erdnussbutter, bis wir Magenschmerzen bekamen, und weil sie das liebte, malte ich ihr mit den Fingerspitzen Kreise auf die Wangen, bis sie auf meinem Schoß einschlief.

Als ich aufwachte, umhüllten ihre warmen Lippen fest meinen Schwanz.

Ich war überrascht und noch im Halbschlaf, aber höllisch erregt, als ich sah, wie sie ihre Lippen um mich schloss und mich in ihren warmen Mund nahm. Sie sagte, sie habe sich schon eine ganze Weile gewünscht, das auszuprobieren, es sich aber nicht getraut. Sie bearbeitete mich so perfekt, dass ich unglaublich schnell kam.

Sie merkte, wie sehr sie es liebte, mir auf diese Art Lust zu verschaffen, und von da an taten wir es fast jedes Mal, wenn wir zusammen abhingen. Natürlich gefiel mir das.

Verdammt, wen will ich hier eigentlich verarschen? Ich liebte es. Es war mir völlig unverständlich, wie ich es früher genießen konnte, durch bloßes Wichsen zum Orgasmus zu kommen. Es war nichts im Vergleich zu ihrem Mund und, später dann, zu ihrer weichen, feuchten Muschi. Wir sind ziemlich schnell von Oralsex zum Vögeln übergegangen und bekamen einfach nicht genug davon. Ich musste es mir nie mehr selbst machen, bis ich nach Washington zog. Ich habe sie vermisst, alles an ihr, einschließlich der Intimität, die wir miteinander hatten.

Wichsen wäre jetzt vielleicht gar nicht so schlecht, schätze ich. Ich blicke auf meinen Schwanz, über den das heiße Wasser läuft. Ich umschließe die Wurzel mit einer Hand und reize die Spitze mit dem Daumen, wie Dakota es immer mit der Zunge getan hat.

Als ich die Augen schließe und mich auf das warme Wasser konzentriere, das an mir herunterläuft, kann ich mir beinahe einreden, dass die Hand, die mich streichelt, nicht meine eigene ist. In meiner Fantasie kniet Dakota vor meinem alten Bett in Washington. Ihr lockiges Haar war früher heller, und ihr Körper war vom vielen Tanzen schon richtig straff geworden. Sie sah so gut aus, immer schon, aber als wir älter wurden, wurde sie immer heißer. Ihr Mund bewegt sich jetzt schneller, und das lässt mich zusammen mit ihrem Stöhnen, das in meinem Kopf widerhallt, schon fast kommen.

Von den Zehen bis zum Rückgrat fängt mein Körper an zu prickeln. Ich lehne mich mit dem Rücken an die kühle Duschwand. Plötzlich gerät mein Fuß ins Rutschen, ich mache einen Schritt zur

Seite und verliere den Halt. Ich fluche laut, was ich sonst nur selten tue, und suche Halt an dem karierten Duschvorhang.

Klick, klick, klick. Das verdammte Ding gibt nach, reißt nacheinander aus den Plastikringen. Es fällt runter, und ich falle auch. Wieder schreie ich auf und schlage mit dem Knie auf dem Rand der winzigen Duschwanne auf, falle nach hinten, knalle heftig auf, und ein Strahl heißes Wasser spritzt mir hart ins Gesicht.

»Scheiße!«, schreie ich.

Mein Knie schwillt sofort an, und meine Arme sind wie Wackelpudding, als ich die Hände auf den Rand der Wanne lege und mich herauszuziehen versuche. Plötzlich fliegt die Tür auf, und ich erschrecke mich so sehr, dass ich loslasse und mit dem Kopf auf den Wannenboden knalle. Bevor ich mich bedecken kann, taucht Tessa auf und fuchtelt mit den Händen in der Luft herum wie ein Hippogreif.

»Himmel, was ist denn passiert?«, quietscht sie. Ihr Blick huscht über meinen nackten Körper, sofort schlägt sie die Hände vors Gesicht. »O Gott! Es tut mir leid!«

»Scheiße, was ist hier denn los?«, ruft Sophia und kommt ebenfalls ins Bad.

Na großartig, jetzt ist die auch noch hier. Ich greife nach dem zerrissenen Duschvorhang und ziehe ihn über meinen nackten Körper. Geht's noch schlimmer? Ich sehe die beiden Mädchen an, nicke und versuche, wieder zu Atem zu kommen. Meine Wangen brennen wie Feuer, und ich würde lieber in einem Haufen Hundescheiße verschwinden, als in dieser Badewanne zu liegen, nackt und mit einem Bein über dem Rand. Mit der freien Hand stoße ich mich von dem nassen Wannenboden ab und versuche, mich hochzurappeln.

Sophia schiebt sich an Tessa vorbei und packt mich am Arm, um mir zu helfen. *Kann mich bitte jemand erschießen?* Hastig streicht sie sich die braunen Haare hinter die Ohren und versucht, mich mit beiden Händen hochzuziehen. *Bitte erschieß mich doch einer.* Ich versuche immer noch, meine Kronjuwelen hinter dem Vorhang zu verstecken, aber er fällt genau in dem Augenblick runter, als ich aufstehe.

Hört mir eigentlich irgendwer zu? Wenn ihr mich schon nicht erschießen wollt, dann lasst mich wenigstens unsichtbar werden. Bitte, ich flehe euch an!

Sophias braune Augen haben einen Stich ins Grüne, was mir vorher noch nie aufgefallen war. Aber vielleicht stimmt das auch gar nicht, und ich bin nur benommen von dem Sturz. Ich sehe weg, spüre aber noch immer ihren Blick auf mir. Ich versuche, mich auf ihre Schuhspitzen zu konzentrieren – sie sind braun und spitz und erinnern mich an die Schuhe, die Hardin immer trägt.

»Alles klar?« Sophia hebt eine Braue, und ich nicke. Kann man noch verlegener sein? Ich glaube nicht. Das ist einfach unmöglich. Vor einer halben Minute habe ich angefangen, mich unter der Dusche selbst zu befriedigen, und jetzt stehe ich hier, nackt und verlegen. Eine peinliche Nummer, die ich saukomisch finden würde, wenn sie einem anderen passiert wäre.

Sophia mustert mich immer noch, und mir fällt auf, dass ich ihre Frage noch nicht beantwortet habe.

»Ja … Ja. Alles okay.« Ich klinge noch kleinlauter, als ich mich fühle.

»Das muss dir nicht peinlich sein«, sagt sie ganz ruhig.

Ich schüttele den Kopf. »Ist es auch nicht«, lüge ich, sehe auf den Boden und zwinge mich zu lachen. Wenn sich jemand schämt, gibt es nichts Schlimmeres, als ihm zu sagen, dass er sich nicht schämen muss.

Tessa mustert mich besorgt und will gerade etwas sagen, als ein lautes Piepen die Stille durchschneidet und mich zusammenzucken lässt.

Was kann jetzt noch sein?

»Der Kakao brennt an!«, schreit Tessa. Sie rennt aus dem Bad, und der Raum kommt mir noch kleiner vor als sonst. Der Spiegel ist beschlagen, alles ist feucht, und Sophia ist immer noch hier drin. Sie lächelt und berührt mit ihren langen, schwarz lackierten Nägeln meinen Bauch, gleich über dem Bauchnabel.

Der Anblick gefällt mir. Wegen des Tanztrainings trägt Dakota nie lange Fingernägel. Sie hat sich oft darüber beklagt, liebt das Tanzen aber mehr als schön lackierte Nägel, also trägt sie ihre kurz.

»Es muss dir echt nicht peinlich sein.« Ihre Stimme klingt wie ein Schnurren, und mein Körper reagiert sofort. Ganz langsam zeichnen Sophias Finger jetzt Linien über meinen Bauch, und ich bin verwirrt, will aber auch nicht, dass sie aufhört. Ihre Finger fahren über meinen Bauchnabel, genau da, wo mich der Vorhang gerade so weit bedeckt, dass mein Schwanz nicht zu sehen ist. Krampfhaft überlege ich, warum sie mich auf diese Art berührt, und versuche gleichzeitig zu verhindern, dass mein Schwanz hart wird.

Ich kenne sie nicht besonders gut, aber eins weiß ich: Sie ist viel wilder als die Mädchen in meinem Alter, die ich kenne. Wenn *Master Chef*, die Kochshow, läuft, motzt sie hemmungslos den Fernseher an, und es macht ihr offenbar überhaupt nichts aus, meinen triefenden nackten Körper zu berühren. Es scheint ihr sogar Spaß zu machen, mit der Spitze ihres Zeigefingers über die dunklen Härchen zu streichen, die von meinem Nabel bis zum Schamhaar verlaufen.

Hat sie was gesagt? Äh … ja. »Es muss dir echt nicht peinlich sein«, hat sie gesagt.

Wann hat der Rauchmelder eigentlich aufgehört zu piepen?

Wie meint sie das? Es muss mir nicht peinlich sein? Ich bin im

Badezimmer beim Wichsen auf den Arsch gefallen und nackt am Boden der Wanne gefunden worden.

Selbstverständlich ist mir das peinlich. Und damit verliert das, was sie tut, jeden Reiz, und ich bin wieder total befangen.

Ich blicke sie an, das Abbild ihrer dunklen Haare in dem beschlagenen Spiegel.

»Danke«, antworte ich kleinlaut und räuspere mich. »Ich hab mich ganz schön auf die Fresse gelegt.« Ich lache und finde die ganze Sache langsam selbst ziemlich komisch.

Ihr Blick ist warm, und ihre Finger berühren mich noch immer, fahren langsam über meine Haut und reizen mich. Ich bin zwar nicht mehr verlegen, aber trotzdem weiß ich nicht, was ich sagen oder tun soll. Bevor ich mich entscheiden muss, zieht sie sich mit einem Lächeln zurück.

Mit geröteten Wangen wende ich mich ab und wische über den Spiegel. Regungslos steht sie da, mit dem Rücken am Handtuchhalter. Ich starre mein Spiegelbild an und zucke zusammen, als ich mit dem Finger einen kleinen, aber tiefen Schnitt direkt über der Augenbraue berühre. Blut rinnt mir über die Stirn. Ich greife hinter Sophia, bekomme ein Handtuch zu fassen und betupfe die aufgerissene Haut. Gleichzeitig schwöre ich mir, nie wieder den Versuch zu unternehmen, in einer winzigen Dusche zu wichsen, wenn ich nicht gerade eine Rüstung trage oder so. Ich drücke gerade so fest auf, wie ich es ertragen kann, um die Blutung zu stillen.

Sophia ist immer noch bei mir im Bad. Soll ich mich jetzt etwa mit ihr unterhalten? Ich weiß nicht, was ich davon halten soll, dass sie mich angefasst hat. Wenn es um solche Dinge geht, habe ich keine Ahnung, wie ich mich verhalten soll. Ist das normal für Singles in unserem Alter?

Bisher habe ich nur eine Freundin gehabt, ich kann also nicht behaupten, dass ich mich in dieser Hinsicht auskenne. Ich habe keinen Schimmer, was dieses Mädchen denkt oder will. Ich weiß sowieso fast nichts über sie.

Ich bin ihr in Washington mal kurz begegnet, als ihre Familie in ein Haus in der Nachbarschaft von Mom und Ken gezogen ist. Ich weiß, dass sie ein paar Jahre älter ist als ich und dass ihre Freundinnen sie bei ihrem zweiten Vornamen, Nora, nennen sollen. Ich vergesse es ständig, bis mich Tessa dann streng korrigiert. Ich weiß, dass sie immer zuckersüß riecht und dass sie oft bei uns vorbeikommt, weil sie ihre Mitbewohnerinnen nicht mag. Ich weiß, dass sie Tessa Gesellschaft leistet, wenn ich keine Zeit habe, und irgendwie haben die beiden sich im Laufe der letzten Monate angefreundet. Das war's. Wenn ich es aufzähle, klingt es wie eine ganze Menge, aber im Grunde ist es nur oberflächliches Zeug. Ach ja, sie hat gerade ihren Abschluss an einer Kochschule gemacht und arbeitet im selben Restaurant wie Tessa.

Und außerdem weiß ich jetzt, dass sie gern nackte, nasse Bäuche berührt.

Ich wende den Blick vom Spiegel ab und sehe wieder sie an.

»Bist du noch hier, weil du sehen willst, ob ich eine Gehirnerschütterung habe?«, frage ich.

Sie nickt und grinst mich breit an. An ihren Augenwinkeln bilden sich Fältchen, und ihre Lippen sehen unglaublich voll aus, vor allem, wenn sie mit der Zunge darüberfährt. Feuchte Lippen und dazu diese Augen, das ist echt tödlich.

Sie weiß es.

Ich weiß es.

Obama weiß es.

Sie ist die Sorte Frau, die dich zerkaut und dann ausspuckt, und du genießt jede Sekunde davon. Ihr Zeigefinger tippt auf ihre Unterlippe, und ich schweige immer noch. Sie will mich doch nicht anmachen, oder? Ich bin verwirrt. Nicht dass ich was dagegen hätte, ich bin nur verwirrt.

»Ich weiß deine Sorge zu schätzen«, erkläre ich und zwinkere. *Habe ich das wirklich gerade getan?*

Schnell blicke ich zur Seite, entsetzt, dass mein dummes Hirn so etwas zulässt. Zwinkern? Ich gehöre nicht zu den Männern, die Frauen zuzwinkern, und bin mir ziemlich sicher, dass ich gerade ausgesehen habe wie der letzte Idiot. Der abstoßendste Idiot aller Zeiten.

Unsere Blicke treffen sich, und Nora öffnet die Lippen. Sie kommt näher, schließt mit einem Schritt die kleine Lücke zwischen uns. Mein Körper reagiert, und ich weiche aus, drücke den unteren Rücken an das Waschbecken.

»Du bist so süß«, sagt sie leise, und ihr Blick wandert wieder über meine Brust.

Dass diese Frau, die vor Sex-Appeal nur so strotzt, mich »süß« nennt, versetzt mir einen Stich. Vom Kopf bis zu den Zehen ist sie Sex-Appeal pur. Aber ich bin immer der Süße, der Nette. Keine Frau hat sich je Fantasien von mir hingegeben oder mich sexy genannt.

Nora hebt eine Hand an mein Gesicht, und ich zucke zusammen. Ich frage mich, ob sie mir gleich eine knallt, weil ich sie mir mal wieder nackt vorgestellt habe. Aber sie tut es nicht, vermutlich, weil sie meine Gedanken eben doch nicht lesen kann, obwohl ich mich so ungeschützt fühle. Sie tippt mir mit dem Finger auf die Nasenspitze. Überrascht schließe ich die Augen, und als ich sie wieder öffne, hat sie sich schon umgedreht.

Ohne ein Wort verlässt sie das Bad.

Ich reibe mir das Gesicht, als wollte ich die letzten fünf Minuten auslöschen … obwohl ich die letzten zwei vielleicht doch behalten sollte.

Als ich höre, wie Tessa sie fragt, ob es mir gut geht, lege ich den

Kopf in den Nacken, atme tief ein, schließe die Tür und schiebe den Riegel vor. Der Duschvorhang ist kaputt, und das winzige Badezimmer sieht aus, als hätte ein Tornado darin gewütet. Die Plastikringe sind auf dem Fußboden verstreut, überall liegen Shampooflaschen und Tessas Duschgel herum. Ich fange an aufzuräumen, und irgendwann kann ich nicht anders: Ich muss über die ganze Geschichte lachen. Klar, dass ausgerechnet mir das passieren muss.

Die Klamotten, die ich mit ins Bad genommen habe, sind nass, auf dem Rücken des Hemds gibt es eine riesige nasse Stelle, aber die Shorts sind noch okay. Ich ziehe sie an und sammle die nassen Sachen ein, um sie in mein Zimmer zu bringen. Mein dunkles Haar trocknet langsam, nur auf der Kopfhaut ist es noch feucht. Ich fahre mir mit Tessas lila Haarbürste über den Kopf und benutze einen Kamm für die paar Haare, die mir in letzter Zeit im Gesicht wachsen. Ihre Vanillelotion ist ein bisschen fettig, aber sie riecht gut, und ich vergesse immer, mir selbst welche zu kaufen. Glücklicherweise liegen in dem kleinen Wandschrank Pflaster, und ich klebe eins auf meine Wunde.

Natürlich ist es nicht einfach irgendein Pflaster. Tessa hat welche mit Motiven aus *Frozen* gekauft.

Yeah. Es geht echt immer noch ein bisschen besser.

Als ich den Flur betrete, ist Noras Lachen so laut wie Tessas Schweigen. Seit sie hier eingezogen ist, hat sie kein einziges Mal gelacht. Das beunruhigt mich, aber ich habe kapiert, dass sie mit der Trennung auf ihre Art fertigwerden muss, darum lasse ich sie in Ruhe. Sie hört sowieso nicht auf andere, vor allem nicht, wenn es um Hardin geht. Morgen will ich früh laufen gehen, also werfe ich meine Klamotten in den Wäschekorb im Flur und gehe dann in die Küche, um mir Wasser zu holen und den Mädels Gute Nacht zu sagen. Und so was wie Normalität wiederherzustellen. Ein Alles-ist-gut-Moment zum Abschluss des Abends.

Tessa sitzt auf der Couch, die Füße hochgelegt, und Nora liegt auf dem Teppich. Sie hat den Kopf auf einem Kissen und hat sich in meine weinrot-gelbe Gryffindor-Hausdecke eingewickelt wie ein Burrito. Ich werfe einen Blick auf den Fernseher: *Cupcake Wars*, die Backsendung. Das Übliche. Die beiden sehen sich immer nur Kochshows und die Teeniedramen auf *Freeform* an. Zugegeben, manche dieser Serien finde ich auch cool. Es gibt eine mit Teenagern, die Jagd auf Dämonen machen, die gefällt mir am besten. Die und dann noch diese Serie mit der Pflegefamilie.

»Soll ich euch was aus der Küche holen?«, frage ich und steige über Noras Füße hinweg, die in flauschigen Socken unter der Decke hervorlugen.

»Wasser bitte.« Tessa richtet sich auf und drückt auf die Pausentaste. Mit weit geöffnetem Mund und erhobenen Händen erstarrt eine Frau mit schwarzen Locken auf dem Bildschirm. Wahrscheinlich ist sie gestresst, weil ihr der Kuchen angebrannt ist oder so.

»Hast du noch was anderes außer Wasser?«, fragt Nora.

»Hey, wir sind hier nicht im Supermarkt«, sagt Tessa.

Nora zieht das Kissen unter ihrem Kopf hervor und wirft damit nach ihr.

Tessa lächelt, lacht sogar fast, ehe sie sich schnell wieder fängt. Schade. Ihr Lachen ist einfach toll.

Ich weiß nicht, was wir außer Gatorade noch im Kühlschrank haben, aber ich gehe nachsehen. In perfekten Reihen stehen alle möglichen Flaschen im Kühlschrank. Ja, Tessa kümmert sich auch um den Kühlschrank, und wie sich herausstellt, haben wir gegen Durst viel mehr zu bieten als Wasser.

»Gatorade, gesüßter Eistee, Orangensaft!«, rufe ich und zucke zusammen, als Sophias Stimme direkt neben mir erklingt. »Igitt. Ich hasse Gatorade, außer dem blauen«, sagt sie, als hätte ich sie mit meinem Lieblingsgetränk persönlich beleidigt.

»Igitt? Ist das dein Ernst, Sophia?« Ungläubig blicke ich sie an und stütze mich mit einem Arm auf der offenen Kühlschranktür ab.

»Ja klar«, sagt sie lächelnd und lehnt sich an die Theke. »Und hör auf, mich Sophia zu nennen – wenn ich dir das noch mal sagen muss, nenne ich dich ab sofort George Strait.«

»George Strait?« Ich kann mir ein Lachen nicht verkneifen. »Es gibt so viele Namen, und ausgerechnet dieser Countryfuzzi fällt dir ein … na ja, das ist sicher nur Zufall.«

Auch sie lacht jetzt, ein leises Lachen und ein durchdringender Blick. Beides passt zu ihr.

Nora-nicht-Sophia zuckt mit den Schultern. »George ist meine letzte Rettung, wenn ich schlecht drauf bin.«

Ich muss unbedingt mal nachsehen, wie George Strait aussieht. Zwar weiß ich, dass ich ihn irgendwann schon mal gesehen habe, aber Country höre ich seit meiner Kindheit nicht mehr.

Nora hat sich die Haare jetzt zu einem Pferdeschwanz gebunden, sie trägt ein abgeschnittenes Top, bauchfrei, und hautenge Capri-Leggings. Um ehrlich zu sein, war ich vorhin zu sehr auf *meine* nackte Haut konzentriert, um ihre wirklich wahrzunehmen.

Flirtet sie mit mir? Keine Ahnung. Dakota hat mich immer damit aufgezogen, dass ich Annäherungsversuche von Frauen überhaupt nicht checke. Ich rede mir lieber ein, dass das an meiner Höflichkeit liegt und nicht an mangelnder Erfahrung. Wenn ich jede Anmache mitkriegen würde, wäre ich wahrscheinlich bald einer von diesen Typen, die sich ständig mit den Augen der Frauen sehen. Ich würde alles in Frage stellen, was ich sage oder tue. Vielleicht würde ich mir sogar Gel in die Haare schmieren und sie zu Stacheln stylen, wie der Typ aus *Diners und Dives*, der Show, die sich die beiden Mädchen gestern Abend angesehen haben. Ich will meine Science-Fiction-Bücher nicht verstecken oder so tun, als könnte ich nicht jeden Harry-Potter-Film auswendig nachsprechen. Ich will nicht versuchen, cool zu sein, weil ich ganz genau weiß, dass ich nie cool sein werde. War ich auch nie, und das finde ich okay. Außerdem will ich gar nicht mit den vielen perfekten Männern da draußen konkurrieren, sondern lieber meine Bücher im Regal stehen lassen, und vielleicht habe ich Glück und finde eine Frau, der sie auch gefallen.

Da ich kein blaues Gatorade habe, versuche ich, sie mit meiner Lieblingssorte zu ködern, dem roten. »Du bist so still«, sagt Nora, als ich ihr die Flasche reiche. Sie betrachtet sie gründlich, hebt eine Braue und schüttelt den Kopf.

Ich schweige.

»Na ja, immer noch besser als Wasser.« Ihre Stimme ist ruhig, obwohl sie Gatorade wirklich hasst. Insgeheim frage ich mich, was sie sonst noch alles hasst. Gibt es noch andere überzuckerte Getränke, die sie hasst? Ich ertappe mich dabei, dass ich das wissen will ... Und während ich mir schon eine Verteidigungsstrategie für meine Lieblingsgetränke überlege, dreht sie den Deckel von der roten Flasche und trinkt einen Schluck.

»Ist okay«, sagt sie einen Moment später. Sie zuckt mit den Schultern, trinkt noch einen Schluck, dreht sich um und geht.

Dieses Mädchen ist echt merkwürdig. Nicht weil sie aussieht, als würde sie bei ihrer Mutter im Keller wohnen und Beanie Babies sammeln. Ich finde sie merkwürdig, weil ich sie nicht durchschaue. Ich verstehe einfach nicht, was diese peinlichen Pausen und die zufälligen Berührungen bedeuten sollen. Normalerweise fällt es mir total leicht, Menschen zu durchschauen.

Aber statt diesen romantischen Code zu knacken, nehme ich mir ein Wasser aus dem Kühlschrank, gehe in mein Zimmer, schreibe meinen Aufsatz zu Ende und lege mich dann ins Bett.

4

Der Morgen kam schnell. Gegen eins war ich im Bett, und um sechs bin ich schon wieder aufgewacht. Wie viele Stunden Schlaf empfiehlt der Arzt noch mal? Sieben? Dann liege ich ja nur dreißig Prozent unter dem Soll. Und ja, das ist verdammt viel. Aber ich habe mir angewöhnt, lange aufzubleiben und früh aufzustehen. Langsam werde ich ein echter New Yorker. Ich trinke jeden Tag Kaffee, komme so langsam mit dem U-Bahn-Netz klar und habe gelernt, wie ich mir in Brooklyn die Gehwege mit den Kinderwagen-Müttern teilen kann.

Tessa hat all diese Dinge zur selben Zeit gelernt wie ich, aber in einer – vielleicht wichtigen – Hinsicht unterscheiden wir uns: Ich gebe den Obdachlosen, die ich auf dem Weg zum College sehe, kaum Geld. Tessa hingegen verschenkt auf dem Heimweg immer die Hälfte ihres Trinkgeldes. Nicht dass diese Leute mir egal sind oder ich ihnen nicht helfen will. Aber wenn ich kann, spendiere ich ihnen lieber einen Kaffee oder Muffins, anstatt ihnen Geld zu geben, mit dem sie möglicherweise ihre Sucht finanzieren. Ich verstehe die Hoffnung, die Tessa dazu treibt, einem Obdachlosen einen Fünf-Dollar-Schein zu schenken. Sie glaubt tatsächlich, dass er sich davon etwas zu essen oder irgendwas anderes kaufen wird, das er wirklich braucht. Ich glaube es nicht, aber ich kann mich nicht mit ihr streiten. Vielleicht hat sie davon mehr Ahnung als ich, aber ich weiß, dass ihre Haltung zum großen Teil auf ihrer persönlichen Verbindung zu Obdachlosen beruht. Irgendwann hat Tessa herausgefunden, dass ihr Dad auf der Straße gelebt hat. Lange Zeit kam er in ihrem Leben praktisch nicht vor. Erst kurz bevor er vor einem knappen Jahr an seiner Sucht starb, hatten sie sich ein bisschen kennengelernt. Das war schlimm für sie, und ich glaube, wenn sie diesen Menschen hilft, gehört das für sie zum Heilungsprozess.

Für jeden Dollar, den sie verschenkt, wird sie mit einem Lächeln, einem »Danke« oder einem »Gott segne dich« belohnt. Tessa gehört zu den Menschen, die aus jedem das Beste herauszuholen versuchen. Sie gibt mehr von sich, als sie sollte, und sie erwartet, dass die Menschen nett zu ihr sind, sogar dann, wenn man ihnen die Unfreundlichkeit schon ansieht. Ich glaube, für sie ist ihre kleine Mission ein Revival der gescheiterten Beziehung zu ihrem Vater und sogar zu Hardin, einem der schwierigsten Menschen, die ich kenne. Vielleicht konnte sie den beiden nicht helfen, aber bei diesen Leuten hier gelingt es ihr. Ich weiß, dass es naiv ist, aber sie ist meine beste Freundin, und solche Aktionen scheinen ihr in letzter Zeit immerhin ein bisschen Auftrieb zu geben. Sie schläft nicht. Ihre grauen Augen sind immer ein wenig geschwollen. Sie versucht, mit einer entsetzlichen Trennung fertigzuwerden, mit dem Tod ihres Vaters, dem Umzug in eine neue Stadt und der Tatsache, dass sie von der NYU abgelehnt wurde.

So viel kann ein einziger Mensch kaum ertragen. Als ich Tessa vor einem Jahr kennenlernte, war sie ganz anders. Äußerlich war sie dieselbe, eine hübsche Blondine mit schönen Augen, einer sanften Stimme und einer hervorragenden Durchschnittsnote. Als ich das erste Mal mit ihr redete, hatte ich das Gefühl, einer weiblichen Ausgabe von mir selbst zu begegnen. Wir haben uns sofort verstanden, als wir uns an unserem ersten Tag am College im Kursraum begegnet sind – wir waren die Ersten. Tessa und ich kamen uns immer näher, je weiter sich ihre Beziehung zu Hardin entwickelte. Ich sah zu, wie sie sich in ihn verliebte und er sich noch mehr in sie, und ich sah auch, wie sie wieder auseinandergingen.

Ich sah, wie sie sich verletzten und dann ihre Wunden wieder heilten. Ich sah, wie sie erst alles füreinander waren, und dann nichts mehr, und dann wieder alles. Es fiel mir schwer, mich in diesem Krieg auf eine Seite zu schlagen. Es ging nicht darum, wer schuld war. Es war einfach zu kompliziert und chaotisch, und darum nehme ich mir ein Bespiel an Bella Swan und bleibe die unparteiische Schweiz.

O Gott, ich zitiere tatsächlich aus *Twilight*. Ich brauche Koffein. Sofort.

Als ich in die Küche komme, sitzt Tessa mit ihrem Telefon in der Hand an dem kleinen Tisch.

»Morgen.« Ich nicke ihr zu und schalte die Nespresso-Maschine ein. Seit ich im *Grind* arbeite, bin ich so was wie ein Kaffeesnob geworden. Es ist gut, eine Mitbewohnerin zu haben, die genauso besessen ist. Nicht so wählerisch, aber noch süchtiger als ich.

»Guten Morgen, Sunshine«, sagt Tessa zerstreut und blickt kaum von ihrem Handy auf. Doch dann trifft ihr Blick auf den Schnitt über meiner Augenbraue, und sie sieht besorgt aus. Ich war froh, dass ich das Disney-Pflaster weglassen konnte, nachdem ich heute Morgen etwas Wundsalbe draufgetupft habe.

»Mir geht's wieder ganz gut, aber das war echt verdammt peinlich.« Ich greife nach einer Kapsel mit brasilianischem Espresso und drücke sie in die Maschine. Der Tresen hier ist nicht sehr lang, und das Ding belegt die Hälfte des Platzes zwischen dem schmutzig weißen Kühlschrank und der Mikrowelle, aber es ist einfach ein Muss.

Tessa lächelt und beißt sich auf die Lippe. »Ja, ein bisschen schon«, räumt sie ein und schlägt die Hand vor den Mund, um ihre Belustigung zu verbergen.

Ich wünschte, sie würde lachen, damit sie sich wieder daran erinnert, wie das ist.

Ich werfe einen Blick auf ihre winzige Kaffeetasse. Sie ist leer.

»Willst du noch einen? Arbeitest du heute?«, frage ich.

Sie seufzt, greift nach ihrem Handy und legt es gleich wieder hin. »Ja.« Wieder mal sind ihre Augen von hochroten Äderchen durchzogen. Blutunterlaufen wegen der Tränen, mit denen sie ihr Kissen durchnässt hat. Ich habe sie letzte Nacht nicht weinen hören, aber das heißt nichts. In letzter Zeit schafft sie es ein bisschen besser, ihre Gefühle zu verbergen. Oder wenigstens glaubt sie das.

»Ja zu beidem. Arbeit und Kaffee. Bitte«, erklärt sie mit einem halben Lächeln. Dann räuspert sie sich und fragt mit gesenktem Blick: »Weißt du schon, an welchen Tagen Hardin hier sein wird?«

»Noch nicht. Er kommt ja erst in ein paar Wochen, bisher hat er mir noch nichts gesagt. Du weißt ja, wie er ist.« Ich zucke mit den Schultern. Wenn irgendjemand Hardin kennt, dann sie.

»Bist du sicher, dass das okay für dich ist? Wenn nicht, kann ich ihn in einem Hotel unterbringen oder so«, sage ich.

Auf keinen Fall will ich, dass sie sich in ihrer eigenen Wohnung unwohl fühlt. Hardin wäre zwar genervt, aber das ist mir egal.

Sie zwingt sich zu lächeln. »Nein, nein. Ist schon in Ordnung. Es ist deine Wohnung.«

»Und deine«, erinnere ich sie.

Die erste Tasse Espresso stelle ich für Tessa ins Gefrierfach. In letzter Zeit trinkt sie ihren Kaffee immer kalt. Ich habe den Verdacht, dass sogar etwas so Einfaches wie eine Tasse heißer Kaffee sie an diesen Typen erinnert.

»Ich werde Zusatzschichten im *Lookout* übernehmen, ich bin

schon ziemlich gut eingearbeitet. Heute lassen sie mich schon Brunch und Dinner machen.«

Es bricht mir fast das Herz, und im Vergleich zu ihrem Zustand kommt mir meine Einsamkeit gar nicht mehr so schlimm vor. »Wenn du es dir anders überlegst …«

»Werde ich nicht. Mir geht es gut. Es ist jetzt …« Sie zuckt mit den Schultern. »… wie lange her? Vier Monate oder so?«

Sie lügt wie gedruckt, aber es bringt nichts, wenn ich ihr das sage. Manchmal muss man jemanden eben fühlen lassen, was er fühlen muss. Zulassen, dass er versteckt, was er glaubt, verstecken zu müssen, und ihm erlauben, die Dinge auf seine Art zu verarbeiten.

Der Espresso brennt mir in der Kehle. Er ist stark, und plötzlich bin ich voller Energie. Ja, mir ist klar, dass das eine Kopfsache ist, aber es ist mir egal. Ich stelle die kleine Tasse in die Spüle und nehme mein Sweatshirt von der Stuhllehne. Meine Joggingschuhe stehen an der Tür, ordentlich in einer Reihe mit den anderen Schuhen. Tessas Werk.

Ich ziehe sie an und breche auf.

5

Die Luft ist frisch und klar, und ich kann tatsächlich schon den Herbst riechen. Den Herbst mochte ich von allen Jahreszeiten immer am liebsten. Ich liebte es, den Wechsel der Jahreszeiten zu beobachten, zu sehen, wie das Laub seine Farbe von grün zu braun wechselte, und den Duft von Zedernholz in der Luft zu riechen. Die Footballsaison geht in die Hockeysaison über und macht mein Leben für kurze Zeit interessant. Ich habe mich schon immer auf den Start der verschiedenen Sportsaisons gefreut, darauf, mit meiner Mom den Garten zu rechen und in riesige Blätterhaufen zu springen, um das Laub anschließend in Plastiksäcke mit aufgedruckten Kürbisgesichtern zu stopfen.

Wegen der zwei riesigen Birken im Vorgarten hatten wir jedes Jahr ziemlich viel Laub. Der Herbst dauert in Michigan nie lange genug. Ungefähr zur Zeit des dritten Footballspiels muss man schon Handschuhe und Mantel anziehen. Und obwohl es mich traurig machte, wenn der Herbst vorüberging, mochte ich auch die schneidend kalte Winterluft auf der Haut. Im Gegensatz zu den meisten Menschen blühe ich im Winter auf. Für mich bedeutet Kälte Sport, Ferien und stapelweise Süßigkeiten auf der Küchentheke. Dakota hat die Kälte immer gehasst. Es machte sie wahnsinnig, wenn ihre Nase rot und ihr lockiges Haar trocken wurde. Sie sah immer total süß aus, so eingepackt in mehrere Pullover, und ich schwöre, dass dieses Mädchen schon im September Fausthandschuhe getragen hat.

Der Park mit der besten Laufstrecke in Brooklyn ist zufällig ziemlich weit von meiner Wohnung entfernt. Der McCarren-Park verbindet zwei der coolsten Gegenden von Brooklyn: Greenpoint und Williamsburg. Bärte und Holzfällerhemden sind in diesem Teil der Stadt scharenweise unterwegs. Sie kommen mit ihren schwarzen Brillengestellen und eröffnen winzige Restaurants mit gedämpfter Beleuchtung und verdammt leckerem Essen. Ich verstehe zwar nicht, warum sich Männer zwischen zwanzig und dreißig unbedingt wie Männer um die siebzig anziehen wollen, aber das Essen bei den coolen Jungs hier ist es wert, auf eine Horde Typen mit Hipster-Bärten zu starren. Zu Fuß brauche ich zu meinem Lieblingspark etwas mehr als zwanzig Minuten, deshalb laufe ich meistens schon hin, jogge dann noch eine Stunde und kühle mich auf dem Heimweg ab.

Ich renne an einer Frau vorbei, die ein winziges Baby in einen Laufkinderwagen setzt. Meine Knie tun weh, aber wenn diese Frau mit einem Baby im Kinderwagen laufen kann, kann ich es erst recht. Nach zwei Minuten werden die Schmerzen in meinem Knie schlimmer, es sticht und pocht. Bei jedem Schritt spüre ich die Folgen meines gestrigen Sturzes. Einfach ignorieren.

Ich habe heute frei, und auch wenn mein Bein herumzickt, will ich an meinem ersten freien Samstag, seit ich im *Grind* arbeite, nicht nur zu Hause herumsitzen. Tessa muss heute Abend arbeiten. Ich beschließe, meine Mom anzurufen, ziehe das Handy heraus und setze mich auf eine Bank. Es kann jeden Tag so weit sein, und sogar von hier aus kann ich spüren, wie nervös sie ist. Sie wird für meine kleine Schwester die beste Mutter überhaupt sein, ob sie es glaubt oder nicht.

Mom geht nicht ran. Meine einzige Freundin hat zu tun, und

meine Mom geht nicht ans Telefon, und das bedeutet, dass ich nicht weiß, was ich tun soll. Ich bin eindeutig ein Loser. Meine Laufschuhe treffen wieder aufs Pflaster, und ich fange an, meine Schritte zu zählen. Der Schmerz im Knie ist auszuhalten, solange ich gehe und meinen Körper nicht zum Rennen zwinge.

»Achtung!«, ruft eine Frau mit Kinderwagen, als sie mich überholt. Sie ist schwanger, und in dem Wagen sitzen zwei pausbäckige Kleinkinder. Passende kleine Schleifchen verraten, dass die Dame viel zu tun hat. In Brooklyn ist das Trend: jede Menge Babys und den passenden Kinderwagen dazu. Ich habe sogar schon gesehen, wie Leute ihre Kinderwagen, komplett mit Baby und allem, am frühen Abend in Bars geschoben haben.

Ich habe nichts vor. Ich bin ein zwanzigjähriger Collegestudent, der in der angeblich großartigsten Stadt der Welt lebt, und habe an meinem freien Tag absolut nichts vor.

Ich tue mir leid. Na ja, eigentlich nicht, aber statt mir einfach neue Freunde zu suchen, jammere ich über mein langweiliges Leben. Ich weiß nicht, wie ich es anpacken soll. Die Atmosphäre an der NYU ist nicht so freundlich wie an der WCU, und wenn Tessa mich nicht zuerst angesprochen hätte, hätte ich vermutlich auch dort niemanden gefunden. Seit Carters Tod war Tessa der erste Mensch, mit dem ich befreundet sein wollte.

Für Hardin gilt das nicht, denn *das* war von Anfang an viel komplizierter. Er tat, als würde er mich hassen, aber schon damals hatte ich das Gefühl, dass das eigentlich nicht stimmte. Es war eher so, dass die Beziehung zwischen seinem Dad und mir alles zu verkörpern schien, was Hardin nicht hatte. Er war eifersüchtig, und inzwischen verstehe ich das. Es war nicht fair, dass ich die neue und bessere Version seines früher alkoholabhängigen und emotional zerstörerischen Vaters bekam. Er hasste mich für unsere gemeinsame Liebe zum Sport. Er verabscheute es, dass sein Dad mit meiner Mom und mir in ein großes Haus zog, und er verachtete das Auto, das sein Dad mir kaufte. Ich wusste, dass er mein neues Leben kompliziert machen würde, nicht aber, dass ich mal in der Lage sein würde, seine Wut nachzuvollziehen und den Schmerz dahinter zu erkennen. Auch ich bin in keinem perfekten Zuhause aufgewachsen, obwohl er das offenbar geglaubt hat.

Mein Vater starb, bevor ich ihn kennenlernen konnte, und die Menschen in meiner Umgebung haben ständig versucht, das auszugleichen. Meine Mom erzählte mir Geschichten über ihn und versuchte, mich für seinen frühen Tod zu entschädigen. Er hieß Allen Michael, und ihren Berichten zufolge war er ein beliebter Mann mit langen braunen Haaren und großen Träumen. Er wollte Rockstar werden, hat Mom mir erzählt. Wegen dieser Geschichten vermisste ich ihn, ohne ihn überhaupt gekannt zu haben. Er war ein bescheidener Mann, der viel zu jung, mit fünfundzwanzig Jahren, eines natürlichen Todes starb. Ich war erst zwei Jahre alt. Ich hätte ihn so gern gekannt, bekam aber keine Gelegenheit dazu. Hardin hingegen hatte ein brutaler Mensch Schmerz zugefügt – aber ich fand immer schon, dass man Leid nicht vergleichen sollte.

Der größte Unterschied zwischen Hardins und meiner Erziehung liegt bei unseren Müttern. Meine Mom hatte das Glück, einen guten Job bei der Stadtverwaltung zu haben, und wir konnten außerdem auf die Lebensversicherung meines Dads zurückgreifen. Hardins Mom machte ständig Überstunden und verdiente trotzdem kaum genug Geld, um ihren Sohn und sich selbst durchzubringen. Für sie war alles viel schwerer.

Es fällt mir schwer, mir meinen Stiefvater Ken so vorzustellen, wie Hardin ihn gekannt hat. Für mich wird er immer der freundliche, unbeschwerte und nüchterne Mann sein, der er heute ist – und Rektor der WCU, trotz allem. Er hat so viel für meine Mutter getan, und er liebt sie über alles. Er liebt sie mehr als den Alkohol, und genau das hat Hardin so gehasst, aber inzwischen weiß er, dass es nie eine Konkurrenz zwischen ihm und meiner Mom gegeben hat. Wenn Ken es gekonnt hätte, hätte er sich schon vor langer Zeit für seinen Sohn statt für die Flasche entschieden. Aber manchmal sind Menschen einfach nicht so stark, wie wir uns das wünschen. Dieser ganze Schmerz schwelte in Hardin und wuchs sich zu einem Feuer aus, das er nicht mehr unter Kontrolle hatte. Als dann Hardin – und auch wir anderen – herausbekamen, dass Ken gar nicht sein leiblicher Vater ist, loderte das Feuer noch mal heftig auf, und Hardin verbrannte sich ein letztes Mal daran. Danach beschloss er, sein Leben und sich selbst wieder in den Griff zu bekommen.

Was auch immer sein Therapeut mit ihm anstellt, es funktioniert, und darüber freue ich mich. Für meine Mom, die diesen zornigen Jungen liebt, als hätte sie ihn selbst zur Welt gebracht, hat die Therapie Wunder gewirkt.

Ich überhole ein Händchen haltendes Paar, das seinen Hund ausführt, und tue mir jetzt richtig leid. Soll ich vielleicht anfangen zu daten? Ich habe keine Ahnung, wie das geht. Es wäre schön, wenn da jemand wäre, aber ich weiß nicht, ob ich tatsächlich mit einer anderen als Dakota zusammen sein könnte. Diese Datingspielchen finde ich echt zermürbend, und sie hat sich erst vor einem halben Jahr von mir getrennt. Ob *sie* Dates hat? Will sie das? Ich kann mir nicht vorstellen, dass irgendjemand sie jemals besser kennen wird als ich oder dass mich jemand so glücklich machen kann wie sie. Es würde Jahre dauern, bis eine andere Frau mich so gut kennen würde, wie sie mich kennt. Kannte.

Ich weiß, ich kann nicht jahrelang warten, aber das hilft mir auch nicht weiter.

Das Paar bleibt stehen, um sich zu küssen, und ich sehe lächelnd weg, weil ich mich für sie freue. Ich freue mich für diese Fremden, die ihre Nächte nicht allein verbringen und es sich selbst in der Dusche machen müssen.

O Mann, ich klinge schon richtig verbittert.

Ich klinge wie Hardin.

Apropos Hardin, ich könnte ihn anrufen und vielleicht fünf Minuten quatschen, ehe er auflegt. Ich ziehe das Handy aus der Tasche und tippe auf seinen Namen.

»Ja?«, fragt er noch vor dem zweiten Klingelton.

»Welch überaus warme Begrüßung.« Ich überquere die Straße und laufe in Richtung meines Viertels. Ich sollte die Gegend echt mal besser kennenlernen.

»Wärmer wird's nicht. Willst du was Bestimmtes?«

Ein wütender Taxifahrer schreit eine ältere Frau an, die langsam vor seinem Wagen die Straße überquert.

»Ehrlich gesagt, betrachte ich hier gerade deine Zukunft«, sage ich und lache über die Beleidigung. Ich beobachte die Szene vor mir, um sicherzugehen, dass die Frau heil über die Straße kommt.

Er lacht nicht und fragt auch nicht, wovon zum Teufel ich überhaupt rede.

»Mir ist langweilig, und ich wollte mit dir über deinen Besuch hier reden«, sage ich ins Telefon.

»Was ist damit? Ich habe noch keinen Flug gebucht, aber ich komme um den dreizehnten herum.«

»September?«

»Ja klar.«

Ich sehe förmlich vor mir, wie er die Augen verdreht. »Willst du im Hotel wohnen oder bei mir?«

Die alte Frau erreicht die andere Straßenseite, und ich sehe, wie sie ein paar Stufen hochsteigt und ihr Haus betritt.

»Was ist *ihr* denn lieber?« Seine Stimme ist leise, vorsichtig. Er muss ihren Namen nicht aussprechen und hat es auch eine ganze Weile nicht mehr getan.

»Sie sagt, du kannst bei uns wohnen, aber wenn sie ihre Meinung ändert, musst du verschwinden, das weißt du.«

Ich mache keinen Unterschied zwischen den beiden, aber in dieser Situation hat Tessa für mich Vorrang. Sie ist es, die ich nachts weinen höre. Sie ist es, die versucht, wieder klarzukommen. Ich bin kein Idiot – Hardin geht es wahrscheinlich noch schlechter. Aber er hat sich ein paar Leute zur Unterstützung und einen guten Therapeuten gesucht.

»Ja, verdammt, das weiß ich.«

Sein Ärger überrascht mich nicht. Er erträgt es nicht, dass irgendjemand sie beschützt, mich eingeschlossen. Er glaubt, dass das sein Job ist, obwohl er derjenige ist, vor dem ich sie beschütze.

»Ich werde keine Dummheiten machen. Ich habe ein paar Treffen und wollte ein bisschen mit euch beiden abhängen. Ehrlich, ich bin einfach glücklich, wenn ich in demselben beschissenen Staat bin wie sie.«

Ich konzentriere mich auf den ersten Teil seines Satzes. »Was für Treffen? Hast du vor, hierherzuziehen?«

Ich hoffe es nicht. Ich habe keine Lust, wieder mitten in einem Kriegsgebiet zu leben. Ich dachte, mir würden wenigstens noch ein paar Monate bleiben, ehe die magischen Kräfte des Irrsinns die beiden wieder zusammenbringen.

»Scheiße, nein. Es geht bloß um den Kram, an dem ich gerade arbeite. Ich erzähl's dir, wenn ich mal Zeit habe. Auf der anderen Leitung ruft gerade jemand an.« Er legt auf, bevor ich antworten kann.

Fünf Minuten und zwölf Sekunden, sagt das Display meines Handys, das ist Rekord. Ich überquere die Straße und schiebe das Handy wieder in die Hosentasche. An der Ecke sehe ich mich um und versuche abzuschätzen, wo ich bin. Backsteinhäuser und elegante Stadthäuser säumen beide Straßenseiten. Am Ende des Blocks hängen in einer kleinen Kunstgalerie Drucke mit knallbunten abstrakten Formen an Schnüren im Fenster. Ich war noch nicht drin, aber ich kann mir vorstellen, wie teuer diese Dinger sind.

»Landon!«, schreit eine vertraute Stimme über die Straße.

Suchend blicke ich mich um. Verdammt, diese knappen Klamotten. Sie trägt dasselbe wie gestern, eng anliegendes Lycra, Trainingsshorts und einen Sport-BH. Ihr Busen ist eher klein, aber sie hat die straffsten und knackigsten Brüste, die ich je gesehen habe. Nicht dass ich schon sehr viele gesehen hätte, aber ihre sind fantastisch.

Winkend kommt sie über die Kreuzung auf mich zu, und wenn uns hier nicht das Schicksal zusammengeführt hat, dann weiß ich es auch nicht.

6

Als sie mich eingeholt hat, umschlingt Dakota sofort meinen Nacken und zieht mich an sich. Unsere Umarmung dauert ein paar Sekunden länger als unter Freunden üblich, und als sie mich losgelassen hat, lehnt sie den Kopf an meinen Arm. Sie ist fast dreißig Zentimeter kleiner als ich, aber ich ziehe sie gern damit auf, dass ihre Wahnsinnslocken sie zehn Zentimeter größer machen.

Ihre Nase ist rot und ihr Haar heute besonders wild. Es ist noch nicht kalt, aber windig, und die Luft, die vom East River herüberweht, lässt mich frösteln. Sie ist für das herbstliche Wetter nicht passend angezogen, eigentlich hat sie kaum etwas an. Nicht dass mich das stören würde.

»Was machst du denn hier in der Gegend?«, frage ich.

Sie wohnt in Manhattan, und trotzdem sehe ich sie zum zweiten Mal in dieser Woche in Brooklyn.

»Laufen. Über die Manhattan Bridge, und dann einfach immer weiter.« Sie sieht mir in die Augen, dann huscht ihr Blick zu meiner Stirn. »Was ist mit deinem Gesicht passiert?« Ihre Finger drücken auf die Wunde, und ich zucke zusammen.

»Das ist eine lange Geschichte.« Vorsichtig fahre ich mit den Fingern über die empfindliche Stelle und fühle die Kruste, die sich auf der Wunde gebildet hat.

»Bist du in eine Schlägerei geraten?«, zieht sie mich auf, und in meiner Brust fängt es an zu prickeln. Ich vermisse sie, obwohl sie gerade vor mir steht.

Verdammt, auf keinen Fall werde ich ihr erzählen, was wirklich mit meiner Stirn passiert ist. Oder mit meinem Knie. O Mann, ich komme mir echt mies vor, jetzt, wo sie vor mir steht, denn ich denke jedes Mal an sie, wenn ich es mir selbst mache.

»Nicht ganz.« Ich schüttele den Kopf. »Ich bin in der Dusche ausgerutscht. Aber deine Idee gefällt mir besser. Klingt eindeutig cooler.« Ich lache leise und blicke auf sie hinab.

Meine Antwort amüsiert sie, sie wippt in ihren knallpinken Nikes auf und ab. Der gelbe Swoosh auf den Schuhen passt zu ihrem Sport-BH, und das Pink passt zu ihren extrem knappen Shorts.

»Und du? Was hast du vor? Willst du dir einen Kaffee holen oder so?«, fragt sie.

Ihr Blick flitzt über die Straße, und sie starrt das Pärchen an, das mir vorhin schon aufgefallen war. Händchen haltend schlendern sie durch die Straßen von Brooklyn. Es ist ein romantischer Anblick, er hat ihr seinen Mantel um die Schultern gelegt und beugt sich jetzt über sie, um sie auf den Scheitel zu küssen.

Dakota blickt wieder zu mir auf, und ich wünschte, ich könnte ihre Gedanken lesen. *Vermisst sie mich? Sehnt sie sich nach meiner Zuneigung, wenn sie dieses glückliche, Händchen haltende Paar sieht?*

Sie will mit mir abhängen – *was hat das zu bedeuten?* Ich habe zwar nichts vor, aber vermutlich sollte ich so tun, als hätte ich außer Schule und Arbeit noch so was wie ein Leben.

»Ich habe gerade ein bisschen Zeit«, sage ich schulterzuckend, und sie hakt sich bei mir ein und zieht mich mit sich. Im Gehen mache ich mir im Kopf eine Liste normaler Gesprächseröffnungen, die eigentlich nicht peinlich wirken. Ich sage eigentlich, denn wenn irgendjemand das Talent hat, normale Situationen in peinliche zu verwandeln, dann ich.

Der nächste Starbucks liegt nur zwei Blocks entfernt, und Dakota schweigt fast die ganze Zeit. Irgendetwas stimmt nicht mit ihr, so viel ist sicher.

»Ist dir kalt?« Das hätte ich sie schon früher fragen sollen. So wie sie angezogen ist, muss sie frieren.

Sie blickt zu mir auf, und ihre rote Rudolph-Nase verrät sie, obwohl sie den Kopf schüttelt.

»Hier.« Sanft löse ich mich von ihr, ziehe mir das Sweatshirt über den Kopf und reiche es ihr.

Es versetzt mir einen leichten Stich, als sie an dem grauen Stoff schnuppert, so wie sie es früher immer gemacht hat. Als wir noch auf der Highschool waren, war sie regelrecht davon besessen, meine Hoodies zu tragen. Jede zweite Woche musste ich mir ein neues kaufen, um mit ihrer diebischen Angewohnheit Schritt zu halten.

»Du trägst immer noch Spicebomb«, sagt sie, und es ist keine Frage.

Zu unserem ersten gemeinsamen Weihnachten kaufte sie mir mein erstes Parfüm überhaupt, danach dann jedes Jahr eines.

»Jepp. Manche Dinge ändern sich nie.« Ich beobachte, wie sie sich mein Sweatshirt überzieht. Ihre Locken kommen zuerst zum Vorschein, und ich helfe ihr, den Stoff darüberzuziehen. Das Sweatshirt reicht ihr bis zu den Knien.

Sie blickt auf das Bild hinab, das auf der Brust aufgedruckt ist.

»Harry Potter und die Heiligtümer des Todes.« Mit ihrem Fingernagel berührt sie die Spitze des Dreiecks. »Manche Dinge ändern sich wirklich nie.«

Ich warte darauf, dass sie lächelt, aber sie tut es nicht.

Wieder schnuppert sie an dem Shirt.

»Gefällt dir der Duft so gut, oder hast du etwa noch eine Notfallreserve von damals?« Endlich lacht Dakota, aber nur kurz.

»Such du uns einen Tisch, ich hole den Kaffee«, sage ich. So haben wir es damals in Saginaw immer gemacht. Sie hat den Tisch ausgesucht, meistens einen am Fenster, und ich habe für uns beide die Getränke bestellt. Zwei Mocha-Frappuccinos, extra Zucker für sie, ein extra Schuss Kaffee für mich. Dazu bestellte ich immer zwei Stücke Zitronenkuchen, und jedes Mal hat sie die Glasur von meinem mitgegessen.

Meine Vorlieben haben sich im Laufe der Jahre geändert, und ich kann mich nicht mehr dazu überwinden, den zuckrigen Milchshake zu trinken, der sich nur als Kaffee ausgibt. Ich bestelle ihr einen Frappuccino und mir selbst einen Caffè Americano, dazu zweimal Zitronenkuchen. Während ich darauf warte, dass ich aufgerufen werde, blicke ich hinüber zu dem Tisch, an dem Dakota sitzt. Sie hat das Kinn auf die Hände gestützt und starrt Löcher in die Luft.

»Ein Mocha Frap und einen Americano für … London!«, ruft die hübsche Barista falsch aus. Schwungvoll stellt sie die Getränke auf die Theke, ein breites Lächeln im Gesicht. Dasselbe Lächeln, das bei allen Angestellten der Kette mit der Meerjungfrau im Logo zu sehen ist.

Als ich an den Tisch komme, richtet sich Dakota leicht auf. Ich reiche ihr den großen Becher. Prüfend betrachtet sie mein Getränk.

»Was ist das?«

Ich setze mich ihr gegenüber, und sie hebt meinen Kaffeebecher an die Lippen.

»Das magst du nicht …«, warne ich sie.

Es ist zu spät, sie hat die Augen geschlossen und verzieht schon das Gesicht. Sie spuckt es nicht aus, aber am liebsten würde sie es tun. Ihre Wangen sind aufgebläht von der Mischung aus Espresso und Wasser, und als sie mühsam zu schlucken versucht, sieht sie aus wie ein wahnsinnig hübsches Eichhörnchen.

»Igitt! Wie kannst du so was nur trinken?«, ruft sie aus, als sie es endlich hinuntergeschluckt hat. Ich schiebe ihren Becher näher zu ihr, damit sie nachspülen kann. »Das schmeckt ja wie Teer …!«

Sie war immer schon ein bisschen dramatisch.

»Ich mag es«, sage ich achselzuckend und trinke einen kleinen Schluck Kaffee.

»Seit wann trinkst du Hipster-Kaffee?« Angewidert rümpft Dakota die Nase.

Ich lache leise. »Der ist nicht hip. Das ist nur Espresso mit Wasser«, verteidige ich mich.

»Für mich klingt das hip«, schnaubt sie.

Irgendetwas hält sie zurück. Ich kann es noch nicht genau fassen, aber es klingt, als wäre sie wütend auf mich, wegen irgendetwas, von dem ich nicht mal weiß, dass ich es getan habe.

Es ist, als wären wir noch zusammen.

»Ich habe dir auch Zitronenkuchen mitgebracht. Zwei Stücke.« Ich schiebe ihr die braune Papiertüte zu. Kopfschüttelnd schiebt sie die Tüte zurück.

»Ich darf das Zeug nicht mehr essen, ich habe schon diesen Kaffee zum Mittagessen.«

Sie rümpft die Nase, was mich an ihre Klagen darüber erinnert, dass sie für die Tanzakademie ihre Essgewohnheiten ändern musste. Sie muss eine strenge Diät einhalten, und Zitronenkuchen hat darin absolut keinen Platz.

»Tut mir leid.« Ich zucke zusammen und mache die Papiertüte zu. Den Kuchen werde ich mit nach Hause nehmen und ihn später essen, damit sie nicht mitkriegt, wie verfressen ich bin.

»Wie läuft's denn so bei dir?«, frage ich, nachdem wir eine ganze Weile geschwiegen haben. Es ist, als wüssten wir nicht, wie wir uns verhalten sollen, seit wir nicht mehr zusammen sind. Wir benehmen uns wie Fremde. Bevor wir ein Paar wurden, waren wir jahrelang befreundet, und unsere Freundschaft vertiefte sich noch, als ihr Bruder mein bester Freund wurde. Ein Frösteln läuft mir über den Rücken, während ich auf ihre Antwort warte.

»Ganz okay«, sagt sie und seufzt. Sie schließt einen Moment die Augen, und ich weiß, dass sie lügt.

Ich lege meine Hand neben ihre auf den Tisch. Es wäre unangemessen, sie zu berühren, aber ich würde es schrecklich gern tun. »Du weißt, dass du es mir sagen kannst.«

Seufzend schüttelt sie den Kopf.

»Ich bin immer für dich da, das weißt du doch«, sage ich, um sie daran zu erinnern, dass sie auf mich zählen kann. Als ich sie zum ersten Mal weinend und mit Blut im Haar auf den Stufen vor ihrem Haus gefunden habe, habe ich geschworen, immer für sie zu sorgen. Weder die Zeit noch unsere Trennung werden das jemals ändern.

Aber das will sie nicht hören, und sie schiebt meine Hand weg. »Nein, nicht.«

»Ich brauche niemanden, der immer für mich da ist, Landon … Ich brauche … ach, ich habe keine Ahnung, was ich brauche. Bei mir geht alles schief, und ich weiß nicht, was ich dagegen tun soll.« Ihre Augen sind dunkel, während sie mich mustert.

Bei ihr geht alles schief? Was soll das heißen?

»Wie meinst du das? Geht es um die Schule?«

»Alles – buchstäblich alles in meinem beschissenen Leben.«

Ich kann ihr nicht folgen. Wahrscheinlich, weil sie mir nichts erzählt, was mir erlauben würde, ihr zu helfen.

Ungefähr mit fünfzehn wurde mir klar, dass ich alles tun würde, damit es ihr gut geht. Ich bin der Reparierer, derjenige, der alles wieder in Ordnung bringt, vor allem für das Nachbarmädchen mit dem gelockten Haar, dem Arsch von einem Vater und dem Bruder, der zu Hause kaum ein Wort sagen durfte, ohne sich dafür blaue

Flecken einzuhandeln. Und jetzt sitzen wir hier, fünf Jahre später, weit weg von dieser lahmen, zermürbenden Kleinstadt, weit entfernt von diesem Mann, und trotzdem ändert sich manches wirklich nie.

»Erzähl mir was, womit ich was anfangen kann.« Ich lege meine Hand auf ihre, und sie zieht sie zurück, genauso, wie ich es mir gedacht habe. Ich lasse es zu. Wie immer.

»Ich habe die Rolle, für die ich in den letzten zwei Monaten wie eine Blöde trainiert habe, nicht bekommen. Ich dachte, die Rolle gehört mir. Ich habe sogar in Kauf genommen, dass sich meine Durchschnittsnote verschlechtert, weil ich so viel Zeit bei den Proben verbracht habe.« Sie atmet heftig aus und schließt wieder die Augen.

»Was ist bei dem Casting passiert? Warum hast du die Rolle nicht bekommen?« Ich brauche mehr Teile von diesem Puzzle, damit ich das Motiv erkennen kann.

»Weil ich nicht weiß bin.« Sie sagt es laut und bestimmt.

Ihre Antwort berührt einen Bereich in mir, in dem ich mich ganz hilflos fühle. Ich kann so ziemlich jeden Scheiß wieder hinbiegen, aber gegen Dummheit bin ich machtlos, sosehr mich das auch nervt.

»Haben sie das gesagt?« Ich zwinge mich, leise zu sprechen, obwohl ich es eigentlich nicht will. Das können sie doch unmöglich zu einer Studentin gesagt haben, oder?

Sie schüttelt den Kopf und schnaubt. »Nein, mussten sie gar nicht. Jede ihrer Hauptdarstellerinnen ist weiß. Ich habe langsam echt die Nase voll davon.«

Ich lehne mich auf dem Holzstuhl zurück und trinke einen Schluck Kaffee.

»Hast du mit jemandem darüber gesprochen?«, frage ich zögerlich.

Dieses Gespräch führen wir nicht zum ersten Mal. Im Mittleren Westen hat sich in unserem Viertel oder in der Schule kaum jemand an Mischlingskindern gestört. Wenn es um die Hautfarbe geht, ist die Bevölkerung von Saginaw ziemlich ausgeglichen, und ich lebte in einer überwiegend von Schwarzen bewohnten Gegend. Und trotzdem wurden wir mehrmals gefragt, warum wir zusammen sind.

»*Warum bist du immer nur mit weißen Jungs zusammen?*«, fragten ihre Freundinnen.

»*Warum bist du nicht mit einem weißen Mädchen zusammen?*«, wurde ich von billigen Tussen gefragt, die weißen Eyeliner trugen und Gelstifte in ihren Pseudo-Designertaschen.

Dakota schlürft einige Sekunden an ihrem Strohhalm herum. Als sie ihn aus dem Mund nimmt, hängt ein Klecks Schlagsahne in ihrem Mundwinkel. Ich unterdrücke den Drang, ihn ihr abzuwischen.

»Weißt du noch, wie wir in Saginaw stundenlang bei Starbucks gesessen haben?«

Damit schiebt sie ihren eigentlichen Kummer weg, und ich dränge sie nicht, weiter darüber zu reden. Wie immer.

Ich nicke.

»Jedes Mal haben wir ihnen Fantasienamen genannt.« Sie lacht. »Und weißt du noch, das Mädel, das stinksauer wurde, weil sie Hermine nicht buchstabieren konnte? Die sich geweigert hat, unsere Namen auf die Becher zu schreiben?«

Jetzt ist ihr Lachen echt, und plötzlich bin ich wieder fünfzehn und renne auf der Straße einer rebellischen Dakota hinterher, die sich über den Tresen gebeugt und der Frau den Filzstift direkt aus der Schürze geklaut hat. An jenem Tag hatte es geschneit, und als wir zu Hause ankamen, waren wir voller braunem Schneematsch. Meine Mom war verwirrt, weil Dakota ihr zurief, wir wären auf der Flucht vor den Cops, während wir in unserem alten Haus die Treppe hinaufrannten.

Ich schwelge mit ihr in der Vergangenheit. »Wir haben wirklich geglaubt, die Cops würden ihre Zeit mit zwei Teenies verschwenden, die einen Filzstift geklaut haben.«

Einige Gäste blicken in unsere Richtung, aber es ist ziemlich voll hier, darum finden sie schnell etwas anderes und Unterhaltsameres als ein peinliches Kaffeedate eines Expärchens.

»Carter hat mir damals erzählt, die Frau habe ihm gesagt, wir hätten dort Hausverbot«, fügt sie hinzu, und ihr Blick verfinstert sich.

Als sie Carter erwähnt, fängt es in meinem Nacken an zu prickeln.

Dakota muss es in meinen Augen gesehen haben, denn sie greift über den Tisch und legt ihre Hand auf meine. Ich lasse es zu. Wie immer.

Dann folge ich ihrem Beispiel und wechsle das Thema. »Wir hatten ziemlich gute Zeiten damals in Michigan.«

Dakota neigt den Kopf, das Licht der Deckenlampen fällt auf ihr Haar und lässt es schimmern. Ich habe gar nicht gemerkt, wie einsam ich in letzter Zeit war. Abgesehen von Noras flüchtiger Berührung hat mich seit Monaten niemand mehr angefasst. Schon ewig bin ich nicht mehr geküsst worden. Außer Tessa und meiner Mom hat mich nicht mal jemand umarmt, seit Dakota mich das letzte Mal in Washington besucht hat.

»Ja, das hatten wir«, sagt sie. »Bis du mich verlassen hast.«

7

Ich frage mich, ob meine Miene auch nur annähernd verrät, was ich fühle. Es würde mich nicht überraschen. Als sie das gesagt hat, habe ich eindeutig mit dem Kopf gezuckt. *Das muss sie gesehen haben,* ist alles, was ich denken kann, während ich sie ungläubig anstarre und darauf warte, dass sie ihre harschen Worte zurücknimmt.

»Ja, was denn?«, fragt sie mit ausdrucksloser Miene.

Sie kann doch auf keinen Fall …

»Ich wollte dich nicht verlassen … Aber ich hatte keine andere Wahl.« Ich zwinge mich, leise zu sprechen, und hoffe, dass sie die Aufrichtigkeit in meinen Worten erkennt.

Der Typ am Tisch nebenan blickt eine Sekunde zu uns rüber und konzentriert sich dann wieder auf seinen Laptop.

Ich umfasse auf dem Tisch ihre Hände und drücke sie sanft. Ich verstehe ja, was sie da tut. Sie ist aufgebracht wegen der Schule, und darum projiziert sie ihren Ärger und Stress auf mich. Das hat sie schon immer getan, und ich habe es immer schon zugelassen.

»Das ändert nichts daran, dass du es getan hast. Du bist gegangen, Carter war weg, mein Dad …«

»Ich wäre nirgendwohin gegangen, wenn ich irgendein Mitspracherecht gehabt hätte. Meine Mom ist umgezogen, und dass ich mein letztes Jahr an der Highschool in Michigan verbringen wollte, war für sie kein überzeugendes Argument. Das weißt du.«

Ich gehe behutsam mit ihr um, so wie ich mit einem verwundeten Tier umgehen würde, das nach jedem schnappt, der sich ihm nähert.

Sofort fällt ihr Zorn in sich zusammen. »Ich weiß, es tut mir leid«, sagt sie und seufzt. Mit hängenden Schultern blickt sie zu mir auf.

»Du kannst immer über alles mit mir reden«, erinnere ich sie. Ich weiß, wie es sich anfühlt, nur ein kleiner Mensch in so einer großen Stadt zu sein. Außer über Maggy habe ich sie eigentlich nie über irgendwelche Freundinnen reden hören, und jetzt weiß ich, dass sie sich aus irgendeinem nervigen Grund, den ich nicht verstehe, mit Aiden angefreundet hat. Aber ich glaube nicht, dass ich da allzu genau nachfragen will. Die Art, wie sie sich im Coffeeshop für ihn gedreht hat …

Dakota blickt zur Tür und seufzt erneut. In meinem ganzen Leben habe ich keinen anderen Menschen so oft seufzen hören wie sie. »Es geht mir gut. Also jetzt wieder. Ich schätze, ich musste einfach mal Dampf ablassen.«

Das reicht mir nicht.

»Dir geht es nicht gut, Baby Beans«, sage ich und benutze instinktiv ihren alten Spitznamen. Sie zuckt zusammen, setzt aber sofort ein scheues Lächeln auf, und ich lehne mich zurück und lasse unsere Vertrautheit für mich arbeiten. Endlich wird sie weicher, und wenn es zwischen uns so ist, fühle ich mich in ihrer Anwesenheit nicht mehr so unbehaglich.

»Ach wirklich?« Dakotas Stuhl schrammt über den Boden, als sie näher zu mir rutscht. »Das war echt 'ne billige Nummer.«

Ich lächle, sage aber nichts und schüttele den Kopf. Ich wollte mir mit ihrem Spitznamen keinen Vorteil verschaffen. Eines Tages habe ich sie zufällig so genannt – keine Ahnung, warum –, und irgendwie ist es dabei geblieben. Sie ist damals weich geworden, und so ist es auch heute. Der Name ist mir einfach herausgerutscht, aber trotzdem freue ich mich, als sie den Kopf an meine Schulter lehnt und mit einer Hand meinen Arm umfasst. Der dumme Spitzname hat immer dieselbe Wirkung auf sie. Und ich liebe es.

»Du bist so muskulös geworden«, sagt sie und betastet meinen Bizeps. »Wie kommt das?«

Ich habe mehr trainiert, und es wäre gelogen zu sagen, dass sie es nicht merken sollte, aber ihr Spruch und ihre Nähe schüchtern mich trotzdem ein bisschen ein.

Dakotas Hand fährt an meinem Arm hinauf und wieder hinunter, und ich schiebe mir vorsichtig ihr lockiges Haar aus dem Gesicht.

»Ich weiß nicht«, antworte ich schließlich, und meine Stimme klingt viel sanfter, als ich wollte. Ihre Finger spielen noch immer auf meiner Haut herum, zeichnen schattenhafte Formen darauf und sorgen dafür, dass ich eine Gänsehaut bekomme. »Ich bin viel gelaufen, und in unserem Haus gibt es einen Fitnessraum. Ehrlich gesagt, bin ich da gar nicht oft, aber ich laufe fast jeden Tag.«

Es fühlt sich so gut an, berührt zu werden. Ich hatte ganz vergessen, wie gut es ist, einfach jemanden bei mir zu haben, geschweige denn, die Berührung eines anderen Menschen zu spüren. Vor meinem geistigen Auge blitzen Noras Fingernägel auf, die über meinen Bauch hinabgleiten, und ich erschauere. Dakotas Berührung ist anders, sanfter. Sie weiß eben, wie sie mich berühren muss und woran ich gewöhnt bin. Noras Berührung jagte mir Schauer über den Rücken, diese hier beruhigt mich.

Warum denke ich jetzt an Nora?

Dakota liebkost mich weiter, während ich versuche, Nora aus meinen Gedanken zu vertreiben. Ihre Aufmerksamkeit macht mich verlegen, aber gleichzeitig ist es ein gutes Gefühl, dass jemand zur Kenntnis nimmt, wie sehr ich mich abmühe. In den vergangenen zwei Jahren habe ich meinen Körper vollständig umgeformt, und ich bin froh, dass sie das offenbar zu schätzen weiß. Sie war immer die Hübschere von uns, und vielleicht bekommt sie wegen meiner neuen Figur Lust mich länger zu berühren, ja vielleicht sogar mehr Zeit mit mir zu verbringen.

Der Gedanke ist oberflächlich und verzweifelt, aber er ist alles, was mir in diesem Augenblick bleibt, in dem es darum geht, Dakota festzuhalten.

Sie ist sogar noch schöner geworden, und ich stelle mir vor, dass das immer so weitergeht, bis sie eine wunderschöne Frau ist. Wir hatten uns vorgenommen, zusammen erwachsen zu werden. Wir würden zwei Kinder bekommen, hat sie immer gesagt, obwohl ich eigentlich lieber vier haben wollte. Das Leben kam mir damals ganz anders vor, und die Vorstellung, dass wir zusammen erwachsen werden und alles werden konnten, was wir wollten, schien zum Greifen nah zu sein. Den meisten Menschen, die in einer kleinen Stadt im Mittleren Westen festsitzen, kommen die Lichter der Großstadt völlig unerreichbar vor, aber nicht Dakota.

Sie wollte immer schon mehr. Ihre Mom war eine ehrgeizige Schauspielerin, die nach Chicago gegangen war, um Theater zu spielen und ein großer Star zu werden. Das hat nicht geklappt; die Stadt verschlang sie, und sie wurde süchtig nach langen Nächten und den Dingen, die einen wach genug halten, um sie zu genießen. Sie hat es nicht geschafft, und Dakota war fest entschlossen, das zu tun, was ihre Mutter nicht fertiggebracht hatte: Sie würde es schaffen.

Sie kuschelt sich noch enger an mich. Ihre Haare kitzeln mich in der Nase, und ich rutsche tiefer in den Stuhl.

»Morgen werde ich meinen Ausraster nur noch lustig finden«,

sagt sie. Sie richtet sich wieder auf und lenkt das Gespräch von mir ab.

Um ehrlich zu sein: Ich bin froh darüber. Sie hat recht – morgen wird alles schon anders aussehen, besser, und wenn sie irgendetwas braucht, kann sie mich jederzeit anrufen.

Entspannt schweigend, bleiben wir noch einige Minuten sitzen, bis plötzlich Dakotas Handy klingelt. Während sie redet, schiebe ich eine Serviette auf dem Tisch herum und fange an, sie in kleine Stücke zu zerreißen.

Schließlich flötet sie ins Telefon: »Ich komme, halt mir einen Platz frei.« Sie beendet das Gespräch und steckt das Handy wieder ein. Unvermittelt steht sie auf und wirft sich die Tasche über die Schulter. »Das war Aiden.« Laut schlürfend, trinkt sie einen großen Schluck von ihrem Frappuccino.

Beklommen stehe ich ebenfalls auf.

»Heute gibt es ein Casting, und er hält mir einen Platz frei. Es geht um einen Online-Werbespot für die Akademie. Ich muss los, aber danke für den Kaffee – wir müssen uns unbedingt mal wieder treffen!«

Ihre Hand liegt auf meiner Schulter, als sie mich auf die Wange küsst.

Und dann ist sie verschwunden. Ihr halb voller Frappuccino steht noch immer vor mir und scheint mich und meine Einsamkeit zu verspotten.

8

Auf dem Heimweg denke ich die ganze Zeit:

a) Das war echt schräg.
b) Ich kann Aiden mit seinen schrecklichen weißen Haare und seinen langen Beinen nicht ausstehen – was zum Teufel will er nur von ihr?
c) Wahrscheinlich versucht er, sie auf die dunkle Seite zu ziehen – aber ich bleibe an ihm dran!

Als ich die Wohnungstür öffne, schlägt mir aufdringlicher Vanillegeruch entgegen. Entweder hat Tessa es mal wieder mit dem Körperspray übertrieben, oder jemand steht in der Küche und bäckt. Ich bete, dass es das ist. Der Duft tröstet mich – als ich ein Kind war, war das Haus immer vom süßen Duft nach Chocolate Chip Cookies und Maple Squares erfüllt –, und ich will nicht, dass irgendein Körperspray solche Gefühle in mir wachrufen kann. Auslöser und Wirkung würden viel zu sehr dem ähneln, was ich gerade mit Dakota erlebt habe …

Ich werfe meine Schlüssel auf den Holztisch im Eingang und zucke zusammen, als mein Red-Wings-Schlüsselanhänger einen kleinen Splitter aus der Platte schlägt. Meine Mom hat mir diesen Tisch geschenkt, als ich nach New York gezogen bin, und ich musste ihr versprechen, gut darauf aufzupassen. Es war ein Geschenk von meiner Grandma, und alles, was mit ihrer verstorbenen Mutter zu tun hat, ist für Mom heilig. Vor allem, weil nicht viel übrig geblieben ist, nachdem Hardin einen ganzen Wandschrank voller lange gehütetem Geschirr zertrümmert hat.

Meine Grandma war eine angenehme Frau, hat meine Mom mir erzählt. Ich habe nur eine einzige Erinnerung an sie, und die ist alles andere als angenehm. Ich war damals ungefähr sechs, und sie erwischte mich, als ich eine Handvoll Erdnüsse aus einem riesigen Fass in dem Lebensmittelgeschäft in der Stadt stahl. Als ich auf der Rückbank ihres Kombis saß, hatte ich den Mund und die Hosentasche voll davon. Ich weiß nicht mehr, warum ich das gemacht habe und ob ich überhaupt wusste, was ich da tat, aber als sie sich zu mir umblickte, erwischte sie mich, wie ich die Schalen knackte und in einer Tour Erdnüsse kaute. Als sie auf die Bremse stieg, verschluckte ich mich an einem Stückchen Schale. Sie glaubte, dass ich ihr nur etwas vorspielte, und wurde noch wütender.

Ich hustete die verschluckten Stücke aus und versuchte, wieder Luft zu bekommen, während sie mitten auf dem Highway eine Kehrtwende vollführte, ohne dem Hupkonzert der verärgerten anderen Fahrer die geringste Beachtung zu schenken. Und dann verfrachtete sie meinen Arsch zurück zu dem Laden. Ich musste mein Verbrechen gestehen und mich nicht nur bei dem Verkäufer, sondern auch beim Geschäftsführer entschuldigen. Es war wirklich demütigend, aber gestohlen habe ich nie wieder.

Grandma starb, als ich in der Mittelstufe war, und hinterließ zwei Töchter, die nicht unterschiedlicher hätten sein können. Alles, was ich sonst noch über sie weiß, habe ich von meiner Tante Reese, und bei ihr klingt es immer, als wäre Grandma im Vergleich zum stillen Rest meiner Familie ein Tornado gewesen. Niemand legte sich mit einem Mitglied der Familie Tucker an, wie der Mädchenname meiner Mutter lautet, aus Angst, es mit Grandma Nicolette zu tun zu bekommen.

Tante Reese ist die Witwe eines Polizisten. Sie trägt ihr blondes Haar aufgetürmt, toupiert und mit Haarspray eingenebelt, und ihre unzähligen Ansichten haben alle darunter Platz. Ich war immer gern bei ihr und ihrem Ehemann Keith, als der noch lebte. Sie war glücklich und immer lustig, und wenn sie lachte, schnaubte sie. Onkel Keith, den ich schon deshalb toll fand, weil er ein Cop war, schenkte mir jedes Mal Hockey-Sammelkarten. Ich weiß noch, dass ich mir manchmal wünschte, er wäre mein Dad. Ja, es ist erbärmlich, aber manchmal hätte ich einfach gern noch einen Mann in meiner Nähe gehabt. Bis heute erinnere ich mich an die herzzerreißenden Schreie meiner Tante im Hausflur, an das blasse Gesicht meiner Mutter und ihre zitternden Hände, als sie zu mir sagte: »Es ist alles in Ordnung, geh wieder ins Bett, mein Schatz.«

Keiths Tod hat uns alle schrecklich aufgewühlt, vor allem Reese. Beinahe wäre ihr Haus zwangsversteigert worden, weil sie so *schrecklich traurig* war. Sie hatte kein Interesse mehr am Leben, geschweige denn daran, ihr Scheckbuch zu zücken und einen Scheck auf ein Konto voller Blutgeld aus der Lebensversicherung ihres Mannes auszustellen. Sie putzte und kochte nicht mehr und zog sich nicht mehr an; um ihre Kinder kümmerte sie sich allerdings immer. Sie badete und machte sie fein, ihre kleinen runden Bäuche waren der Beweis, dass sie ihre Kinder über alles andere stellte. Gerüchten zufolge hat meine Tante nach Keiths Tod das ganze Geld seiner Tochter aus einer früheren Ehe vermacht. Ich bin ihr nie begegnet, darum weiß ich nicht, ob das stimmt.

Reese und meine Mom waren sich ihr Leben lang nah, weil sie altersmäßig nur zwei Jahre auseinanderliegen. Tante Reese war zwar nur zwei Mal in Washington, aber sie telefonieren sehr oft. Grandmas Tod schien Reese weniger auszumachen als meiner Mom.

Meine Mom ist mit ihrem Tod klargekommen, indem sie das Thema erst mal verdrängt und viel gebacken hat. Trotzdem war es schwer für sie, und dieser Tisch, den ich gerade zerkratzt habe, ist das Einzige, was Grandma hinterlassen hat.

Ich bin echt ein mieser Sohn …

»Hallo?«, ruft Tessa aus der Küche und unterbricht die Gedankenbruchstücke, die in meinem Kopf herumspringen wie lauter kleine Yodas.

Ich bücke mich, um mir die Schuhe auszuziehen und die makellosen alten Holzfußböden zu schonen. Tessa hat sie die ganze letzte Woche poliert, und es ist klar, dass ich in der Wohnung im Augenblick besser keine Schuhe tragen sollte. Jeden blöden Fußabdruck hat sie zwanzig Minuten mit der kleinen Poliermaschine bearbeitet.

Bei dem ganzen Dreck auf den Straßen in New York ist es wahrscheinlich sowieso besser, die Schuhe vor der Tür auszuziehen.

»Hallo?«, fragt Tessa wieder, und ihre Stimme kommt näher.

Als ich aufblicke, ist sie nur einen Meter von mir entfernt.

»Hast du mich erschreckt!«, sagt sie. Unsere Blicke begegnen sich. Seit vor ein paar Monaten jemand in die Wohnung im Erdgeschoss eingebrochen ist, ist sie nervös. Sie spricht nicht oft darüber, aber ich erkenne es an ihrem hektischen Blick zur Tür, sobald es im Flur knarrt.

Tessa trägt ein T-Shirt der WCU und ihre schwarzen Leggings, die mit Mehl bestäubt sind.

»Tut mir leid. Alles okay bei dir?«, frage ich. Die dunklen Ringe unter ihren Augen sind der Beweis, dass nicht alles okay ist.

»Ja klar«, sagt sie lächelnd und verlagert das Gewicht auf den anderen Fuß. »Ich backe gerade, und wenn ich das mache, ist doch immer alles okay, stimmt's?« Ihre Stimme verwandelt sich in ein gequältes Lachen. »Nora ist auch hier, in der Küche«, fügt sie hinzu.

Mein Gehirn nimmt den letzten Satz erst einmal nicht zur Kenntnis. »Mom wäre stolz auf dich«, sage ich lächelnd und werfe meine Jacke über die Armlehne des Stuhls.

Tessa beäugt mich kritisch, beschließt aber, es mir durchgehen zu lassen. Abgesehen vom Putzen ist sie eine großartige Mitbewohnerin. Sie lässt mir immer genug Zeit und Raum für mich selbst, und wenn sie da ist, genieße ich ihre Gesellschaft. Sie ist meine beste Freundin, und im Augenblick ist sie nicht gerade in Höchstform.

»Ja!«, höre ich Nora schreien.

Tessa verdreht die Augen. Ich werfe ihr einen fragenden Blick zu, und sie deutet mit einem Kopfnicken zur Küche.

»Gott sei Dank«, sagt Tessa sarkastisch, als ich ihr in die Küche folge.

Mit jedem Schritt wird der süße Duft stärker. Tessa läuft direkt auf den kleinen Rollwagen zu, den wir unsere Kücheninsel nennen. Mindestens zehn Backformen stapeln sich darauf.

Tessa verrät mir, warum sie Grund zum Feiern haben. »Diesmal muss sie sie hingekriegt haben.«

»Wir haben in deiner Küche die Macht übernommen«, erklärt Nora. Ihre grünen Augen betrachten mich flüchtig, ehe sie wieder wegsieht und das Chaos um sich herum betrachtet.

»Hey, Sophia Nora de Laurentiis«, sage ich, öffne den Kühlschrank und schnappe mir eine Flasche Wasser.

Als sie »Sophia« hört, macht Tessa den Mund auf, um mich zu korrigieren, aber dann versteht sie meinen kleinen Witz offenbar doch und sagt nichts.

Nora hingegen sagt: »Hey Landon«, ohne von ihrer Arbeit aufzublicken.

Ich versuche, nicht auf die Spuren von lila Zuckerguss auf ihrem schwarzen Shirt zu starren, genau in Brusthöhe … obwohl es ziemlich eng sitzt, ihre Brüste dehnen den Stoff … und die violette Glasur glänzt so …

Guck weg, Landon.

Ich richte den Blick auf das lila Chaos vor ihr, das eigentlich gar kein Chaos ist, sondern eine dreistöckige Torte, helllila gefärbt und mit großen violetten und weißen Blumen bedeckt. Die Mitte der Glasurblume ist gelb und mit Glitzer bestreut. Der Kuchen wirkt schon fast unecht, weil die Dekoration so detailreich ist. Die Zuckerblumen sehen aus, als würden sie tatsächlich gut riechen, und ehe mir klar wird, was ich tue, beuge ich mich vor und schnuppere daran.

Nora kichert leise, und ich blicke zu ihr hoch. Sie mustert mich, als wäre ich eine Zeichentrickfigur.

Sie ist wirklich schön. Die hohen Bögen ihrer Wangenknochen lassen sie wie eine Göttin wirken. Mit ihrer sonnengebräunten Haut und den hellbraunen Augen sieht sie total exotisch aus, und ihre Haare sind so dunkel, dass sie im Licht der flackernden Deckenlampe glänzen.

Verdammt, ich muss diese Lampe reparieren.

Ein Klopfen an der Wohnungstür reißt mich aus meiner Trance.

»Ich geh schon«, sagt Tessa und fügt dann lächelnd hinzu: »Der ist hübsch, stimmt's?« Sie stupst Nora mit dem Pfannenwender in die Hüfte und steuert auf die Tür zu. Ich bin froh, sie lächeln zu sehen.

Nora wird rot und blickt zu Boden, die Hände hinter dem Rücken versteckt.

»Das ist er wirklich«, stimme ich zu.

Ich strecke die Hand aus und hebe ihr Kinn an. Sie keucht, und ihre vollen Lippen öffnen sich unter meiner Berührung. Ein Schauer läuft mir über den Rücken, als sie zurückzuckt.

Warum … oohhh … warum habe ich sie so angefasst? Ich bin ein Idiot.

Und verlegen.

Ein verlegener Idiot.

So fühle ich mich oft, wenn sie in meiner Nähe ist. Zu meiner Verteidigung muss ich sagen, dass sie selbst mit den zufälligen Berührungen angefangen hat, diese Sache mit den dunklen Fingernägeln auf meinem nackten Bauch.

Noras Blick bleibt an mir hängen. Unter dem verlegenen Stolz auf ihr Werk wirkt sie ein bisschen gelangweilt. Allmählich habe ich das Gefühl, dass man es dieser Frau nicht so leicht recht machen kann.

»Was ist?«, fragt sie, als wüsste sie nicht, ob ich unhöflich sein oder ihr schmeicheln wollte.

»Nichts«, sage ich und zucke mit den Schultern.

Ich lecke mir über die Lippen, und sie blickt mich misstrauisch an, vor allem meinen Mund. Ihre Energie hat etwas Hektisches, irgendwie ist diese Frau wahnsinnig angespannt. Bevor ich den Gedanken zu Ende gedacht habe, schließt sie die kleine Lücke zwischen uns und umschlingt mit beiden Armen meinen Nacken. Anfangs fühlt sich ihr Mund ganz hart an, sie drückt ihre Lippen auf meine. Mein Mund öffnet sich und nimmt sie bereitwillig auf, nachdem ich den anfänglichen Schock über ihre plötzliche Annäherung überwunden habe. Ihre Lippen sind warm und ihr Kuss gnadenlos, während ihre Zunge über meine fährt. Ich kämpfe gegen den Drang an, sie fester an mich zu ziehen und ganz in dem Kuss aufzugehen. Noras Hände bewegen sich von meinem Nacken weg. Sie sind klein, aber überhaupt nicht zart. Ihre langen Nägel sind heute blutrot lackiert. Offenbar geht sie ziemlich oft zur Maniküre. Mit gespreizten Händen reibt sie über meine angespannten Brustmuskeln.

Küssen, reizen, küssen.

Sie zu küssen ist, als berührte man heißes Wachs. Das heftige Prickeln der Überraschung turnt mich an, aber bald lässt es nach, verwandelt sich in etwas anderes, viel Sanfteres. Ich lege ihr die Hände auf die Hüften und drücke ihren Körper gegen die Theke. Sie stöhnt leise, beißt mir in die Unterlippe. Mein Körper reagiert, bevor ich es verhindern kann. Ich versuche, einen Schritt zurück zu machen, damit ich meine Erektion nicht an sie presse, aber sie lässt es nicht zu. Sie greift nach dem Bund meiner Jogginghose und zieht mich eng an ihren weichen Körper. Sie trägt ein enges T-Shirt und noch engere Leggings. Ich weiß, dass sie jeden Zentimeter von mir spürt.

»O mein Gott«, haucht sie mir in den Mund.

Ich seufze in sie hinein.

Sie zieht sich zurück, und sofort spüre ich den Schmerz der Leere.

Ein rot lackierter Fingernagel tippt mir auf die Nasenspitze, und sie lächelt mich an, mit roten Wangen und vom Küssen geschwollenen Lippen. »Also, das kam jetzt überraschend.«

Sie hebt die Hand an den Mund und nimmt ihre Unterlippe zwischen Daumen und Zeigefinger.

Überraschend? Ist das dein Ernst?

Ich gebe mich cool und lehne mich an die Theke, stütze die Ellbogen auf den kalten Stein und versuche, was Schlaues zu sagen. Mein Körper vibriert noch, Erregung strömt durch meine Adern, aber sie sieht aus, als ginge sie das alles gar nichts an.

Was sollte das?

Ich beschließe, genauso dreist zu sein wie sie. Wenigstens dieses eine Mal.

»Warum hast du mich geküsst?«, frage ich.

Sie betrachtet mich mit schmalen Augen und atmet tief ein. Der Saum ihres T-Shirts ist ein bisschen hochgerutscht und hängt auf der gebräunten Rundung ihrer Hüfte. Sie verwirrt mich andauernd, sogar wenn sie es gar nicht darauf anlegt.

»Warum?«, fragt sie und scheint tatsächlich durcheinander zu sein. Eine Haarsträhne fällt ihr ins Gesicht, und sie streicht sie sich wieder hinters Ohr. Ihr Nacken ist entblößt und bettelt geradezu darum, von meinen Lippen berührt zu werden. »Wolltest du das nicht?«

Doch, das wollte ich würde verzweifelt klingen.

Nein, ich wollte es nicht wäre unhöflich.

Ich weiß nicht, was ich sagen soll. Im Grunde wollte ich ja nicht, dass sie mich küsst. Andererseits wollte ich auch nicht, dass sie mich *nicht* küsst. Ich bin völlig durcheinander und weiß, dass das Chaos nur noch größer wird, wenn ich es ihr zu erklären versuche.

Während ich wie blöd dastehe und keinen Ton herausbekomme, wirkt sie plötzlich wieder gelangweilt, und ich spüre, wie die Hitze, die sie ausstrahlt, langsam abkühlt.

Aber dann wechselt sie plötzlich das Thema. »Ich gehe heute Abend mit meinen Mitbewohnerinnen aus. Komm doch mit.«

Okay …

Ein Teil von mir möchte gern weiter mit ihr reden und herausfinden, warum sie mich überhaupt geküsst hat, aber ich glaube kaum, dass sie darüber reden will, also lasse ich sie in Ruhe. Ich will nicht, dass sie sich unwohl fühlt oder den Eindruck hat, ich hätte es nicht genossen.

Ich versuche, erwachsen zu werden. Mit jedem Monat fällt mir das leichter, aber manchmal vergesse ich, dass nur Jugendliche dieses Bedürfnis nach Klarheit haben. Wären wir Teenager, würde ihr Kuss automatisch zu einer Art Bindung zwischen uns führen, aber unter Erwachsenen ist die Sache viel komplizierter. Es geht alles viel langsamer. Normalerweise läuft es so, dass man über einen Freund jemanden kennenlernt, sich gut versteht und miteinander ausgeht. Nach dem zweiten Date küsst man sich üblicherweise.

Nach dem fünften schläft man miteinander, und nach weiteren zwölf Dates übernachtet man regelmäßig beieinander. Ein Jahr später zieht man dann zusammen, und zwei Jahre später wird geheiratet. Man kauft ein Haus, und dann kommt das erste Kind.

Manchmal kommt auch erst ein Kind und dann das Haus, aber meistens scheint es nach diesem Muster zu laufen. Jedenfalls im Fernsehen und in Liebesfilmen. Das gilt natürlich nicht für Leute wie Hardin und Tessa – die haben garantiert nicht die Zusammenfassung von »Dating für Anfänger« gegoogelt und sind schon zusammengezogen, als sie sich gerade mal fünf Monate kannten, aber trotzdem.

»Ist das ein Nein?«, hakt sie nach.

Ich schüttele den Kopf und versuche mich zu erinnern, worüber wir gerade geredet haben. Ihre Mitbewohnerinnen ... ja klar, ausgehen mit ihren Mitbewohnerinnen.

Ich blicke zum Wohnzimmer hinüber, wo ich Tessa mit jemandem reden höre, und als ich mich wieder zu Nora umdrehe, reckt sie sich gerade. Sie hält die Arme in die Luft und zeigt noch mehr Haut. Sie ist üppig und groß, mindestens eins siebzig.

Sie verwirrt mich, so viel ist sicher.

»Wo wollt ihr denn hin?«, frage ich. Ich will nicht ablehnen, ich bin nur neugierig.

»Weiß ich noch nicht.« Sie nimmt ihr Handy von der Theke und wischt über das Display. »Ich frage mal nach. Ich nutze unsere Gruppe selten, weil sie dauernd von drei geilen Tussen mit Fotos von scharfen nackten Männern zugespamt wird, aber ich frag trotzdem mal.«

Ich lache. »Klingt nach meiner Sorte Chat.«

Sofort bereue ich den Witz, aber ihre Augen fangen an zu leuchten. Warum kann ich nicht einfach die Klappe halten? Ich brauche einen Peinlichkeitsfilter. Aber wenn ich in ihrer Gegenwart nichts

Peinliches sagen könnte, hätte ich wahrscheinlich überhaupt nichts zu sagen.

»Na dann …« Sie lacht, und ihre Stimme überdeckt meine Verlegenheit. Sie klingt so unbeschwert, als hätte sie überhaupt keine Sorgen. Ich möchte diese Stimme noch mal hören.

»Manchmal übertreibe ich ein bisschen«, gebe ich zu und stimme in ihr Lachen ein.

Mit gerecktem Kinn sieht sie mich an. »Ach nee, was du nicht sagst.« Sie zieht einen Schmollmund, als wollte sie mich herausfordern. Als würden ihre Lippen um einen weiteren Kuss betteln.

Ihr Handy spielt einen Song, ich erkenne ihn sofort.

Ich hebe eine Braue. »*Parks and Rec?* Passt gar nicht zu dir«, ziehe ich sie auf.

Ich habe die Sendung geliebt, bis das Internet sie den echten Fans gestohlen und in eine pseudocoole Geschichte verwandelt hat, mit der ich irgendwie nicht mehr klarkomme.

Schnell drückt sie den Anruf weg, aber das Handy fängt gleich wieder an zu klingeln, und Nora wischt sofort darüber, um erneut abzulehnen. Ich überlege kurz, nachzufragen, ob alles in Ordnung ist. Dagegen bin ich machtlos. Es ist eine Gewohnheit von mir geworden, dafür zu sorgen, dass es allen gut geht. Doch bevor ich mich in Noras Angelegenheiten mischen kann, kommt Tessa wieder in die Küche, gefolgt von einem jungen Mann in roter Arbeitsweste mit Werkzeuggürtel.

»Er ist hier, um den Müllschlucker zu reparieren«, erklärt sie.

Der Mann lächelt Tessa an und mustert sie eine Sekunde zu lange.

»Wir haben einen Müllschlucker?«, frage ich. Das ist mir neu.

Die beiden sehen sich so an, wie Frauen ohne Worte sagen: »Männer!« – wie damals in den Fünfzigern.

Das ist unfair. Ich helfe beim Geschirr. Ich räume es in die

Maschine. Ich wasche es ab. Ich trockne das Besteck ab, wenn Tessa nicht schneller ist. Also bin ich nicht einfach nur ein bescheuerter Typ, der keine Ahnung hat, dass es einen Müllschlucker gibt, weil er zu faul ist – ich hatte ihn einfach noch nicht bemerkt. Oder benutzt. Genau genommen, habe ich noch nie einen Müllschlucker benutzt.

Nora nimmt ihr Handy von der Theke. Es leuchtet auf, als würde es gleich wieder klingeln, aber sie muss es stummgeschaltet haben. Sie schließt die Augen und seufzt. »Ich gehe jetzt besser mal«, verkündet sie und schielt wieder auf das Handy. Sie schiebt es in die Tasche ihrer Jacke, die über der Stuhllehne hängt, und ich helfe ihr hineinzuschlüpfen. Der Monteur bemerkt Nora erst jetzt und sieht, wie sie Tessa umarmt und mich dann auf die Wange küsst. Innerlich koche ich, und ich habe einen leicht bitteren Geschmack im Mund, als er ihr auf den Arsch starrt. Er versucht nicht mal, es heimlich zu tun. Nicht dass ich ihm den Wunsch verübeln könnte, mal kurz hinzusehen, aber mal ehrlich – ein bisschen mehr Respekt!

Bevor ich dem Kerl Manieren einprügeln kann, winkt Nora mir zu und sagt: »Ich texte dir, wenn ich weiß, wo wir hingehen!«

Ich müsste lügen, wenn ich behaupte, dass es mir egal ist, ob sie mir wirklich textet. Ich weiß nicht, was sie sonst noch so laufen hat. Keine Ahnung, wie die Statistik meiner Konkurrenten aussieht – o Gott, das ist ja wie beim Sport. Mal wieder. Ich habe schon oft gedacht, dass sich beides ziemlich ähnelt, aber es geht mir besser, wenn ich das Ganze aus einem anderen Blickwinkel betrachte.

Aber wie komme ich eigentlich so schnell zu dem Schluss, dass Nora mit mir zusammen sein will? Weil sie mich geküsst und dann eingeladen hat, mit ihr auszugehen?

Ja, genau. Ich weiß nicht, ob das ein Rückschritt beim Erwachsenwerden ist oder nicht.

Als Nora weg ist, sieht Tessa aus wie ein Eichhörnchen, das unter einem Blatt einen Haufen Nüsse gefunden hat. »Was war das denn gerade?«, fragt sie neugierig.

Ich bin so an ihre Neugierde gewöhnt, dass es mir nichts mehr ausmacht. Ich fahre mir mit der Hand über das Kinn und zupfe sachte an den Haaren, die dort wachsen. Abwehrend hebe ich die Hände.

»Keine Ahnung, verdammt, sie hat mich einfach geküsst. Ich wusste nicht mal, dass sie überhaupt meinen Namen kennt …«

»Sie hat *was?*«, kreischt Tessa.

Dieser kleine Gossip wird Tessa Young tagelang beschäftigen. Sie wird garantiert später noch darauf zurückkommen. Vielleicht erzählt sie sogar meiner Mom davon.

Der Monteur neigt den Kopf zur Seite, als würde er am helllichten Tag eine Theateraufführung betrachten. Er könnte das wenigstens ein bisschen unauffälliger tun. Andererseits würde ich mir auch Unterhaltung und Ablenkung durch irgendetwas Komisches wünschen, wenn ich den ganzen Tag irgendwelche Geräte reparieren müsste.

»Das wusste ich auch nicht! Also, ich wusste natürlich, dass sie weiß, wie du heißt«, sagt Tessa und nimmt wie üblich alles wörtlich.

»Ich habe keine Ahnung. Ich bin genauso verwirrt wie du.«

Irgendetwas ist seltsam an der Art, wie Tessa mich ansieht. Als würde sie versuchen, ihre Enttäuschung zu verbergen. Ich weiß nicht, was ich davon halten soll. Vermutlich liegt es daran, dass sie Hardin vermisst, aber vielleicht irre ich mich auch. Ich habe keine Ahnung, was ich von alldem halten soll.

Anstatt mich auf ein Gespräch einzulassen, das vielleicht sogar aufschlussreich sein könnte, ziehe ich die Bänder meiner Jogginghose fest und gehe zur Tür.

»Wir sind hier noch nicht fertig, Landon Gibson!«, ruft Tessa mir hinterher.

Und irgendwie komme ich mir ein bisschen vor wie ein Verbrecher auf der Flucht.

9

Ich schließe die Wohnungstür hinter mir und stoße im Flur fast mit jemandem zusammen.

Seine Kapuze rutscht nach hinten, doch ich kenne ihn nicht. Er trägt eine schwarze Jacke und eine graue Nylonhose. Während er seine Kapuze wieder aufsetzt, nickt er mir zu, was wohl das Höchstmaß an Höflichkeit ist, das er aufbringt. Im Haus wohnen zwanzig Parteien, und ich habe schon fast jeden gesehen, aber diesen Typen noch nicht. Vielleicht ist er gerade erst eingezogen.

»Entschuldigung, tut mir leid!«, sage ich, als ich ihm aus dem Weg gehe, doch er brummt nur irgendwas.

An der Straßenecke laufe ich los. Ich warte, dass der Schmerz in meinem Knie wieder anfängt zu pochen, und das tut er auch, ist jetzt aber auszuhalten. Es ist nur noch ein dumpfer, harmloser Druck, nicht mehr dieses stechende Pochen.

Ich werde schneller. Meine Nikes machen kaum ein Geräusch auf dem Gehweg. Ich erinnere mich, wie ich zu laufen anfing, wie meine Beine brannten und sich mein Brustkorb anfühlte, als würde er explodieren. Ich machte immer weiter und weiter, weil ich gesund sein wollte, und das bin ich heute auch. Nicht gesund in dem Sinne wie die Jogging-Buggy-Mütter in Brooklyn, die Weizengrasdrinks zum Frühstück trinken und ihre Kleinkinder mittags mit Grünkohl und Quinoa füttern. Sondern gesund, indem ich aktiv bin.

Beim Laufen wird mein Kopf oft völlig frei, obwohl ich manchmal an Mom und das Baby und an Tessa und Hardin denke oder meinem Frust nachhänge, wenn die Chicago Blackhawks die Detroit Red Wings geschlagen haben. Heute geht mir eine Menge durch den Kopf.

Zuerst wäre da Dakotas Verhalten. Seit wir nicht mehr zusammen sind, redet sie kaum noch mit mir, aber neuerdings benimmt sie sich, als würden wir uns täglich sehen. Sie ist so aufgeregt wegen ihres Vortanzens, und ich wünschte, ich könnte irgendwas tun. Natürlich kann ich nicht einfach zu einer der angesehensten Ballettschulen des Landes marschieren, an die Tür klopfen und ihnen kurz mal Rassismus vorwerfen, ohne irgendeinen Beweis dafür zu haben. Erst recht nicht bei all dem Irrsinn, der im Moment herrscht. Das Letzte, was ich will, ist, ihr negative Beachtung zu verschaffen, während sie versucht, sich eine Karriere aufzubauen.

Der Kram, bei dem ich ihr früher geholfen hatte, war ein ganz anderer als jetzt. Und für ihre Karriere kann ich rein gar nichts tun. Die Hindernisse, gegen die wir mal gemeinsam gekämpft haben, kommen mir jetzt so weit weg vor. Sie gehören zu unserer Vergangenheit. Damals kamen sie uns viel belastender vor, viel zu fest in der Zeit verankert. Was ich mit praktischen, alltäglichen Problemen wie Studien- oder Berufswahl anfangen soll, weiß ich nicht.

Dies ist einer der wenigen Momente, in denen ich für ungefähr eine Stunde gern wie Hardin wäre. Dann würde ich runter zum Campus rennen, an die Tür hämmern und Gerechtigkeit für Dakota fordern. Ich würde die Leute überzeugen, dass sie die beste Ballerina ist, die sie haben, und dass sie, trotz ihrer dauernden Beteuerungen, sie sei noch keine »Ballerina«, unentbehrlich für sie ist. Die Beste.

Für Dakota ist Ballett dasselbe wie Hockey für mich, nur zehnmal wichtiger, weil sie es tatsächlich macht. Meine Schule hat kein

Hockey angeboten, und als meine Mom mich im Club bei unserem Sportcenter anmeldete, waren das die zwei schlimmsten Stunden meines Lebens. Ich stellte sehr schnell fest, dass ich diese Sportart unglaublich gern sehe – aber nicht spielen kann. Dakota tanzt schon, seit sie ein Kind war. Sie hat mit Hip-Hop angefangen, dann folgte Jazz, und als Teenager wechselte sie schließlich zum Ballett. Auch wenn man es kaum glauben mag, ist es ein gewaltiger Nachteil, erst mit über zehn Jahren anzufangen, und in einigen Kreisen gilt es als definitiv zu spät. Aber solche Unterstellungen hat Dakota schon bei ihrem ersten Vortanzen an der School of American Ballet entkräftet. Meine Mom schickte ihr das Geld fürs Vortanzen als Geburtstagsgeschenk. Dakota weinte vor Dankbarkeit und versprach meiner Mom, alles zu tun, um ihr das Geld irgendwann zurückzuzahlen.

Mom wollte es gar nicht zurück. Sie wollte nur sehen, wie sich das niedliche Nachbarsmädchen hocharbeitet und etwas aus sich macht. Dakota kam durchs Haus gerannt und schwenkte den Brief über ihrem Kopf. Sie schrie und hüpfte, und ich musste sie hochnehmen und kopfüber drehen, damit sie mal anhielt. Sie war so glücklich. Ich war so stolz. Ihre Schule mochte nicht die Joffrey sein, aber sie war sehr angesehen, und ich war verdammt stolz auf Dakota.

Ich will nur, dass sie glücklich ist und ihr Talent anerkannt wird. Gern würde ich das hier für sie in Ordnung bringen, doch es liegt außerhalb meiner Kontrolle. So frustrierend es ist, mir fällt keine realistische Lösung für dieses spezielle Problem ein. Ich hätte sie fragen sollen, was sonst noch los ist. Es muss doch mehr geben, womit man arbeiten kann …

Ich speichere die Frage für später ab und konzentriere mich auf Nora. Sie sieht eher wie eine Nora als wie eine Sophia aus, und zum Glück bin ich mit Namen nicht so furchtbar wie Hardin. Er weigert sich, Dakota anders als Delilah zu nennen, spricht sie sogar so an. Aber genug vom unfreundlichen Hardy.

Hardy.

Darüber muss ich lachen. So werde ich ihn das nächste Mal ansprechen, wenn er Dakota *Delilah* nennt.

Als ich am Supermarkt vorbeikomme, starrt mich eine mit Einkaufstüten beladene Frau an, und ich höre auf, über mich und meine bescheuerten Pläne zu lachen, es Hardin heimzuzahlen. Oder Hardy.

Wieder muss ich lachen.

Ich brauche mehr Kaffee.

Es sind nur rund zwanzig Minuten von hier zum Grind, wenn ich laufe, allerdings von meiner Wohnung aus in die entgegengesetzte Richtung …

Aber der Kaffee ist es wert. Hier bekommt man an fast jeder Ecke Kaffee, aber einfach keinen guten – *urgs*, der Deli-Kaffee ist der schlimmste –, und ich muss sowieso nachsehen, ob der Dienstplan für nächste Woche schon aushängt. Also mache ich kehrt, um zurück zum Coffeeshop zu laufen. Ich komme wieder an der Frau mit den Einkaufstüten vorbei und beobachte, wie ihr die eine aus der Hand rutscht. Ich renne hin, um zu helfen, bin aber nicht schnell genug. Die braune Papiertüte reißt, und Konservendosen kullern auf den Gehweg. Die Frau sieht so wütend aus, als könnte sie mich womöglich anschreien, wenn ich ihr helfe.

Ich schnappe mir eine Dose Hühnersuppe, ehe sie auf die Straße rollt. Noch eine Tüte reißt, und die Frau flucht, als ihr Gemüse zu Boden purzelt. Ihr dunkles Haar ist ihr ins Gesicht gefallen, doch ich schätze, dass sie etwa dreißig ist. Sie hat ein weites Kleid an und eine leichte Wölbung darunter. Vielleicht ist sie schwanger – vielleicht auch nicht. Jedenfalls bin ich nicht so blöd zu fragen.

Zwei Teenager überqueren die Straße und kommen auf uns

zu. Für einen kurzen Moment glaube ich, dass sie uns helfen wollen.

Aber nein. Während wir dabei sind, das Einkaufsdesaster zu beheben, sehen die beiden Jungs nicht mal flüchtig zu uns her. So viel zu nachbarschaftlicher Hilfe. Immerhin heben sie die Füße an und sind so nett, über die Reispackung zu steigen, die ihnen direkt im Weg liegt. Manchmal kommt es einem in dieser Stadt schon wie pure Nettigkeit vor, wenn die Leute nicht alles zertrampeln, was ihnen im Weg ist.

»Wohnen Sie weit von hier?«, frage ich die Frau.

Sie blickt auf und schüttelt den Kopf. »Nein, nur einen Block entfernt.« Sie schiebt sich das Haar mit ihren tiefbraunen Händen aus dem Gesicht und stöhnt verärgert.

Ich zeige auf die Einkäufe. »Hmm, okay, bekommen wir erst mal das hier in den Griff.« Da ich keine Ersatztüten mit mir herumtrage, ziehe ich das Sweatshirt aus und fange an, die Lebensmittel darin zu sammeln. Vielleicht passt nicht alles rein, aber einen Versuch ist es wert.

»Danke«, sagt die Frau ein bisschen atemlos. Sie bückt sich, um mir zu helfen, doch ich lehne ab.

Ein Wagen hupt, dann noch einer. Ich habe nicht mal einen Fuß auf der Straße, trotzdem hupen sie. Das Beste daran, in Brooklyn zu wohnen, ist die wenige Huperei (für gewöhnlich). Manhattan ist eine chaotische, aggressive kleine Insel, während ich mir vorstellen könnte, mich dauerhaft in Brooklyn niederzulassen, an einer Schule zu unterrichten und eine Familie zu gründen. In meinen Tagträumen ziehe ich normalerweise auch andere Städte in Betracht, ruhigere. Allerdings müsste ich erst mal ein Mädchen zu einem Date bekommen, also kann das noch eine Weile dauern. Sagen wir, es ist mein Fünf-Jahres-Plan …

Okay, Zehn-Jahres-Plan.

Ich klemme mir eine Flasche Speiseöl in die Armbeuge. »Alles klar, so geht's«, sage ich zu der Frau.

Als ich sie ansehe, bemerke ich einen skeptischen Ausdruck in ihren Augen. Bestimmt ist sie unsicher, ob ich seltsam oder doch okay bin. *Sie können mir vertrauen*, will ich ihr versichern, aber so ein Satz dürfte sie eher noch misstrauischer machen. Der Wind frischt auf, und prompt wird es kühler. Ich bewege mich schneller, und sobald ich die meisten Einkäufe zusammengerafft habe, knote ich die Ärmel des Sweatshirts zusammen. Eine bessere Behelfstasche kann ich nicht bieten. Ich lege noch eine Packung Kräcker und ein Päckchen Aufschnitt hinein.

Dann richte ich mich auf und gebe ihr das Sweatshirt. Ihr Blick wird weicher.

»Behalten Sie das Shirt. Ich habe tonnenweise von den Dingern«, sage ich.

»Ich wette, Sie machen Ihre Frau später mal sehr glücklich, junger Mann«, sagt sie lächelnd. Sie nimmt ihre noch heilen Einkaufstüten auf, verlagert das Sweatshirt in ihren Armen und geht los. Ich fühle mich geschmeichelt, frage mich aber sofort, wie sie darauf kommt, dass ich Single bin. Triefen mir Verzweiflung und Einsamkeit schon aus den Poren?

Wahrscheinlich.

»Brauchen Sie Hilfe? Ich kann Ihnen helfen, die Sachen nach Hause zu tragen«, biete ich an, wobei ich aufpasse, dass es nicht zu aufdringlich klingt. Wenn sie die Tüten so trägt, wird sie eine ganze Weile bis nach Hause brauchen.

Sie schüttelt den Kopf und sieht an mir vorbei in die Richtung, in die sie will. »Nein, es ist gleich da vorn. Ich komme zurecht.«

Sie hat einen leichten Akzent, aber ich erkenne ihn nicht. Als sie weggeht, begreife ich, dass sie wirklich keine Hilfe braucht. Sie hat alles im Griff. Vermutlich soll es eine Art Metapher sein, die mir von kosmischen Kräften geschickt wird, um mir zu zeigen, dass ich nicht jedem helfen muss.

Ich lasse die Frau gehen und laufe weiter in südliche Richtung nach Bushwick. Ich mag die Gegend, in der ich wohne. Es ist nicht weit zu den coolen Locations in Williamsburg, aber die Mieten sind viel günstiger. Unsere ist natürlich schon ziemlich hoch. Ich war total geschockt, als ich hergezogen bin, denn wir zahlen hier mehr als Mom für ihre Hypothek. Und wenn unser Viertel weiter an Beliebtheit zulegt, werden sich die Mieten in null Komma nichts verdoppeln. Doch letztlich ist es hier nicht so teuer, wie ich gedacht hatte. Billig ist es wahrlich nicht, aber die Gerüchte, dass ein Liter Milch in New York City zehn Dollar kostet, stimmen nicht ... jedenfalls nicht überall. Der Russe im Eckladen unter unserer Wohnung erhöht seine Preise gern; bei ihm muss ich eben für den Luxus zahlen, in unter einer Minute hinzukommen und alles zu finden, was ich brauche. Mit das Beste an dieser Stadt ist die schier endlose Auswahl – von Eckläden über Restaurants bis hin zu den Leuten – man hat immer die Wahl.

10

Als ich ins Grind komme, steht Posey hinterm Tresen und schüttet gerade eine Ladung Eis in den Eimer. Jane, die älteste Angestellte, die sich mit ihrer kratzigen leisen Stimme gern mal selbst als »Altgediente« bezeichnet, wischt den fleckigen Holzboden. Sie taucht den Wischmopp in den Eimer, sodass Seifenwasser überschwappt. Ein kleines Mädchen steht von einem Tisch ziemlich weit hinten auf, um Jane zuzusehen, die mit dem Mopp über die Pfütze wischt und das Wasser aufnimmt. Ich sehe mich an den wenigen Tischen nach den Eltern der Kleinen um, doch es ist so gut wie leer. Von den zehn Tischen sind gerade mal zwei besetzt. An einem sitzen zwei Mädchen, die ihre Laptops und Lehrbücher vor sich auf dem Tisch verteilt haben, an dem anderen hockt ein Typ, vor dem vier leere Espressotassen stehen. Sonst ist keiner da.

Als Posey mich bemerkt, begrüßt sie mich mit einem stummen Lächeln.

Das kleine Mädchen muss ungefähr vier sein. Es hockt sich auf den Fußboden und holt etwas aus seiner Tasche: Ein kleines rotes Spielzeugauto, das es strahlend durch die Pfütze schiebt. Jane sagt etwas zu ihr, das ich nicht verstehe.

»Lila, lass das bitte.« Posey hebt die Klappe an und kommt hinter dem Tresen vor. Sie geht zu dem Mädchen und beugt sich nach unten.

Das kleine Mädchen schnappt sich das rote Auto, ehe Posey es ihr wegnehmen kann, drückt es an die Brust und schüttelt energisch den Kopf. »Mein Auto«, ruft sie.

Posey streckt eine Hand aus und legt sie der Kleinen an die Wange. Mit dem Daumen streichelt sie das Mädchen, woraufhin dessen Panik verebbt. Das Kind muss sehr vertraut mit Posey sein.

Ihre Schwester, klar. Das braunhaarige Mädchen muss die Schwester sein, die Posey schon ein paarmal erwähnt hat.

»Du darfst das Auto behalten, aber nicht im Wasser damit spielen.« Poseys Stimme verändert sich, sie klingt sanfter. »Okay?«

Sie tippt der Kleinen auf die Nasenspitze, und das Kind kichert. Es ist niedlich.

»Okay.« Ihre Stimme ist sogar noch niedlicher.

Ich gehe auf sie zu und setze mich an einen Tisch in der Nähe. Jane ist nach einem weiteren Wisch fertig und sagt »Hi«, ehe sie sich in den Vorratsraum zurückzieht, um ihre Inventur zu beenden. Posey blickt sich um, erkundigt sich höflich an den beiden Tischen, ob noch etwas gewünscht wird, und kommt dann zurück.

»Erzähl Jacob bitte nicht, dass ich sie mit zur Arbeit gebracht habe.« Posey setzt sich auf den Stuhl vor mir.

»Das würde ich nie«, antworte ich lächelnd. Jacob kann manchmal ein Arsch sein.

»Meine Grandma hatte einen Termin, und ich konnte für heute nicht mehr absagen«, erklärt Posey nervös.

»Tja, ist doch schön für dich; so kannst du den ganzen Tag bei deiner Schwester sein.«

Posey lächelt sichtlich erleichtert und nickt.

Die kleine Lila beachtet mich nicht weiter. Die Türglocke läutet. Posey sieht zu Lila, und ich bedeute ihr stumm, dass ich bei dem Mädchen bleibe. Nachdem sie wieder hinter den Tresen gegangen ist, begrüßt Posey zwei Männer in Anzügen, während ich der Kleinen zusehe, wie sie mit ihrem Auto spielt. Sie ignoriert mich völlig. Das Auto fasziniert sie offenbar, und es ist total süß, wie sie den kleinen Camaro über den unebenen Boden rollt. Sie krabbelt hinter dem Spielzeugauto her, obwohl sie eindeutig alt genug ist, um zu laufen. Ihre kleinen Turnschuhe blinken, als sie auf den Boden treffen. Sie erreicht das Auto, dreht es aufs Dach und lässt es kreiseln, wobei sie die ganze Zeit lächelt.

»Das ist aber echt ein cooler Wagen, den du da hast«, sage ich zu ihr.

Sie blickt nicht auf, reagiert aber. »Auto.«

Posey sieht herüber, während sie Sojamilch aus einem Tetrapack in einen Mixbecher schenkt. Ich grinse ihr zu, und ihre Schultern entkrampfen sich. Mit einem verlegenen Lächeln widmet sie sich wieder ihrer Arbeit. Ihre Fingernägel sind dunkel mit winzigen gelben Punkten. Ich beobachte ihre Hände, als sie vorbereiteten grünen Tee aus einem Krug in den Becher mit Sojamilch und Eis gibt. Sie mixt alles und schwenkt den Kopf im Takt des Coldplay-Songs, der aus den Lautsprechern kommt. Ich sehe wieder zu dem kleinen Mädchen hinüber und bewundere den kleinen Plastik-Camaro.

»Brumm«, sagt Lila leise, hebt den Wagen in die Luft und blickt ihm nach.

Ich bleibe ruhig sitzen, bis die Kunden wieder gegangen sind. Posey wischt die Sirupflaschen mit einem feuchten Lappen ab. Acht der zehn Tische sind schmutzig, deshalb gehe ich hinüber zum Abfallbereich und nehme die Schüssel aus dem Schrank neben dem Mülleimer. Lila sagt immer noch »Auto« und »Brumm«, als ich anfange, den ersten Tisch leer zu räumen. Dort liegen drei Dollar Trinkgeld.

Nicht schlecht. Man wundert sich, wie viele Kunden ihre Tische komplett verdreckt zurücklassen und nicht daran denken, ein

Trinkgeld für den Abräumer hinzulegen. Ich bin nicht sicher, ob es aus Unhöflichkeit geschieht oder aus reiner Gedankenlosigkeit. Wie bei Uber-Fahrern unterstellen wir, dass sie ihr Trinkgeld von dem bekommen, was automatisch abgezogen wird, aber ich habe gehört, dass das nicht stimmt. Selbst wenn man fünfzehn Prozent Trinkgeld angibt, sehen sie von dem Geld nichts, wie mir ein Typ aus meinem Kurs erzählt hat; daher soll man ihnen das Trinkgeld immer in bar geben. Andererseits hat derselbe Typ auch gesagt, dass er aus Frankreich sei, hat aber einen eindeutig deutschen Akzent, also ist die Wahrscheinlichkeit, dass er spinnt, wohl ziemlich hoch …

Wie auch immer, Baristas sollten weit mehr Trinkgeld bekommen, als sie kriegen. Und das war es auch schon mit der öffentlichen Bekanntmachung.

Auf dem nächsten Tisch sind mindestens vier Zuckertütchen in einem kleinen Haufen ausgeleert. Ich bin beeindruckt, als ich sehe, dass die Zuckertüten zu kleinen Figuren gefaltet wurden, die wie Strichmännchen aussehen, und mitten in dem Zuckerhäufchen steckt ein Zahnstocher mit einem Serviettenfetzen als Flagge. Ich versuche mich zu erinnern, wie der Typ aussah, der hier gesessen hatte. Wenn ich es mir genau überlege, war es ein Mädchen. Oder eine Frau. Ich habe das Gesicht nicht richtig gesehen, aber wer immer das war, dürfte eine echte Größe in der Miniatur-Skulptur-Szene sein.

»Lila«, rufe ich das kleine Mädchen.

Sie sieht auf, rührt sich aber nicht.

»Hast du Lust, dir hier drüben mal was anzugucken? Das ist ziemlich cool.« Ich zeige auf den Zuckerhaufen und das Papierschwert im Arm eines der Papiermännchen.

Die Kleine sagt verschüchtert »Nein«, und ich nicke, denn es überrascht mich nicht. Ich wische den Zuckerhügel mit meinem

Lappen weg. Während ich zwischen den Tischen hin und her gehe, behalte ich Lila im Blick. Als ich beim vorletzten Tisch bin, kommt Posey hinter dem Tresen vor und zu mir.

»Das musstest du nicht machen«, sagt sie, und mir fällt auf, dass man das Braun ihrer Augen kaum sieht, weil sie so blutunterlaufen sind. »Es ist dein freier Tag.«

»Ist alles okay?«, frage ich.

Sie blickt sich um, nickt und setzt sich seufzend an den Tisch, der ihrer Schwester am nächsten ist.

Dann zuckt sie mit den Schultern. »Ja, ich bin bloß müde. Arbeit, Studium, das Übliche.« Trotz ihrer Worte wirkt ihr Grinsen noch echt. Sie beklagt sich ungern, das ist klar, auch wenn sie allen Grund dazu hätte – oder zumindest Grund genug, mal Dampf abzulassen.

»Falls ich mal eine Schicht für dich übernehmen soll oder so, sag einfach Bescheid. Mir macht es nichts aus, und ich habe in diesem Semester ein bisschen freie Zeit.« Genau genommen, habe ich die nicht, aber ich würde ihr gern helfen. Sie hat viel mehr um die Ohren als ich.

Posey schüttelt den Kopf und wird rot. Ein paar rotblonde Strähnen haben sich aus dem winzigen schwarzen Haargummi befreit, das sowieso nicht ausreicht, um ihre Mähne zu bändigen. Im direkten Licht sieht ihr Haar heller aus, als hätte sie es rot getönt. Und ihr Teint lässt nicht erkennen, ob sie von Natur aus rothaarig ist.

»Ich brauche die Schichten. Aber falls du jemanden kennst, der Schutzblasen baut, in die ich einen vierjährigen Wildfang sperren kann, solange ich arbeite, lass es mich wissen.«

Wir sehen beide grinsend zu Lila hinüber, die immer noch auf dem Fußboden liegt.

»Sie ist Autistin«, sagt Posey, und in meinem Kopf fügen sich die

Puzzleteile zusammen, die sich dort schon in den ersten Minuten verteilt hatten. »Wir wissen nicht genau, wie ernst es ist. Inzwischen hat sie Sprechen gelernt« – sie stockt –, »mit vier.«

»Na ja, manchmal ist es nicht so schlimm«, sage ich und stoße sie sanft mit der Schulter an, um dieser beängstigenden Sache einen Funken Humor abzuringen.

Sie löst ihre verschränkten Arme, und immerhin kann sie mich strahlend anlächeln. »Stimmt.« Sie presst die Finger an ihre Lippen.

Dann beugt sich Posey zu ihrer Schwester und stützt die Hände auf die Knie. Ich kann nicht hören, was sie sagt, aber es ist nicht zu übersehen, dass es Lila froh macht.

Ich sehe auf die Uhr. Es ist fast sechs. Wenn ich noch mit Nora und ihren Freundinnen ausgehen will, muss ich zurück nach Hause, duschen und mich umziehen. Ich bin eigentlich nicht nervös, nur weiß ich einfach nicht, was sie von mir hält. Küsst sie häufiger mal irgendwelche Jungs? Falls ja, ist das okay, aber ich hätte gern eine ungefähre Ahnung, was sie empfindet, und sie hat mir bisher durch nichts zu verstehen gegeben, dass sie offen für einen weiteren Kuss wie dem von heute Morgen wäre. Sie hat so selbstsicher gewirkt, als sie sich an mich gelehnt und mit den Händen über meine Brust gestrichen hat. Bei der Erinnerung daran, wie ihre Zunge schmeckte, schmerzt mein Schwanz. Dagegen muss ich etwas tun, und diesmal werde ich nicht den Duschvorhang runterreißen, auf dem Arsch landen, mir das Gesicht aufritzen und das Knie anschlagen. Safer Sex: Ich bleibe sicher in meinem Bett. Mit abgeschlossener Tür. Ich werde sogar meine Kommode vor die Tür schieben.

Ich sehe Posey an, die sich wieder an den Tisch gesetzt hat. Sie hält ihr Telefon ans Ohr und runzelt die Stirn. Ich beobachte, wie sie den Kopf schüttelt und etwas ins Telefon murmelt, ehe sie auflegt. Auch wenn ich neugierig bin, will ich nicht nach ihrem Privatleben fragen. Lieber soll sie mir von sich aus erzählen, was los ist.

»Kann ich noch irgendwas tun, ehe ich gehe?«, frage ich auf dem Weg hinter den Tresen, wo ich den Dienstplan lesen und mir einen Espresso machen will. Einen doppelten. Ich denke sogar über einen dreifachen nach, aber das ist sicher keine gute Idee.

Poseys Schicht müsste inzwischen zu Ende sein. Sie schüttelt den Kopf, dankt mir und sagt, alles wäre gut. Ich winke Lila und Posey zum Abschied und rufe Jane hinten laut genug zu, dass sie mich hört.

11

Als ich die schwere Tür aufschiebe und in den frühen Abend hinaustrete, gibt mein Telefon ein einzelnes »Ping« von sich. Pralle Müllsäcke säumen die Straße, platzen fast, um ihren Inhalt auf die Gehwege zu verteilen. Es ist jeden Tag dasselbe, dennoch kann ich mich nicht an diese Berge von Müll auf den Gehwegen in Brooklyn gewöhnen. Manhattan muss noch schlimmer sein, mit all den Läden und anderthalb Millionen Menschen, die sich enge Einbahnstraßen und superschmale Gehwege teilen. Diese Stadt ist unmöglich, wenn man hier leben will, ohne angerempelt, angehupt oder übervorteilt zu werden.

Mich erstaunt, dass sich so viele Leute in so kleine Wohnungen mit winzigen Fenstern und Küchen stopfen lassen. Die Zimmer in meiner Wohnung sind größer, als ich erwartet hatte, das Bad ist eng, aber ich wusste, dass ich mir keine teurere Wohnung in Brooklyn leisten konnte, nur meine fünfundvierzig Quadratmeter. Mein Stiefvater Ken schießt etwas zur Miete dazu, und ich lege Geld zurück, seit ich einen Job gefunden habe, damit ich es ihm eines Tages zurückzahlen kann – wenigstens einen Teil. Mir ist nicht wohl dabei, dass er mir aushilft. Eigentlich kann ich ganz gut wirtschaften, teils auch dank Kens Vorträgen übers Haushalten und die Kosten eines Studiums. Ich verschwende kein Geld für Alkohol oder Ausgehen. Ich zahle meine Rechnungen und kaufe mir hin und wieder Bücher oder Karten für ein Hockeyspiel.

Natürlich machte es mir das College-Leben leichter, dass mein Stiefvater so eine gehobene Stellung an einer Universität hat. Ich bekam jede erdenkliche Hilfe und kam in jeden Kurs, den ich wählte, sogar in einige, die angeblich schon voll waren. Zwar hatte Ken an der Washington Central deutlich mehr Einfluss als an der NYU, doch es hilft auch hier noch, ein paar Informationen mehr zu haben.

Oft überlege ich, wie das Leben aussähe, wäre meine Mom in Michigan geblieben. Hätte ich sie dort allein gelassen, um mit Dakota nach New York zu ziehen? Wahrscheinlich hätte ich mich mit dem Auszug schwerergetan, wenn sie Ken und ihre Freunde in Washington nicht hätte. Mein Leben wäre so anders, wenn sie Ken nicht kennengelernt hätte.

Manchmal denke ich, dass New York City, die offensichtlichen Unterschiede mal ausgenommen, gar nicht so anders ist als Saginaw. In Manhattan ist die Sonne oft verborgen, sodass den Städtern hier nur ein kleiner Sonnenfleck irgendwo am Strand an der Westküste bleibt. Ich habe mich so an den diesigen Himmel in jeder der bisherigen Städte gewöhnt, dass mir die Augen brennen, wenn es hier in Brooklyn tatsächlich mal sonnig ist. Die Sonnenbrille, die ich mir anfangs gekauft habe, hatte ich schnell wieder verloren, dabei zeigt sich die Sonne in Brooklyn oft genug. Was einer der vielen Gründe ist, weshalb ich hier in Brooklyn wohnen wollte statt in Manhattan. Jetzt, im Herbst, haben die Septemberwolken alles oberhalb der Skyline verschluckt. Doch je weiter man sich von den hohen Gebäuden entfernt, desto heller wird es.

Ein kleines, massiges Bündel aus Kleiderschichten mit einem Hut obendrauf bewegt sich auf dem Gehweg an mir vorbei. Der Mann unter den Schichten schiebt einen Einkaufswagen voller

Aludosen und Plastikflaschen. Seine Hände stecken in dicken, ausgeblichenen braunen Handschuhen mit schwarzen Flecken. Graue Haarsträhnen lugen unter dem rot-grün karierten Hut hervor, und die Augen des Mannes sind halb geschlossen. Zeit und Armut haben ihn so geschwächt, dass er jeden Moment zusammenzubrechen droht. Er starrt geradeaus, beachtet mich nicht, doch mir tut er entsetzlich leid.

Die Armut in einigen Gegenden der Stadt finde ich am schwierigsten auszuhalten. Mir fehlt meine Mom, aber das traurige, beschämte Gesicht eines Mannes in mittleren Jahren zu sehen, der an einem Bankgebäude lehnt und mit einem Pappschild um Geld für Essen bettelt, setzt mir besonders zu. Für diese Leute muss es schlimm sein, bettelnd an einer Bank zu lehnen, in der mit Millionen hantiert wird. Mit leerem Bauch die Gruppen von Anzugträgern zu sehen, die an ihnen vorbei zur Mittagspause gehen, um zwanzig Dollar für einen Körnersalat auszugeben, während sie hungern.

In Saginaw gibt es nicht viele Obdachlose. Die meisten der Armen dort haben ein Dach über dem Kopf, auch wenn die Fassaden ihrer alten Häuser kurz vorm Einsturz stehen, die Wände voller Schimmel und ihre Betten von Wanzen befallen sind, die sich von den Schlafenden ernähren. Aber immerhin haben sie Häuser und Betten. Die meisten Menschen, die ich in Saginaw kenne, strengen sich nach Kräften an, um vorwärtszukommen, aber es ist schwer. Alle Freunde meiner Eltern waren Farmer oder Fabrikarbeiter, aber seit die Fabriken in den letzten Jahren eine nach der anderen dichtgemacht haben, gibt es keine Jobs mehr. Abgesehen von Heroin produziert die Stadt gar nichts mehr von Wert. Familien, denen es vor zehn Jahren noch gut ging, haben heute kaum noch Essen auf dem Tisch. Die Arbeitslosenzahlen sind so hoch wie nie, und dasselbe gilt für die Kriminalitätsrate und die Drogenprobleme. Mit den Jobs schwand auch alle Fröhlichkeit, und ich glaube nicht, dass die noch mal wiederkommt.

Das ist der größte Unterschied zwischen meiner Heimatstadt und dieser hier. Die Hoffnung, die in ganz New York City vibriert, sorgt für eine vollkommen andere Stimmung. Millionen Leute ziehen aus dem ganzen Land hierher, und das nur wegen dieses Gefühls. Sie hoffen auf mehr – mehr Glück, mehr Chancen, mehr Erfahrungen und, vor allem, mehr Geld. Auf den Straßen wimmelt es von Leuten, die ihre Herkunftsländer verlassen haben und hier ein Zuhause für ihre Familien aufbauen. Ziemlich verblüffend, wenn man es genau bedenkt.

Menschen packen ihre Sachen zusammen und ziehen her; laut Statistik sind es über hundert am Tag – der Wahnsinn. Die U-Bahnen fahren Tag und Nacht – überhaupt gibt es hier alle möglichen Dinge rund um die Uhr –, aber keine riesigen Fords oder Traktoren, wie in Michigan. Die kleinen braunen Verwaltungsgebäude, die wir in Saginaw »downtown« genannt haben, nehmen sich im Vergleich zu den riesigen Wolkenkratzern in New York City lächerlich aus.

Je mehr ich darüber nachdenke, desto klarer wird mir, dass New York und Saginaw absolut nichts gemeinsam haben, und ich glaube, das ist okay für mich. Vielleicht versuche ich einfach nur, Ähnlichkeiten zu finden, um mir zu versichern, dass mich das Leben hier nicht verändern wird … dass ich, egal, was erwachsen zu werden bedeutet, immer ich selbst sein werde. Nur woanders.

Mein Telefon piept wieder. Als ich es raushole, sehe ich den Namen meiner Mom zweimal untereinander, und mein Herz schlägt schneller. Ich lese ihre Nachrichten und entspanne mich wieder. Eine ist ein Link zu einem Artikel über eine Bar, die nach Harry-Potter-Motiven gestaltet ist und gerade in Toronto eröffnet hat, und die andere ist ein Update zum Gewicht meiner kleinen Schwester.

Sie ist immer noch sehr klein, aber meine Mom hat ja auch noch vier Wochen. Der letzte Monat da drin sollte reichen, um die kleine Abby kräftiger zu machen.

Bei der Vorstellung eines knautschigen kleinen Babys mit rosa Haarband, das die speckigen Ärmchen in die Luft reckt, muss ich lachen. Ich habe keine Ahnung, wie es wird, ein großer Bruder zu sein, erst recht in meinem Alter. Ich bin zu alt, um irgendwas mit der Kleinen gemeinsam zu haben, trotzdem möchte ich der allerbeste Bruder für sie sein. Ich möchte der große Bruder sein, den ich gebraucht hätte, als ich selbst klein war. Für Mom und Ken wird es eine große Umstellung, einen Säugling im Haus zu haben, nachdem ihre anderen Kinder alle erwachsen und ausgezogen sind. Früher hat meine Mom mir immer wieder gesagt, sie könne es nicht erwarten, ihr Haus für sich zu haben, doch ich wusste, dass sie ohne mich einsam sein würde. Wir waren ja immer zu zweit, in den besten und den schlimmsten Zeiten.

Als ich an einer Ampel darauf warte, dass die leuchtende weiße Silhouette erscheint, erinnere ich mich, wie verdammt glücklich ich mich schätzen kann, eine solche Mom zu haben. Nie hat sie an mir gezweifelt, und sie unterstützt mich bei all meinen Spleens, seit ich ein Kind war. Meine Mom ist die Sorte Mutter, die sich schon Monate vor Halloween mit ihrem Kind zusammen verkleidet. Sie hat mir erzählt, ich könnte sogar auf dem Mond leben, wenn ich wollte. Als Kind habe ich mich oft gefragt, ob ich auf dem Mond landen würde, wenn ich nur schnell genug wäre. Manchmal habe ich mir das gewünscht.

Als die Ampel umspringt, quält sich eine Frau auf hohen Absätzen vor mir über die Straße. Ich verstehe nicht, warum Frauen sich das antun, nur um größer auszusehen. Die Grünphasen hier sind kurz, sodass den Fußgängern meistens keine dreißig Sekunden bleiben, um auf die andere Straßenseite zu kommen. Ich tippe eine kurze Antwort an Mom und verspreche, sie heute Abend anzurufen. Dann stecke ich das Telefon wieder ein und nehme mir vor, später den Artikel über die Bar zu lesen.

Ich möchte wirklich gern mal nach Toronto. Das wollte ich schon immer, und von hier fliegt man nur eine Stunde. Vielleicht reise ich in den Winterferien mal hin. Höchstwahrscheinlich fliege ich allein, obwohl ein verrückter Teil von mir auf einmal denkt, ich könnte Nora mitnehmen. Ich wette, dass es witzig wäre, mit ihr zu reisen. Sie wirkt, als sei sie schon viel mehr herumgekommen als ich. Auch wenn ich sie nicht gut kenne, kommt sie mir wie jemand vor, der schon einiges gesehen hat und auch insgesamt mehr über die Welt weiß. Lehrbücher können einem nicht alles vermitteln, dafür bin ich der lebende Beweis. Und ich würde gern reisen – bald.

Aber warum male ich mir Nora und mich an einem Tropenstrand aus, Nora in einem winzigen Bikini, der pralle Hintern nur von einem dünnen Stofffetzen bedeckt? Seit dem verunglückten Abend hat sie kaum zwei Worte mit mir gewechselt, und doch bekomme ich sie nicht aus dem Kopf.

Im Deli unten in meinem Haus ist nie viel los, und manchmal habe ich Mitleid mit Ellen, der jungen Russin, die an der Kasse arbeitet. Mir macht Sorge, dass sie hier nachts ganz allein sitzt. Die Klingel über der Tür bimmelt, als ich reingehe, und Ellen blickt von einem dicken Lehrbuch auf, um mir freundlich zuzulächeln. Ihr kurzes, lockiges Haar ist mit einem dünnen Haargummi nach hinten gebunden, das zu ihrem roten Pulli mit den kleinen weißen Punkten passt.

»Hi«, sagt sie, während ich in der Kühlabteilung hinten nach Milch Ausschau halte.

»Hey, Ellen«, antworte ich, nehme eine Milchflasche und sehe nach dem Verfallsdatum. Ich bin hier schon häufiger mit abgelaufenen Sachen rausgegangen. Als Nächstes suche ich nach rotem Gatorade für Nora, aber sie haben keins. Da ich Zeit habe, werde ich einfach noch zu einem anderen Supermarkt gehen.

Zum zweiten Mal heute stelle ich fest, dass ich einen der Leinenbeutel gebrauchen könnte, von denen Tessa immer einen kleinen Vorrat an der Tür hat. Sie ist gegen Plastik, und jedes Mal, wenn ich die Tür aufmache, höre ich sie im Geiste sagen, wie umweltschädlich Plastiktüten sind. Die Frau sieht entschieden zu viele Dokus. Demnächst wird sie noch das Tragen von Schuhen boykottieren oder so.

Ellen klappt ihr Lehrbuch zu, als ich näher komme. Ich nehme eine Packung Kaugummi von dem Regal auf dem Tresen. Ellen wirkt ein bisschen gestresst, weshalb ich mir jetzt umso mehr wünsche, ich hätte einen Leinenbeutel dabei – den mit der Wassermelone und der Zuckermelone vorne drauf. Neben der Wassermelone ist eine Sprechblase, in der steht: »Wollen wir zusammen durchbrennen?«, worauf die Zuckermelone antwortet: »Bedaure, aber Zuckerwasser ist eklig.«

Ellen findet das genauso witzig wie ich, was für sie spricht. Und ein Scherz könnte sie vielleicht aufmuntern.

»Wie läuft es so?«, frage ich.

»Gut. Ich muss nur lernen.«

Die alte Registrierkasse piept, als Ellen die Preise für Milch und Kaugummi eintippt. Ich hole meine Karte heraus und ziehe sie durch den Leseschlitz.

»Du lernst immer«, sage ich, und das stimmt. Jedes Mal wenn ich herkomme, ist sie hinter der Kasse und liest in einem Lehrbuch oder füllt Arbeitsbögen aus.

»Ich muss es ans College schaffen«, erklärt sie achselzuckend und wendet den Blick ab.

College? Sie ist noch in der Highschool und arbeitet hier so spät noch, und so oft? Selbst an Tagen, an denen ich nichts einkaufe, sehe ich sie durchs Fenster.

»Wie alt bist du?«, frage ich. Es geht mich nichts an, ich bin nicht viel älter als sie, aber wenn sie meine Tochter wäre, hätte ich Angst, sie allein nachts in einem Laden in Brooklyn zu lassen.

»Nächste Woche werde ich siebzehn«, sagt sie stirnrunzelnd, was nicht dem typischen Teenager entspricht. Eigentlich sind in dem Alter alle selig, den Abstand zum magischen achtzehnten Geburtstag zu verringern.

»Schön«, sage ich, und sie gibt mir den Kartenbeleg, damit ich unterschreibe.

Ihre Stirn ist immer noch gerunzelt, als sie mir einen roten Stift gibt, der mit einer schmutzigen braunen Schnur an ein kleines Klemmbrett geknotet ist. Ich unterschreibe und gebe ihr den Beleg zurück. Dann verhakt sich der Drucker, bevor meine Kopie des Bons herauskommt, und Ellen entschuldigt sich übereifrig. Sie klappt den Deckel hoch, und ich sage, dass es mir nichts ausmacht.

»Ich bin nicht in Eile«, sage ich. Ich muss nirgends hin, außer nach Hause und für Geologie lernen. Ellen reißt die zerknickte Papierrolle heraus und wirft sie in einen Mülleimer hinterm Tresen.

Wenn ich darüber nachdenke, fällt mir auf, dass Ellen noch nie die Sorglosigkeit einer Siebzehnjährigen hatte. Ich vergesse oft, dass die meisten Leute keine Mom wie meine haben. Als Junge hatte ich keine Vaterfigur, was mir aber offen gesagt nie etwas ausmachte. Ich hatte Mom. Jeder reagiert anders auf Dinge, je nach persönlicher Erfahrung und Veranlagung. Auf Hardin zum Beispiel hatten seine Erfahrungen eine völlig andere Wirkung als meine auf mich, und er musste einen anderen Weg einschlagen, um es zu begreifen. Der Grund ist nicht wichtig, denn worauf es ankommt, ist, dass er Verantwortung für sich übernommen hat und sich den Arsch aufreißt, um seine Vergangenheit anders zu sehen und seine Zukunft zu gestalten.

Als ich zwölf war, fing ich an, die Jahre und Monate bis zu meinem achtzehnten Geburtstag runterzuzählen, obwohl der direkt zu Beginn meines letzten Schuljahrs war und sich somit gar nichts groß verändern sollte. Ich hatte nicht vorgehabt, vor dem Abschluss auszuziehen, bis Dakota anfing, davon zu reden, in *ihrem* letzten Jahr mit mir in New York zu leben. Nachdem ich Monate mit Bewerbungen für einen Studienplatzwechsel verbracht hatte und damit, einen Antrag auf Studienkostenbeihilfe an der NYU zu stellen, eine Wohnung für uns beide zu finden, von der wir gut mit öffentlichen Verkehrsmitteln zum Campus kamen, mich mit dem Gedanken anzufreunden, meine besten Freunde, meine schwangere Mutter und meinen Stiefvater zurückzulassen, änderte sich etwas in Dakotas Leben, und irgendwie bekam ich es nicht mit.

Ich bin immer noch froh, dass ich umgezogen bin und mich entwickle – ich habe eine soziale Einstellung, übernehme Verantwortung und habe Pläne für die Zukunft. Ich bin keineswegs perfekt, kann kaum meine eigene Wäsche machen und übe noch, meine Kosten im Blick zu behalten; aber ich lerne schnell, und es geht mir gut dabei. Tessa hilft mir sehr. Sie hat es gern viel ordentlicher als der Durchschnitt, aber wir sind beide sauber und teilen uns die Hausarbeit gerecht. Ich lasse nie schmutzige Socken im Wohnzimmer liegen oder vergesse, meine klammen Sachen nach dem Duschen vom Badezimmerfußboden aufzuheben. Mir ist klar, dass ich mir die Wohnung mit einer Frau teile, mit der ich nicht zusammen bin, deshalb lasse ich nie die Klobrille oben oder flippe aus, wenn ich eine Tamponfolie im Müll sehe. Ich achte darauf, dass sie nicht zu Hause ist, wenn ich mir einen runterhole, und darauf, dass hinterher nichts darauf hinweist.

Na gut, was das betrifft, muss man den gestrigen Tag ausklammern. Immer wieder wandern meine Gedanken zu der Begegnung mit Nora zurück.

Ellen hat das Gerät zweimal an- und ausgeschaltet, Papier nachgelegt und druckt nun meinen Bon. Ich beschließe, noch ein wenig zu bleiben, weil ich das Gefühl habe, dass Ellen außer den Figuren in ihren Geschichtsbüchern kaum jemanden hat.

»Hast du an deinem Geburtstag etwas Besonderes vor?«, frage ich sie, weil es mich wirklich interessiert.

Sie schnaubt. Dann wird sie rot und schüttelt den Kopf. »Ich? Nein, ich muss arbeiten.«

Irgendwie ahnte ich, dass sie keine anderen Pläne hat, außer auf einem Hocker hinter dem hohen Tresen zu sitzen.

»Tja, Geburtstage sind sowieso überbewertet«, sage ich mit dem breitesten Lächeln, das ich zustande bringe.

Sie lächelt matt, doch ihre Augen blitzen ein bisschen. Gleichzeitig macht sie sich etwas gerader und lässt die Schultern weniger hängen. »Ja, sind sie.«

Ich wünsche ihr einen schönen Abend. Ehe ich die Tür hinter mir schließe, sage ich noch, sie solle nicht zu viel lernen. Mann, wie muss es sein, in dieser Stadt aufzuwachsen? Ich kann es mir echt nicht vorstellen.

Auf dem Weg lese ich den Artikel über die Bar, den Mom mir geschickt hat, und rufe sie an. Sie erzählt, dass Ken eben von einer Konferenz in Portland zurück ist, und er kommt ans Telefon, damit wir über das Giants-Spiel reden können. Dank ihrer Niederlage habe ich unsere kleine Wette gewonnen und gebe ein bisschen an. Dann erzählen wir uns, was so los ist, und beenden das Gespräch, weil die beiden zu Abend essen wollen.

Früher habe ich fast jeden Abend mit ihnen gegessen und über Aktuelles gesprochen – unter anderem über die Schule oder Sport. Ich bin froh über die Zeit, die ich vor meinem Umzug mit meiner Familie hatte, doch jetzt muss ich hier neue Freunde finden.

12

Nachdem ich nicht nur ein, sondern drei rote Gatorades besorgt habe, gehe ich zurück nach Hause.

Vor unserem Gebäude steht ein großer Lieferwagen mitten auf der Straße. Der Deli unten bekommt zu allen möglichen Zeiten Lieferungen, und fast jede Nacht um drei kommt die Müllabfuhr, die mich mit dem lauten Scheppern und Klirren am Anfang immer geweckt hat. Vor Kurzem habe ich den besten Kauf meines Lebens gemacht und mir so ein Ding besorgt, das die Geräusche vom Meer, vom Regenwald und der nächtlichen Wüste imitiert, aber ich nutze nur das weiße Rauschen. Es hilft mir enorm. Tessa mag das Gerät, vermisst aber nach einer Kindheit neben Eisenbahngleisen die rhythmischen Geräusche in der Nacht.

Ich warte geduldig, bis der Fahrstuhl unten ist, und steige ein. Er ist klein, nur zwei durchschnittlich gebaute Leute und eine Einkaufstasche passen hinein. Normalerweise macht mir die Treppe nichts aus, aber mein Knie hat wieder angefangen zu pochen.

Während er mich in den zweiten Stock fährt, knarzt und ächzt der Aufzug, und diese Geräusche, zusammen mit meiner Nervosität wegen heute Abend, machen mir Angst, dass mich einer dieser alten Fahrstühle in der Stadt doch mal für Stunden gefangen halten wird. Falls es jetzt passiert, könnte ich nicht mit Nora ausgehen …

Nein, heute Abend wird es nett.

Es wird sehr nett, sage ich mir, als ich die Einkäufe wegräume und die Gaterodes in den Kühlschrank stelle.

Es ist nichts Besonderes, mit einer Frau und ihren Mitbewohnerinnen wegzugehen, selbst wenn man die nicht kennt, denke ich, während ich sehr heiß dusche. Eine ereignislose Dusche, bei der weder Duschvorhänge noch Egos zu Schaden kommen, und eine, die ich sehr genieße.

Alles nichts Besonderes und kein Grund, nervös zu sein.

Aber gerade als ich mir das eingeredet habe, wird mir ein winziges, lockiges Hindernis in den Weg geschmissen. Ich liege mit noch nassem Haar auf meinem Bett und sehe nach meinen Textnachrichten. Zwei Nachrichten wische ich so durch. Die eine ist von Tessa, dass sie noch eine Zusatzschicht einlegt. Sie sagt, dass sie zu uns stößt, wenn sie es schafft, und dass Nora mir nachher wegen heute Abend Bescheid gibt.

Die andere Nachricht ist von Dakota.

Hey, was machst du so?, lese ich und wiederhole es laut. Ich bin verwirrt.

Ich starre aufs Display und zögere zu antworten. Ich will ihr nicht sagen, dass ich etwas mit jemand anderem vorhabe, erst recht nicht mit einer anderen Frau. Nicht dass ich sie belügen will, das würde ich nicht tun. Es kann nur nicht gut ausgehen, wenn ich ihr erzähle, was ich *tatsächlich* vorhabe. Ich weiß nicht mal, ob es einen Grund gibt, es ihr zu sagen. Wir sind nicht zusammen. Nora und ich sind bloß befreundet, egal, wie oft ich an sie denke.

Trotzdem lüge ich. Lernen. Und du?

Ich schließe die Augen, bevor ich auf »Senden« tippe, und aus der Erinnerung findet mein Daumen das richtige Feld. Sofort bekomme ich ein schlechtes Gewissen, weil ich gelogen habe, aber jetzt kann ich nicht mehr zurück.

Ich stecke das Ladekabel ins Telefon und gehe zum Wandschrank, um mich fertig zu machen. Ich nehme mir eine dunkelbläue zerrissene Jeans. Die Jeans ist enger, als ich sie sonst trage, aber ich finde, dass sie gut an mir aussieht.

Vor zwei Jahren hätte ich niemals in das Teil gepasst, ohne wie ein übergelaufener Cupcake auszusehen. Nein, nicht mal ein Cupcake, eher ein Muffin. Ein hässlicher Muffin.

Ich starre in meinen Schrank und versuche, einen Funken Modebewusstsein aus den tiefsten Winkeln meines Verstands hervorzulocken, aber da ist keiner. Ich habe Elfen, Zauberer, Hockey-Pucks und jede Menge Hexer in meinem Kopf, aber keinen einzigen Modetipp. Und in meinem Schrank finden sich sowieso nur Hemden, allesamt kariert, und zu viele WCU-Kapuzenshirts. Ich gehe zu meiner kleinen Kommode und ziehe eine Schublade auf. Ich werde eine graue Unterhose tragen, eine der wenigen ohne Löcher. Mein Zimmer ist ein bisschen stickig, deshalb beuge ich mich vor und öffne das Fenster.

In der zweiten Schublade sind lauter T-Shirts, von denen die meisten vorne bedruckt sind. Hätte ich shoppen gehen sollen?

Wo ist Tessa, wenn ich sie brauche?

Ich habe keine Ahnung, wie man sich für einen Abend im Club anzieht. Normalerweise trage ich schlichte T-Shirts zu Jeans oder Chinos, und seit ich nach Brooklyn gezogen bin, besitze ich einige wenige Jacketts. Ich würde sagen, dass ich mich bezüglich sicherer Garderobenauswahl derzeit in einem mittleren Entwicklungsstadium befinde.

Ich weiß nicht, in was für einen Club wir gehen, und schon gar nicht, wie Nora sich anzieht. Generell weiß ich wenig über Clubs, und Nora hat mir nur den Namen gesagt, sonst nichts.

Ich greife nach einem grauen T-Shirt und ziehe es mir über den Kopf. Die Ärmel sind grotesk lang, also kremple ich sie auf und streife mir die Boxershorts über.

Mein Haar ist vorne ziemlich lang und kräuselt sich ein bisschen an der Stirn, aber ich kann mich nicht entscheiden, ob ich es schneiden lassen will oder nicht. Ich sprühe etwas von Tessas Spray rein und versuche, mir das widerspenstige Haar zu kämmen. Ich mag den zotteligen Look, könnte allerdings gut auf die kahlen Stellen unten an meinen Wangen verzichten, an denen einfach kein Bart wachsen will.

Als ich angezogen bin und mein Haar etwas gebändigt habe, kommt eine Nachricht von Nora.

Dort steht nur eine Adresse mit einem Herz-Emoticon.

Sofort bin ich aufgeregt … und noch ein bisschen nervöser.

Außerdem wird mir klar, wie spät es ist und dass ich mich verflucht beeilen muss, wenn ich mich nicht verspäten will. Eilig kremple ich meine Ärmel weiter hoch und schlüpfe in meine braunen Stiefel. Dann tippe ich die Adresse in die Map auf meinem Telefon und sehe, dass ich zu Fuß ungefähr eine halbe Stunde dorthin brauche.

Den Weg nutze ich, um mich zu beruhigen und mir interessante Themen zu überlegen, mit denen ich Nora und ihre Freundinnen halbwegs unterhalten kann. Gott, ich hoffe nur, dass die nicht auf Politik stehen, denn das geht nie gut aus.

Ich bin so abgelenkt, dass mir nicht auffällt, dass Dakota nicht geantwortet hat.

13

Der Club ist kleiner, als ich ihn mir vorgestellt hatte. Ich war mal in einem in Detroit, und der war doppelt so groß wie das Backsteingebäude, vor dem wir jetzt warten. Noch dazu sieht das alles in Filmen irgendwie anders aus, wo grundsätzlich irgendein unangenehmes Muskelpaket die Tür bewacht; ein Typ, der mit seinem kleinen Klemmbrett und mit seinen Knöpfen im Ohr die Macht hat, das Selbstwertgefühl von Frauen zu stärken oder zu vernichten. Und zwar von Frauen, die ihn in jeder anderen Situation nicht mal mit dem Hintern ansehen würden. Ein schlichtes Nicken von ihm, während er das Samtband aushakt, ist der Lohn für zwei Stunden Arbeit vor dem Spiegel. Muss man länger warten, ist man ein Nichts. Das zumindest will er einem vermitteln, und das allein ist schon ziemlich verkorkst.

Natürlich ist es nichts als eine Scharade, denn er schläft trotzdem nachts allein und fühlt sich deshalb am nächsten Morgen kein bisschen besser. Sein Powertrip hat eine Halbwertszeit von zwölf Stunden; danach hasst er sich immer noch und ist nach wie vor sauer, weil er nicht seine verdiente Chance bei der einen Frau bekommen hat, auf die er heiß ist, oder die Telefonnummer von der anderen scharfen, bei der er gar nicht erst versucht hat, sie mit einem Funken Respekt zu behandeln. Es ist ein bisschen traurig, dass die Leute im Jahr 2016 immer noch etwas darauf geben, einzig wegen ihres Aussehens in Nachtclubs gelassen zu werden. Ich versuche, diesen Mist zu ignorieren, aber ich weiß natürlich, dass er existiert.

So oder so bin ich enorm erleichtert, dass dieser Club so anders ist. Das kleine rote Backsteingebäude steht an einer Straßenecke, gleich neben einer Reihe von Food-Trucks auf einem leeren Parkplatz. Auf der Straße ist weniger los als auf dem Bürgersteig, und es fahren nur einige grüne Taxen und ein Tesla vorbei.

Als ich dem Tesla nachblicke, dessen schwarzer Lack im Licht der Straßenlaternen glänzt, berührt eine Hand meinen Arm. Ich drehe mich um und sehe Nora. Ihre Augen sind rauchig grau geschminkt. Sie trägt eine schwarze Hose, die aussieht, als hätte sie ihr jemand aufgemalt. Ihre Hüften sind unter einem schwarzen Shirt mit ADIDAS-Logo verborgen. Oben muss sie mit der Schere nachgeholfen und einen V-Ausschnitt in die weiche Baumwolle geschnitten haben. Über dem Shirt hat sie einen schwarzen Blazer an und weiße Sneakers an den Füßen. Sie sieht lässig und cool aus und so gar nicht nach meiner Liga.

Sie ist viel zu hübsch.

Zu heiß.

Zu alles.

Während wir draußen warten, kommen noch ein paar Leute hinzu.

»Sie haben schon einen Tisch«, sagt Nora und zeigt zum Eingang.

Ich fühle mich deplatziert, und bevor ich Nora nach drinnen folge, schreibe ich Tessa, um ihr zu sagen, dass ich hier bin. Es ist mir ein bisschen peinlich, dass ich sie so dränge, zu uns zu kommen. Ich weiß ja, dass sie lieber im Bett liegen und die markierten Seiten in ihrem Lieblingsbuch lesen würde. Sie wäre viel lieber unter ihrer Decke vergraben, würde wegen der Fehler und Versäumnisse ihrer

Protagonisten heulen und sich wünschen, ihre Beziehung hätte so geendet wie in einem ihrer Romane.

Aber es ist nicht gut für sie, unglücklich im Bett zu liegen. Außerdem brauche ich noch ein vertrautes Gesicht auf diesem unbekannten Terrain.

Als die Tür aufgeht, dringt angenehme elektronische Musik nach draußen. Der Rhythmus ist nett, langsam und mitreißend zugleich, weich, aber komplex. Ich trete einen Schritt näher zu Nora, um eine Unterhaltung anzustoßen.

»Bist du oft zum Tanzen hier?«, frage ich sie beim Reingehen.

Sie dreht sich zu mir und streicht mit dem Zeigefinger über meine Lippen.

»Keiner tanzt hier.« Sie lächelt, wie eine Mutter ihr Kind anlächelt, wenn sie ihm etwas ganz Einfaches erklären muss.

Als ich mich umsehe, erkenne ich, dass es gar kein Club ist. Warum habe ich Schwachkopf den Namen nicht vorher gegoogelt? Das hier ist ein typischer Hipsterladen und brechend voll. Kleine Holztische, sehr gedämpfte Beleuchtung, Industrieschick. Leute stehen in Gruppen an der Bar, lachen und trinken Cocktails. Ein Mann mit weißem Haar schüttelt einen Becher mit neonfarbener Flüssigkeit, und alle beobachten ihn, als er das Zeug auf zerstoßenes Eis gießt. Es zischt, und eine Rauchwolke steigt aus dem Glas auf. Ich bin beeindruckt.

Wir gehen zur Bar, und ich sehe Nora an, deren Miene von Neugier zu Skepsis umschwenkt.

»Barkeeper – das ist der lahmste Trick von allen!«, brüllt sie laut genug, damit er es trotz der Musik hört.

Ich sehe mich um. Alle Blicke richten sich auf uns, doch Nora bleibt stehen und starrt dem Typen direkt in die Augen, als er aufschaut.

»Ah, hätte ich mir denken können, dass du das bist.« Er gibt sich genervt, doch das ist nur gespielt. So, wie er sie ansieht, wird klar, dass er sie gut genug kennt, um sie aufzuziehen.

Ganz kurz und vollkommen irrsinnig frage ich mich, ob sie mal zusammen waren … oder vielleicht sogar sind.

Lächelnd lehnt sie sich an die Bar. »Hey, Mitch.«

Sie benutzt die Tresenfläche als Stütze für ihre Brüste, und das gefällt ihm. Ich sehe, wie er unverhohlen in ihren klaffenden Ausschnitt glotzt.

Ihr Shirt ist aber auch echt tief ausgeschnitten, was ziemlich ablenkt, erst recht in Kombination mit dieser verdammten Jeans. Ich habe noch nie jemanden gesehen, der in einem so schlichten Outfit derart gut aussieht.

»Sei mir nicht böse, das steht dir nicht«, flüstert Tessa mir plötzlich ins Ohr. Ich hatte sie gar nicht bemerkt.

Ist es so offensichtlich? Ich bringe meine Miene unter Kontrolle und bemühe mich, vernünftig zu sein. Ich habe noch nie zu Eifersucht geneigt. Sonst hätte Dakota mich auch glatt in den Wahnsinn getrieben, so wie sie mit jedem flirtete und alle Jungs an ihrer Highschool magnetisch anzog. Andererseits hat sie mir auch nie das Gefühl gegeben, ich müsste um sie kämpfen. Sie gehörte immer zu mir, weshalb ich es für unnötig hielt, bescheuert eifersüchtig oder hyperdramatisch zu sein.

»Wann bist du gekommen?«, frage ich, um mich von Nora abzulenken.

»Jetzt gerade. Bei der Arbeit war nichts mehr los.« Sie seufzt und zuckt mit den Schultern, als wäre sie überall lieber als hier. Sie trägt noch ihre Arbeitskleidung, schwarze Hose und weiße Bluse, und die Bänder ihrer Schürze baumeln aus ihrer Tasche. Was für eine tolle Freundin!

Der geile Barkeeper kommt rüber. Er hat ein breites Lächeln

und kunstvoll zerzaustes Haar. Sicher ist er nett. Er hat Schultern wie ein Linebacker und ist gebaut wie Adam Levine, klein, aber sehr muskulös. Eine eigenartige Mischung, doch ich erkenne durchaus, dass sie auf Frauen reizvoll wirken kann.

Nora streckt sich über den Tresen, um ihn zu umarmen, und er beugt sich hinüber in ihre Arme. Nur der Tresen verhindert den Ganzkörperkontakt zwischen ihnen. Ich sehe weg und tue, als würde ich das Treiben rundherum betrachten. Doch aus dem Augenwinkel nehme ich wahr, dass sie sich immer noch umarmen.

Ich blicke mich im Club um. Alle Getränke sind mit Kreide auf einer großen Tafel hinter der Bar aufgelistet, und als ich höre, dass Nora zwei bestellt, sehe ich auf. *Letters To Our Lover* enthält Gin, Himbeersirup und etwas, das ich nicht entziffern kann. Der *Knot-So-Manhattan* ist eine Spiritusbombe aus Whiskey, Wermuth und Angostura. Neben die Inhaltsliste ist ein kleiner Knoten gezeichnet.

Ich studiere weiter die Liste der hauseigenen Cocktails, und da Nora ungefähr fünfundzwanzig ist und den Barkeeper kennt, wird es hier kein Problem sein, Alkohol zu bestellen. Ich trinke nicht oft – wahrscheinlich würde sich ein Sixpack bei mir einen ganzen Monat halten –, aber heute Abend würde ich gern. Tessa und ich waren einige Male aus und konnten schon Cocktails bestellen, ohne unsere Ausweise zeigen zu müssen. O ja, sogar wir wagen ab und zu mal was!

Tessa wirkt unsicher, als sie unten an ihrer weiten weißen Bluse zupft. »Ich verschwinde mal kurz«, sagt sie. Ich nicke, bleibe verlegen stehen und warte darauf, dass sich Nora wieder an mich erinnert.

Während ich Mitch anstarre, wird er immer souveräner und dreister. Müsste er nicht eigentlich Drinks mixen oder so? Jetzt sind nur noch ich, Nora-Sophia und einer der bestaussehenden Männer da, die je geschaffen wurden.

Dieser Typ Mann ist doch nur dafür da, dass sich Leute wie ich wie die letzten Loser fühlen. Seine Zähne sind extrem gerade und weißer als ein neues Paar Turnschuhe. Ich sehe wieder zu ihnen rüber, wippe auf den Fersen und versuche, nicht allzu auffällig hinzustarren. Vielleicht hätte ich auch eine Pinkelpause einlegen sollen, so wie Mädchen das dauernd tun?

Ehe ich gehen kann, löst sich Nora von Mr. Hot – der viel zu heiß ist, um in einer kleinen Bar zu arbeiten – und hakt sich bei mir ein. Ihre Hände sind kalt, als sie meinen Arm berührt. Ich greife nach ihnen, umfange sie mit beiden Händen und reibe sie. Prompt tritt die Wärme an die Oberfläche, und meine Wangen glühen, weil ich so mutig bin. Zum Glück ist es hier drinnen so schummrig.

Interessiert sieht Nora erst zu mir auf, dann auf unsere Hände. Sie lächelt. Die Deckenlichter bewegen sich ein bisschen und werfen Licht und Schatten auf Nora. Die Haut an ihrem Hals schimmert im träge tanzenden Licht. Nora sieht mich an, und ich kann den Blick nicht abwenden.

Flüchtig blicke ich hinüber zu Mr. Hot, doch er beachtet uns gar nicht. Irgendwie wünsche ich mir, er würde. Wenn er das hier sehen könnte …

Was ist denn mit mir los? Ich muss aufhören, so viel mit Hardin zu reden. Er verwandelt mich in ein Arschloch.

Ein neurotisches Arschloch.

Nora hält Augenkontakt zu mir. »Wollen wir uns hinsetzen?«

Mich macht es immer nervös, länger Augenkontakt zu jemandem zu halten, ganz besonders zu einem schönen Mädchen, dem ich mehr oder weniger schon gestanden habe, dass ich es toll finde. Auf ihren Kuss hat mein Körper reagiert, als hätte er immer schon auf sie und einen solchen Kuss gewartet.

Sie dreht sich wieder zur Bar, bedankt sich bei dem anderen Typen und reicht mir einen Drink mit einer verknoteten roten Lakritzstange. In dem Glas steckt ein Holzstäbchen mit einem umgedrehten Wolkenkratzer. Das Stäbchen scheint aus Holz zu sein. An Noras Cocktailglas klemmt ein kleines Papier, und ich gehe davon aus, dass es eine kurze Nachricht ist. Jetzt bin ich erst recht baff.

Nora sieht mich weiter an, und mir fällt wieder ein, dass sie sagte, wir sollten uns setzen. Ich nicke, denn ich möchte sowieso dringend weg aus dem Gedränge an der Bar. Bei den Tischen ist es auch ziemlich voll, aber wenigstens können wir dort sitzen. Die Musik gefällt mir, ruhig und mit einem starken, klaren Beat. Eine Tanzfläche gibt es nicht, denn dies hier ist eine Cocktailbar mit einer kleinen Karte, kein Nachtclub. Ich kann es immer noch nicht fassen, dass ich den Laden nicht einfach gegoogelt habe, statt wie blöd zu grübeln.

Nora schlingt die Finger um mein Handgelenk und führt mich weiter nach hinten. Es wird immer dunkler, je weiter wir uns von der Bar entfernen, und schließlich bleiben wir vor einem Tisch mit Frauen stehen, die aufblicken, lächeln und uns zunicken. Mich irritiert es immer noch, wie eng die Leute in dieser Stadt zusammensitzen. Die kleinen Tische sind alle aneinandergereiht, und man hört jedes Wort, das die anderen um einen herum sagen. Andererseits ist die Musik relativ laut, also ist das vielleicht kein Problem. An dem Tisch sind wenige Stühle frei, und Nora signalisiert mir, den ganz am Ende zu nehmen. Sie setzt sich mir gegenüber und hebt ihr Glas an meins. Wir stoßen an, und ich schiebe das Lakritz und das kleine Holzgebäude aus dem Weg, bevor ich trinke.

O Mann, das schmeckt wie Spiritus! Aber das hatte ich mir ja schon gedacht.

Ich lächle Nora zu und zeige kopfschüttelnd auf den Drink. »Wow, bei dem Zeug muss ich echt passen.«

Lachend hält sie sich eine Hand vor den Mund und nickt. »Kein Problem! Er hat sie extrastark gemacht.« Sie schiebt mir grinsend ein Glas stilles Wasser zu. Dann nimmt sie meinen Drink, schnuppert daran und rümpft die Nase, ehe sie ihn wegschiebt, weiter zur Tischkante und weg von mir.

Mir gefällt, dass es ihr nichts auszumachen scheint. Sie trinkt noch einen Schluck von ihrem Cocktail und leckt den pinken Zuckerrand vom Glas. Dann löst sie den winzigen Umschlag aus der Klemme und reißt ihn auf. Ich lasse ihr einen Moment, die Nachricht zu lesen, dann strecke ich die Hand nach der Karte aus. Sie schnaubt, verdreht die Augen und spielt mit ihrer dünnen Halskette, während ich lese:

Lieber Liebender, öffne keine neue Tür, solange sich noch jemand hinter der anderen versteckt.

Ich lache und gebe ihr die Karte zurück. Schlaues Marketing. Während ich mich frage, ob sie die Nachrichten wechseln und falls ja, wie oft, fängt Nora an, mich ein bisschen unsicher ihren Freundinnen vorzustellen.

»Melody«, sagt sie und zeigt auf eine hübsche Asiatin. Ihr Lidstrich ist sehr dick und makellos gerade.

Das Mädchen neben ihr ist Raine, dann kommen Scarlett und Maggy, doch die Gesichter verschwimmen schnell, denn eigentlich will ich nur mit Nora reden. Ich möchte sie fragen, was sie gemacht hat, seit sie von Washington hergezogen ist, wie sie ihren Kaffee trinkt, welche Jahreszeit sie am liebsten mag. Im Grunde möchte ich sie besser kennenlernen, denn obwohl wir uns schon vor einer ganzen Weile begegnet sind, haben wir noch nie etwas zusammen unternommen.

Ich höre, wie Maggy etwas sagt und dem Mädchen neben sich auf die Schulter tippt, sodass sie sich umdreht und verwirrt wirkt, als sie mich sieht. Im Ernst, das muss eine Halluzination sein.

Dakota starrt mich an. Ihre Augen werden groß, und sie presst die Lippen zu einer schmalen Linie zusammen.

»Landon?«, fragt sie verwundert.

Es ist schräg, und ich habe das Gefühl, dass sie mich viel früher bemerkt hat als ich sie.

Ihr Blick ist fest auf mich gerichtet und saugt alle Aufregung und gespannte Erwartung aus mir heraus, mit der ich hergekommen bin. Jetzt hätte ich wirklich gern ein Portal, durch das ich springen und mich irgendwo anders hinversetzen lassen könnte. Meinetwegen mitten in die Schlacht um Hornburg. Aber leider habe ich kein Portal in meine Lieblingsserie bisher.

Obwohl ich mit sechzehn, als meine Tante mir einen *Herr-der-Ringe*-Legokasten schenkte, versucht habe, genau diese Schlachtenszene nachzubauen. Sie war mir allerdings zu kompliziert. Dakota hielt länger durch als ich und rüstete mindestens fünfzig Elfen mit winzigen Pfeilen und Bögen aus. Früher war sie besser bei Lego als ich, heute ist sie besser darin, peinliches Schweigen zu brechen. Und so sitze ich hier, und sie sieht mich, dann Nora und dann wieder mich an. Ich beobachte, wie sie die Puzzleteile zusammenfügt und begreift, dass ich mit Nora hier bin.

Ihre Mandelaugen verengen sich zu Schlitzen, als sie sich spöttisch an Nora wendet. »*Das* ist der scharfe Typ?«

Der scharfe Typ? Wie bitte? Ich blicke zur Bar, hinter der ich mich zu gern verkriechen würde.

Nora verdreht die Augen und lacht kurz, dann streckt sie Dakota die Zunge raus. »Super, wie du mir die Nummer versaust, Dakota.«

O nein. Sie kapiert nicht mal, was hier los ist! Noras Ton Dakota gegenüber ist anders, irgendwie unangenehm.

Tessa kommt zu uns, und als sie Dakota sieht, die am anderen Tischende steht, erstarrt sie und wirkt genauso verwirrt wie

Dakota. Mein Talent in puncto Problembewältigung löst sich schlagartig in Luft auf, und ich sitze stumm da wie der letzte Idiot.

Dakota wendet sich wieder Nora zu, und ich überlege, was ich sagen könnte, um das hier zu entkrampfen. Ich will keine Szene. Meinetwegen können tausend andere schreckliche Sachen passieren, aber keine Szene wegen mir.

»Und wie lange seid ihr schon zusammen?«, fragt sie.

»Sind wir nicht«, sage ich im selben Moment, in den Nora deutlich lauter antwortet: »Erst seit Kurzem. Ist noch ganz frisch.«

Nora sieht mich an, und mein Brustkorb wird ganz eng. Meine Antwort hat sie verwirrt.

Seit Kurzem? Was meint sie damit? Sind wir zusammen? Ist es das?

Sie hat mich erst ein Mal geküsst, und abgesehen von einigen Minuten allein, während Tessa unter der Dusche oder unterwegs von der Arbeit nach Hause und hierher war, haben wir überhaupt noch nie Zeit zu zweit verbracht. Ich würde sogar behaupten, dass wir uns bisher kaum unterhalten haben.

Dakotas Augen beginnen zu glänzen, und ich sehe, dass sie ihre Waffen lädt. Sie sammelt Indizien und baut sich eine Theorie zusammen, die dem hier einen Sinn verleiht. Diese wütende Seite von ihr habe ich so gut wie nie erlebt, und aus unerfindlichen Gründen befriedigt mich das irgendwie. Wir haben uns kaum je gestritten. Zwar hat Dakota oft herumgebrüllt, aber mich hat sie nie angeschrien.

»Wir sind nicht zusammen«, sage ich, weil ich es ihr noch mal sagen muss.

Die anderen drei Frauen am Tisch fangen an zu flüstern. Wahrscheinlich dichten sie sich ihre eigene Version der Live-Soap zusammen, die sich hier vor ihnen abspielt.

Ich sehe Nora an. Allmählich geht ihr ein Licht auf. »Kennt ihr beide euch?«, fragt sie.

»*Ob wir uns kennen?*« Dakotas Stimme ist jetzt tief und vorsichtig, während sie die Hand zwischen Nora und mir pendeln lässt.

Jetzt komm schon, Portal! Saug mich ein, und bring mich verdammt noch mal hier weg.

Dakota beäugt mich, als sei ich ein Raubtier, dem sie entkommen muss. Ich hasse es. Sie ist am anderen Ende des Tischs, und dennoch spüre ich, wie aufgewühlt sie ist. Sie umfasst die Tischkante mit beiden Händen und starrt mich mit großen Augen an, als warte sie auf eine Reaktion von mir.

»Ja, wir *kennen uns.* Wir kennen uns schon sehr lange.« Dakota legt eine Show hin. Sie hat sich von dem Ganzen distanziert, versucht cool zu bleiben, um niemandem am Tisch zu zeigen, am allerwenigsten Nora und mir, wie sehr sie die Situation verletzt. Dann greift sie nach einem der Gläser vor ihr, sieht nicht mal hin und leert es in einem Zug.

Noras Schultern heben und senken sich unter ihren tiefen Atemzügen. Sie schweigt. Jetzt sehen alle mich an.

Ein wütender Blick.

Ein erwartungsvoller.

Noch zwei wütende Blicke.

Tessa sieht auf ihr Telefon; sie ist keine Hilfe.

Okay, drei wütende Blicke …

Und ein Augenrollen.

Dakota schnappt sich ihre Handtasche von der Stuhllehne und drängt sich an mir vorbei. Ich will nach ihrer Schulter greifen, aber sie weicht mir aus, wobei sie beinahe den Stuhl neben mir umreißt.

Ich sehe ihr nach. Als ich mich wieder umdrehe, ist Nora direkt vor mir.

»Du bist das Arschloch. Du bist der nerdige Ex aus Michigan.« Ihre Stimme ist matt, enttäuscht und irgendwie beschämt.

Ich stehe auf.

Der nerdige Ex? So denkt Dakota von mir?

So nennt sie mich gegenüber anderen, beschreibt mich so ihren neuen Freunden hier in der Stadt?

Wieder sehe ich zur Tür, wo ich noch kurz Dakotas weiße Jacke entdeckte, ehe sie nach draußen verschwindet.

Ich kann mir nicht vorstellen, was sie empfindet. Sie denkt, dass ich mit Nora zusammen bin und sie vorhin belogen habe, als ich erzählt habe, dass ich lernen muss.

Genau deshalb lüge ich sonst nie. Ich weiß nicht, warum ich es heute für eine gute Idee gehalten habe. Eigentlich hätte ich ahnen müssen, dass es nach hinten losgeht, denn so was geht immer schlecht aus. Und abgesehen von einigen harmlosen Lügen – ich würde mich an die dramatische Geschichte von ihrer Freundin erinnern oder tatsächlich wissen, wovon sie redet – musste ich sie nie belügen.

Eine Hand packt mich an der Schulter und zieht mich herum. Wieder stehe ich direkt vor Nora. Mir wird klar, dass sie mich herausfordert, eine Wahl zu treffen. Ihre Brauen über den wachen Augen sind hochgezogen. Dieselben Augen, von denen ich geglaubt habe, ich würde den ganzen Abend hineinsehen. Ich hatte gedacht, dass ich die Frau kennenlernen würde, die genug Selbstbewusstsein besitzt, um damit diese ganze Bar zu füllen, genug Feuer, um die Stadt zu entfachen.

Wie soll ich mich entscheiden? Ich kenne sie doch kaum.

Nora ist stumm; einzig ihre Augen sprechen zu mir. Wenn ich Dakota nachgehe, wird sie dann jemals wieder mit mir reden?

Warum macht mir der Gedanke solche Angst?

Aber ich kann Dakota nicht allein hier weggehen lassen, nicht so spät abends. Sie ist aufgewühlt, und ich habe das Gefühl, dass mir gar nicht klar war, wie impulsiv sie sein kann. Ihre selbstzerstörerische Ader ist ihr größter Feind.

»Es tut mir leid«, ist das Einzige, was ich zu Nora sage, ehe ich Dakota hinaus in die Nacht folge.

14

Als ich aus dem Club komme, steht Dakota auf dem Gehweg und hebt einen Arm, um ein Taxi heranzuwinken. Ich laufe hin und ziehe ihren Arm nach unten.

»Fass mich nicht an!«, faucht sie, und in der Kälte bildet ihr Atem eine Wolke. Ich lasse sie los und stelle mich vor sie. Trotzig verschränkt sie die Arme vor der Brust.

Sofort beginne ich, alles zu erklären. Oder versuche es zumindest.

»Es ist nicht so, wie du denkst«, sage ich hastig.

Dakota dreht sich von mir weg. Sie will keine Erklärung von mir. Wollte sie noch nie.

Behutsam lege ich eine Hand auf ihren Arm, doch sie zuckt zurück, als hätte ich sie verbrannt. Ich beachte die vorwurfsvollen Blicke der anderen Passanten nicht und stelle mich erneut vor sie.

»*Schwachsinn!*«, brüllt sie. »Willst du mich verarschen, Landon?«

Aus ihrer Fahne und der Art, wie ihre blutunterlaufenen Augen mich fokussieren, schließe ich, dass sie einiges intus hat. Seit wann trinkt sie so viel? Oder besser gesagt: Seit wann trinkt sie überhaupt?

In meinem Kopf ist sie wieder sechzehn und hat ihre Locken zu einem Knoten gesteckt. Sie trägt Turnschuhe und Strümpfe, die mit den roten Streifen oben, und hockt im Schneidersitz auf ihrem Bett. Wir blättern bei einer Pizza die College-Unterlagen durch. Ausnahmsweise ist es bei ihr zu Hause ruhig, weil ihr Dad nicht da ist. Carter ist mit Jules draußen, und Dakota redet darüber, dass sie noch nie betrunken war, es aber gern mal sein möchte.

Ihr erstes Experiment ging anders aus, als sie erwartet hatte. Alkohol schmeckt nicht so gut, wie es in *Gossip Girl* aussieht. Nach zehn Minuten und drei Schlucken vierzigprozentigen Wodkas hängt sie über dem Klo, und ich halte ihr die Haare nach hinten, während sie schwört, nie wieder zu trinken. Bevor ich die Flasche in den überfüllten Tiefkühler ihres Vaters zurückstellte, hatte ich die Hälfte weggegossen und mit Wasser aufgefüllt. In meiner Naivität dachte ich, wenn der Alkohol schwach ist, wird es seine Wut vielleicht auch sein.

Anscheinend gefriert Wodka nicht, Wasser hingegen schon. Am nächsten Morgen kam Carter wegen meines Fehlers mit einem blauen Auge und Prellungen am Brustkorb zur Schule.

Den Fehler habe ich nie wieder gemacht.

»Sie ist Tessas Freundin«, sage ich. »Ich kenne sie kaum. Ich weiß, wie es aussieht …«

Dakota unterbricht mich, ohne mich anzusehen. »Sie redet schon seit Wochen von dir!«

Ihre Stimme ist laut und zum Ende hin scharf wie ein Peitschenhieb.

»*Er ist soooo süß*«, ahmt sie die rauchige Stimme nach.

Die Leute auf dem Gehweg starren uns an, während ich mich bemühe, Dakota zu beruhigen. Ein Typ mit einer Mütze wirft mir einen Blick zu, der so viel heißen soll wie: *Ich würde gerne, Kumpel, aber ich kann nicht.* Er geht mit seiner Freundin vorbei. Mit seiner stillen Freundin, die ihn nicht zu hassen scheint. Der Glückliche.

Ich will mich verteidigen, bringe aber leider nur Schwachsinn raus: »Ich weiß nicht, was sie gesagt hat, aber ich habe nicht …«

Dakota winkt ab, damit ich den Mund halte. Ihr Kleid bauscht sich an den Hüften, sodass der Rand ihrer Strümpfe oben zu sehen ist. Und je mehr sie sich bewegt – sie stampft auf und ab –, desto höher wandert das Kleid. Vor lauter Wut merkt sie es gar nicht.

Nach einigen Sekunden wütenden Auf- und Abgehens dreht sie sich wieder zu mir. Ihre Augen blitzen. Anscheinend erinnert sie sich an etwas. »O mein Gott, sie hat dich geküsst! Das hat sie uns erzählt!«

Sie läuft einige Schritte und rempelt einen Mann mit der Schulter an, der seinen Bernhardiner spazieren führt. »Du warst der, von dem sie geredet hat! Du warst das die ganze beschissene Zeit!«

O Mann, Nora hat alles haarklein erzählt?

Dakota hebt wieder einen Arm, um ein Taxi ranzuwinken. »Bleib weg«, warnt sie mich, als ich ihren Ellbogen berühre, um sie zu stützen.

Ich habe nichts gesagt und weiß, dass ich aufpassen muss, wie ich es angehe. Nie hätte ich damit gerechnet, dass die beiden Geschichten über mich austauschen. Ich hatte nicht geglaubt, dass sich Nora genügend für mich interessiert, um mich ihren Freundinnen gegenüber zu erwähnen – und selbst wenn, wäre ich nie darauf gekommen, dass Dakota ihre Mitbewohnerin ist. Wie kann die Welt so klein sein?

»Ich komme mit dir. Was hast du alles getrunken?«, frage ich.

Sie sieht mich giftig an. Ihre Augen glühen schon fast, doch eine Antwort bekomme ich nicht. Nicht dass ich eine erwartet hätte.

Richtige Taxen sind in Brooklyn ziemlich selten, deshalb schlage ich vor, ein Uber zu bestellen. »Ich setze dich bei dir zu Hause ab«, sage ich und will mein Telefon herausholen.

Sie bremst mich nicht, was ich als gutes Zeichen werte.

Während wir auf den Wagen warten, beschließe ich, den Mund zu halten. Sie wird sowieso nicht besonders einsichtig sein, ehe wir weg von all den Leuten sind. Das alles ist ein Riesenmissverständnis, und ich brauche Zeit mit ihr allein und ein bisschen Ruhe, um es klären zu können.

Nach drei Minuten völliger Stille hält Daniel mit dem blauen Prius und einer Fünf-Sterne-Bewertung am Straßenrand, und ich lege die Hände an Dakotas Schultern, um sie zum Wagen zu führen. Sie duckt sich weg und stolpert vom Gehweg, um zur anderen Wagentür zu gehen. Gleichzeitig kommt ein Auto vorbei, sodass ich hinrenne, sie zurückziehe und in den Wagen schiebe. Sie ächzt und murmelt etwas davon, dass ich die Finger von ihr lassen soll, doch ich gehe schon um das Heck herum, um auf der anderen Seite einzusteigen.

Das wird eine lange Nacht. Ich habe meine Adresse in die App eingegeben, nicht ihre, da ich sicher bin, dass sie Nora nicht sehen will. Sie dürfte über das hier ziemlich sauer sein.

»Wie läufts so bei euch?«, fragt Daniel.

Dakota ignoriert ihn, stützt sich am Fenster ab und presst die Wange in ihre Hand.

»Gut, danke«, lüge ich.

Es ist wirklich nicht nötig, ihn in diesen Mist mit hineinzuziehen, denn er scheint ein netter Kerl zu sein, und sein Wagen riecht nach Karamell.

»Schön zu hören. Wird ganz schön kalt, was? Ich habe übrigens Wasserflaschen da hinten, falls ihr Durst habt, und Ladekabel«, bietet er an.

Jetzt wird mir klar, warum er glatte fünf Sterne hat.

Ich sehe Dakota an und denke, dass sie vielleicht ein Wasser will, aber sie ist offensichtlich an gar nichts interessiert.

»Alles okay, aber danke«, antworte ich.

Unser Fahrer sieht in den Rückspiegel und scheint zu begreifen. Er dreht die Musik ein bisschen auf und schweigt für den Rest der Fahrt. Dafür bekommt er fünf Dollar von mir.

»Wo fährt der denn hin?«, fragt Dakota nach einigen Minuten.

Ich blicke aus dem Fenster. Wir sind auf halbem Weg zu meiner Wohnung und eben am Grind vorbeigefahren.

»Zu meiner Wohnung. Ich weiß ja nicht, wo deine ist«, erinnere ich sie.

Wie sollte ich auch? Seit sie hergezogen ist, hatten wir kaum noch Kontakt, und natürlich hat sie mich nie zu sich eingeladen. Woher also nimmt sie das Recht, wegen dieser Geschichte so sauer zu sein? Andererseits bin ich nicht sicher, ob sie tatsächlich überreagiert oder ob ich dieses eisige Schweigen verdient habe.

Sie schnaubt, widerspricht mir aber nicht. Vermutlich weil ich recht habe und sie heute Abend weder Nora noch die anderen Mädchen sehen will, die bei der Szene in dem Club dabei waren. Ich habe das Gefühl, dass sie so eine schräge Scheinfreundschaft unterhalten, wie Tessa sie mir mal erklärt hat, als wir unzählige Folgen von *Pretty Little Liars* am Stück gesehen haben.

Tessa! Ach du Schande, ich habe sie einfach im Club stehen gelassen. Ich nehme mein Telefon heraus und schreibe ihr eine Nachricht, um mich zu entschuldigen. Als Dakota zu mir sieht und sich garantiert fragt, ob ich an Nora schreibe, sage ich verlegen: »Ich wollte Tessa nur Bescheid geben, dass ich gegangen bin …«

Fünf-Sterne-Daniel hält vor meinem Haus und wirft mir einen mitfühlenden Blick zu, bevor ich aussteige. Schnell zücke ich mein Portemonnaie und gebe ihm einen Fünf-Dollar-Schein. Dakota steigt rasch aus und knallt ihre Tür zu, als ich schon auf dem Gehweg bin.

»Soll ich dir helfen?«, frage ich und strecke meine Hand nach der großen Tasche aus, mit der sie kämpft.

Die braunen Lederhenkel an Dakotas Schulter sind total verdreht. Achselzuckend hält sie still und lässt sich von mir helfen. Beim Entwirren der Träger bemühe ich mich, sie nicht zu berühren, und als Dakota von der Tasche befreit ist, trage ich sie für sie. Ich glaube nicht, dass sie es will, aber auf dem Weg zur Haustür lehnt sie sich an mich. Das Moos auf der Backsteinmauer des Hauses kommt mir heute Abend dicker vor als sonst.

Dakota lässt mich los und stolpert zur Tür. Ich halte sie ihr auf, und sie seufzt erleichtert, als wir in das warme Treppenhaus kommen. Hier gibt es weder einen Portier noch sonst irgendwelche Sicherheitsvorkehrungen, aber es ist immer sauber, und der Eingangsbereich wie auch die Korridore riechen meistens nach Putzmittel. Wie gesund das ist, weiß ich zwar nicht, doch ist es allemal besser als manche andere Möglichkeit.

Stumm gehen wir durch den Flur, und mir wird bewusst, dass Dakota auch noch nie bei mir war. Als ich hergezogen bin, wollten wir eigentlich abends zusammen bei mir essen, nur um mal wieder zu reden; aber dann sagte sie eine Stunde vorher ab. Ich hatte ein komplettes Menü vorbereitet, vier Gänge – mit Tessas Hilfe, versteht sich. Kreuz und quer durch Brooklyn war ich gelaufen, um ihr Lieblingsgetränk aufzutreiben, Blue Crème Soda in einer Glasflasche, bis ich nach einer Stunde endlich einen Laden gefunden hatte, der es führte. Ich hatte mir sogar verboten, etwas von dem Sixpack zu trinken, bevor Dakota kam. Na ja, zwei Flaschen hatte ich doch getrunken, aber damit blieben noch vier für sie.

Dakotas flache Schuhe quietschen auf dem Boden, und ich kann mich nicht erinnern, dass der Weg zu meiner Wohnung je so lange gedauert hat. Der Fahrstuhl scheint ewig zu brauchen.

Als wir schließlich an meiner Tür sind und ich aufgeschlossen habe, drängt sich Dakota an mir vorbei nach drinnen. Ich lege ihre Tasche auf den Tisch und streife meine Schuhe ab. Dakota geht einige Schritte weiter, bis sie mitten im Wohnzimmer steht.

Der Raum wirkt viel kleiner mit ihr darin. Sie ist wie ein überwältigender Sturm, ein Wogen und Tosen, und sie atmet schwer. Ihre Brust hebt und senkt sich ziemlich schnell.

Ich trete auf sie zu, direkt ins Auge des Sturms. Eigentlich muss ich nicht wissen, wie ich auf sie zugehen muss. Ich sollte mich nicht mehr so genau daran erinnern, wie ich mit ihr reden muss, um sie zu beruhigen.

Aber ich tue es.

Ich erinnere mich, wie ich langsam auf sie zugehen und meine Arme um ihre Taille legen muss. Als ich es mache, wandern sie von selbst an die richtigen Stellen, um Dakota gegen alles und jeden abzuschirmen. In diesem Fall auch gegen mich.

Meine Finger hätten längst vergessen müssen, wie sie behutsam ihr trotziges Kinn anheben, damit ich in ihre Augen sehen kann. Haben sie aber nicht. Sie konnten es nicht.

»Wir müssen darüber reden«, flüstere ich in die dicke Luft zwischen uns.

Dakota atmet ein und versucht, den Blick von mir abzuwenden. Ich beuge die Knie, bis ich mit ihr auf Augenhöhe bin. Wieder sieht sie weg, aber ich weigere mich nachzugeben, denn sie muss mir zuhören.

»Ich habe Nora vor einiger Zeit in Washington kennengelernt«, fange ich an zu erklären.

»In *Washington*? So lange läuft das schon?« Sie stößt ein Hicksen aus und entwindet sich meinen Armen.

Ich frage mich, ob ich ihr etwas zu trinken anbieten soll. Es ist wohl eher nicht der geeignete Moment, doch Hicksen bedeutet normalerweise, dass jemandem schlecht wird, oder?

Wo habe ich das noch mal gehört?

Dies ist einer der Momente, in denen ich mir wünsche, ich wüsste mehr über das Trinken und die Auswirkungen auf den Körper. Dakotas Schuhspitze verfängt sich in einem Stapel Lehrbücher auf dem Boden, und sie stolpert, bevor sie einige wacklige Schritte auf die Couch zumacht. Sicherheitshalber sollte ich ihr wohl doch ein Glas Wasser holen.

Ich schüttle den Kopf. »Nein, so ist es nicht. Sie war bloß ein paarmal bei uns, weil ihre Eltern ganz in der Nähe von meiner Mom und Ken wohnen.«

Mir ist klar, dass es wie eine Lüge klingt, aber es ist keine.

»Ich kenne sie kaum. Sie hat mit Mom gebacken und ist mit Tessa befreundet …«

»Mit deiner Mom? Sie kennt deine Mom schon?«, kreischt Dakota.

Mit jedem Satz scheine ich mir mein Grab noch tiefer zu schaufeln.

»Nein, na ja, doch.« Ich seufze. »Wie gesagt, ihre Eltern sind Nachbarn von meinen. Ich hatte ihre Familie nicht zum Dinner eingeladen oder so.«

Ich hoffe, dass etwas in ihrem Kopf klick macht und sie versteht, dass es nicht so ist, wie sie denkt.

Dakota dreht sich weg und blickt sich im Wohnzimmer um. Ich beobachte, wie sie sich an das Ende der Couch setzt, das der Tür am nächsten ist, während ich meine Jacke ausziehe und sie auf den Sessel werfe. Automatisch strecke ich eine Hand nach Dakotas Jacke aus, doch sie trägt gar keine. Warum ist mir das nicht aufgefallen? Ich erinnere mich, die oberen Ränder ihrer Strümpfe gesehen zu haben, und ihr Kleid ist auch unglaublich dünn.

Das ist meine Entschuldigung dafür, dass ich nicht mal geschnallt habe, dass sie keine Jacke anhat? Mir ist nicht mal der Gedanke gekommen, ihr meine anzubieten? Was ist mit mir los?

Ich warte noch auf ihre Reaktion, als ich zum Thermostat gehe und den Temperaturregler hochdrehe. Mit ein bisschen Glück wird sie müde. Dann gehe ich in die Küche und schenke uns zwei Gläser Wasser ein.

Als ich zurückkomme, schüttelt sie den Kopf und sieht an mir vorbei. Es ist klar, dass sie mit sich ringt. »Aus irgendeinem Grund glaube ich dir, aber sollte ich das auch? Ich meine, so schnell? Einfach so?«

Sie stützt das Kinn in die Hand. »Ich hätte nicht gedacht, dass es mir so viel ausmacht, wenn du mit einer anderen zusammen bist«, gesteht sie.

Das überrascht mich, und ich muss es erst mal verarbeiten, zumal ich offensichtlich irgendetwas falsch verstanden hatte. Natürlich hätte ich schon bei dem Fast-Zickenkrieg im Club begreifen müssen, dass sie genervt war, weil sie dachte, Nora und ich wären zusammen. Stattdessen hatte ich ihre Wut darauf bezogen, dass ich sie belogen habe. Dass es ihr nicht gefällt, mich mit einer anderen zu sehen – mit der ich ja nicht mal richtig zusammen bin –, war nicht das Erste, was mir in den Sinn gekommen ist. Immerhin hatte *sie* vor über einem halben Jahr mit *mir* Schluss gemacht und mich seitdem quasi gemieden.

Ein Teil von mir möchte schreien: »Wo ist denn da bitte die Logik?«, aber etwas in mir ermahnt mich, dass sie offenbar denkt, ihre Reaktion sei berechtigt. Ich bemühe mich, es aus ihrer Warte zu sehen, bevor ich etwas sage oder irgendwie reagiere, denn wenn ich spontan irgendwas sage, richte ich nur noch mehr Schaden an. Vor allem, wenn ich nur von mir ausgehe, nur an mich denke. Trotzdem bin ich auch sauer. Nach sechs Monaten denkt sie, dass sie mich anschreien darf, weil ich mit einer Frau ausgehe, mit der ich nicht mal zusammen bin? Das würde ich sie zu gern fragen und ihr sagen, dass sie falschliegt – und ich richtig –, und dass ich genauso stinksauer bin! Aber das ist das Problem mit dieser Form von Wut: Wenn ich sie rauslasse, würde ich mich für ein paar Momente besser fühlen, hinterher aber noch lange richtig mies. Wut ist selten eine Lösung; sie schafft bloß noch mehr Probleme.

Trotzdem möchte ich etwas sagen, darum trinke ich lieber erst mal einen großen Schluck Wasser.

Ich kenne Wut.

Die Sorte Wut, die ich kenne, ist kein kleiner Schmerz, der aufflackert, wenn man den Ex nach sechs Monaten mit einer anderen sieht. Es ist nicht das Gefühl, angepisst zu sein, weil der Nachbar einem in den Wagen gefahren ist. Die Wut, die ich kenne, die würde jeden zerreißen, der sieht, wie dem besten Freund die Braue aufplatzt, weil sein Dad jemanden in der Kneipe flüstern hörte, dass sein Sohn einen anderen Jungen einen Tick zu lange angesehen hatte.

Die Wut, die ich kenne, strömt durch einen hindurch und wird zu Lava, die langsam den Berg hinunterfließt und die Stadt verschluckt. Sie stellt sich ein, wenn die Blutergüsse des Freunds die Form von Fingerknöcheln haben und man einen Dreck dagegen tun kann, ohne noch mehr Zerstörung anzurichten.

Trägt man diese Wut lange genug mit sich herum, wird es sehr, sehr schwer, bei Kleinigkeiten in die Luft zu gehen. Ich war noch nie jemand, der Öl ins Feuer kippt. Ich bin das Wasser, das die Flammen löscht, die Salbe, mit der man Brandwunden behandelt.

Kleine Probleme kommen und gehen, und ich habe von jeher jede Konfrontation gemieden, bis es unerträglich wurde oder sich nicht mehr ignorieren ließ. In Auseinandersetzungen bin ich furchtbar. Ich könnte keinen Streit im Gange halten, und wenn mein

Leben davon abhinge. Meine Mom sagte früher immer, meine enorme Empathiefähigkeit sei eine Gabe, die sich schnell in eine Schwäche verwandeln könnte.

Ich kann nichts dagegen tun, dass ich es nicht ertrage, andere Leute leiden zu sehen, und dass meine Zurückhaltung bedeutet, dass *ich* leide.

Also versuche ich auch jetzt noch Dakotas Wut zu verstehen, als sie endlich das Schweigen bricht.

»Ich sage ja nicht, dass du nichts mit anderen Frauen anfangen darfst.«

Ich setze mich auf die Armlehne am anderen Ende der Couch.

»Nur nicht so schnell. Ich bin noch nicht bereit, dich mit anderen zu sehen«, ergänzt sie und trinkt von ihrem Wasser.

So schnell? Es ist über sechs Monate her.

An ihrem Gesicht erkenne ich, dass Dakota es vollkommen ernst meint, und ich weiß nicht, ob ich sie auf ihren Denkfehler hinweisen soll. Sie ist ziemlich betrunken, und ich weiß, wie gestresst sie in letzter Zeit von ihrer Tanzakademie und allem ist. Ich bin klug genug, meine Kämpfe mit Bedacht zu wählen, und der hier ist mir nicht so wichtig, dass ich ihn zu einem Krieg aufbauschen will.

Was sie von mir verlangt, ist nicht mal ansatzweise fair, und es frustriert mich, wie leicht ich wieder in diese Rolle zurückfalle. Indirekt bestärke ich sie … aber ist das wirklich so schlimm? Wir reden. Keiner brüllt rum. Niemand verliert die Fassung. So soll es bleiben. Wenn sie schon mal etwas ausplaudert, höre ich eben zu.

»Und wann wirst du bereit dafür sein?«, frage ich leise.

Sie setzt sich gerade hin, geht sofort in die Defensive. Das hatte ich geahnt. Ich sehe sie an und signalisiere ihr mit meinem Blick, dass es keinen Grund gibt, wütend zu sein. Wir reden nur. Keiner urteilt hier.

Ihre Schultern werden lockerer.

»Weiß ich nicht. Darüber habe ich noch nicht nachgedacht«, antwortet sie achselzuckend. »Ich hatte nur angenommen, dass du länger brauchst, um über mich hinwegzukommen.«

»Über dich hinwegzukommen?«, frage ich. Allmählich sorge ich mich um ihre Psyche. Wie kommt sie auf die Idee, dass ich das könnte? Wegen des Kusses mit Nora? Es ist ja nicht so, als hätte Dakota mir je eine Wahl gelassen.

Aber, Mann, ich wünschte wirklich, sie wüsste nichts von dem Kuss. Nicht weil ich ihn geheim halten will, sondern weil man manche Sachen wirklich lieber nicht wissen sollte. Ich bleibe auf Abstand, lasse zwei Polster Raum zwischen uns.

»Ich bin nicht über dich hinweg«, sage ich ruhig, »aber du lässt mir hier keine Wahl, Dakota. Seit deinem Umzug hast du kaum mit mir gesprochen. Du hast mit mir Schluss gemacht, schon vergessen?«

Ich sehe sie an, doch sie starrt auf den Boden.

»Du wolltest dich auf dich selbst konzentrieren, als du hergezogen bist, das habe ich kapiert. Ich habe dir Freiraum gelassen, und du hast nichts getan, um den zu begrenzen. Du bist kein einziges Mal auf mich zugekommen. Kein einziges Mal hast du dich bei mir gemeldet oder mir geantwortet, ohne dass ich mehrmals nachgefragt habe. Und jetzt sind wir hier, und du tust, als wäre ich ein Schwein, weil ich mit einer anderen ausgehe.«

So viel zu meinem Vorsatz, mir auf die Zunge zu beißen und es gut sein zu lassen.

Ich wollte wirklich nicht mit ihr streiten. Ich will einfach nur offen und ehrlich mit ihr reden.

Sie funkelt mich wütend an. »Also *bist* du mit ihr zusammen!«

Es ist höllisch frustrierend, dass sie von allem, was ich gesagt habe, ausgerechnet das herauspickt.

Ich bemühe mich, die Logik hinter ihren Vorwürfen zu entdecken, aber es klappt nicht, weil ich keinen Schimmer habe, was Nora ihr erzählt hat. Den ganzen Abend sage ich ihr immer wieder, dass Nora und ich nicht zusammen sind, aber sie hört mir nicht zu. Und dann hält sie mir diese Keine-Dates-Regel vor, von der noch nie die Rede war.

Wäre es andersherum, würde ich ihr glauben. Ich kenne sie gut genug, um zu wissen, dass sie mich nicht belügen würde. Sie verkompliziert alles. Warum?

»Hör auf, mich zu belügen.« Sie schwenkt die Hände durch die Luft, und die Metallarmbänder an ihren Handgelenken klimpern. »Schon klar, Landon. Sie sieht tierisch gut aus, ist älter und offensiv, und ihr Männer steht auf so einen Mist. Dir gefällt es, und ich bin mal wieder ausgewechselt worden.«

Ich beiße mir auf die Zunge und erinnere mich daran, dass sie betrunken und aufgebracht ist und im Moment mächtig unter Druck steht.

Seufzend stehe ich auf und knie mich vor Dakota auf den Teppich. Von dort blicke ich zu ihr auf. »Ich würde dich bei so etwas nie belügen. Ich sage die Wahrheit.«

Ich greife nach ihren Händen, die in ihrem Schoß liegen. Sie sind kalt, was unwillkürlich eine Erinnerung wach werden lässt. Ich fühle mich zurückversetzt in eine Knutscherei im Garten, als wir fünfzehn waren. Dakotas Hände waren so kalt, und sie schob sie unter mein T-Shirt, um sie an meinem Bauch zu wärmen. Wir haben uns immer wieder geküsst, konnten einfach nicht aufhören. Bis wir wieder reingingen, waren wir halb erfroren, aber das hat uns nicht gekümmert. Kein bisschen.

»Darf ich dich mal was fragen?« Ihre Stimme ist sanft, und in mir schmilzt etwas.

Bei ihr bin ich das Weichei schlechthin.

Total hinüber.

Das war immer schon so.

»Jederzeit.«

Dakota atmet tief ein und zieht eine ihrer Hände aus meinen, um sich das Haar hinters Ohr zu streichen. Ich drehe ihre andere Hand um und male die Linien darin nach, ebenso wie die Narbe. Instinktiv zuckt sie zusammen, und ich spüre einen pochenden Schmerz bei der Erinnerung, die zu dieser Narbe gehört.

»Vermisst du mich, Landon?«

Ihre Hand ist weich und leicht in meiner.

Dieser Moment fühlt sich vertraut und gleichzeitig fremd an. Wie kann das sein?

Vermisse ich sie?

Natürlich fehlt sie mir.

Ich vermisse sie, seit ich damals nach Washington gezogen bin. Und ich habe ihr gesagt, wie sehr sie mir fehlt. Ich habe es ihr weit öfter gesagt, als ich jemals etwas auch nur entfernt Vergleichbares von ihr gehört habe.

Ich beuge mich näher zu ihr und drücke ihre Hände wieder zwischen meine, bevor ich die Frage erwidere: »Vermisst du mich?« Ohne ihre Antwort abzuwarten, sage ich: »Ich muss das wissen, Dakota. Ich glaube, es ist mehr als offensichtlich, dass ich dich vermisse, und das schon, seit ich aus Michigan weggezogen bin. Ich habe dich vermisst, bevor und nachdem du mich besucht hast. Und ich würde sagen, die Tatsache, dass ich quer durch die Staaten umgezogen bin, um bei dir zu sein, beweist das.«

Sie denkt nur kurz über meine Worte nach, sieht mich eine Sekunde lang an und dann an mir vorbei. Die Uhr an der Wand tickt summend in der Stille.

Schließlich macht sie den Mund auf. »Aber hast du mich vermisst? Oder war es bloß deine Vorstellung von mir, die Vertrautheit? Denn es gab Zeiten, da hatte ich das Gefühl, dass ich nichts ohne dich tun könnte, und das habe ich gehasst. Ich wollte mir beweisen, dass ich eigenständig bin. Dann war Carter tot, und ich habe mich an dich geklammert, also hatte ich nichts, als du mich verlassen hast. Du warst mein Anker, und den hast du mitgenommen. Aber dann, als du gesagt hast, du würdest nach New York gehen, war es für mich, als würdest du das behalten und ich bei dir bleiben müssen. Ich wäre auf ewig ein Kind. Es gäbe keine Chance auf Abenteuer, nichts Unerwartetes, solange du bei mir wärst, um mich zu beschützen.«

Ihre Worte verletzen mich. Und sie ziehen mich zu dem unsichersten Teil von mir hinab, jener leisen Stimme in meinem Kopf, die sich immerzu sorgt, was andere von mir denken mögen. Ich will nicht der Langweiler sein. Seit zwanzig Jahren bin ich schon der nette Typ, selbst wenn es extrem schwierig ist, und ich habe bis heute nicht kapiert, warum Frauen jedes Drama der Normalität vorziehen.

Nur weil man nicht gleich jedem die Visage einschlägt, der die Freundin ansieht, ist sie einem doch nicht egal. Nur weil man sie nicht eifersüchtig bewacht oder jedes Mal aufheult, wenn sie mit einem anderen Mann redet, ist man doch nicht desinteressiert oder schwach. Es heißt bloß, dass man sich unter Kontrolle hat, andere mit Respekt behandelt und zu einem funktionierenden Mitglied der Gesellschaft erzogen wurde. Dass man den Wunsch anderer nach ihrem Freiraum genauso versteht wie die Tatsache, dass jede Frau die Möglichkeit haben muss, sich unabhängig zu entwickeln.

Ich werde nie begreifen, warum die netten Jungs es so verdammt schwer haben.

Andererseits, wenn man es genau bedenkt, enden die netten Kerle gewöhnlich als Ehemänner. Die Frauen versuchen es eine Weile lang mit den heißen Bad-Boys, aber letztlich wollen die meisten von ihnen lieber einen Prius als ein Motorrad.

Das bin ich: die menschliche Version des Prius.

Dakota wäre demnach ein Range Rover, stark und luxuriös, aber auch schön.

Nora wäre ein Tesla, windschnittig, neu und schnell. Ihre Kurven sind weich und sicher …

»Bis ich mit dir Schluss gemacht habe. Dann kam das Abenteuer. Ich war allein, musste mich in der Stadt zurechtfinden und mit allen Schwierigkeiten fertigwerden, die dazugehören«, erzählt Dakota weiter.

Und *was zur Hölle stimmt nicht mit mir?*

Ich bin hier, Zentimeter von ihr entfernt, halte ihre Hände. Nora sollte mir nicht im Kopf herumschwirren. Dies ist der schlimmstmögliche Moment, um an Nora zu denken und daran, wie ich mich in ihren Augen verliere. Oder an die Art, wie ihre Unterlippe leicht vorsteht.

Aber dann wird es mir klar: An Nora zu denken ist viel leichter, als Dakotas Logik zu verstehen. Ich habe keine Ahnung, was ich zu meiner Ex sagen soll. Sie erzählt mir, dass ich zu viel für sie getan und sie so irgendwie davon abgehalten habe, Dinge für sich selbst zu tun. Und ich habe zu große Angst, dass sie sauer wird, wenn ich etwas Vernünftiges sage. Auf keinen Fall kann ich sie darauf hinweisen, dass ich sie nicht in einen Käfig gesperrt habe. Ich war die sichere Zuflucht, aber nie ein Gefängnis. Nicht mit Absicht. Ich wollte doch nie etwas anderes, als ihr auf jede erdenkliche Art zu helfen – ihr und ihrem Bruder.

Dakota zieht die Füße unter sich, hält weiter meine Hände und wartet auf eine Antwort.

Ich kann nur die Wahrheit sagen, und das so beherrscht wie möglich: »Du kannst nicht verlangen, dass ich mich entschuldige, weil ich nett zu dir war.«

Jetzt zieht sie eine Hand zurück, streicht sich das Haar hinters

Ohr und sieht mich wieder an. »Mache ich nicht.« Sie seufzt und benetzt sich die Lippen. »Ich sage nur, dass ich zu der Zeit eine Pause von dir gebraucht habe, von uns.« Dabei bewegt sie unsere Hände zwischen uns hin und her.

Zu der Zeit? Sie spricht in der Vergangenheitsform, als wäre unsere Trennung etwas, das wir … überwinden können? Vergessen können?

Ich beuge mich vor, um ihr in die Augen zu sehen. »Was willst du mir sagen? Dass du jetzt keine Pause mehr brauchst?«

Sie nagt an ihrer Unterlippe und denkt nach.

Das Schrägste an dem Ganzen ist, dass ich nicht weiß, wie ich mich dabei fühle. Hätte dieselbe Unterhaltung vor einer Woche stattgefunden, hätte ich anders empfunden. Ich hätte nicht gezögert, sondern wäre begeistert, dankbar und glücklich gewesen. Aber jetzt fühlt es sich einfach nur komisch an. Und das sollte es nicht.

Dakota hat mir noch nicht geantwortet, und es wirkt gezwungen, wie sie sich im Zimmer umsieht und tief einatmet. Was jetzt kommt, kann nicht gut sein.

»Hast du noch ein bisschen Wasser?«, fragt sie.

Ich nicke und stehe auf, wobei ich ihr noch mal in die Augen sehe, um zu checken, ob ich dort vielleicht die Antwort erkenne. Mein Verstand sagt mir, dass ich die Frage wiederholen soll, dass ich sichergehen soll, ob sie unseren Beziehungsstatus ändern will. Könnten wir einfach weitermachen wie früher? Wie lange würde es dauern, bis sie wieder in meine Arme fällt und ihren Wunsch nach Abenteuer vergisst?

Ich nehme ihr Glas. In der Küche hole ich die Kopfschmerztabletten aus der kleinen Schublade neben dem Kühlschrank. Sofern ich ihre Hickser und ihren Gang richtig deute, wird sie die Menge, die sie getrunken hat, morgen früh zu spüren bekommen. Ich öffne das Arzneifläschchen, schütte drei Tabletten in meine Hand und fülle das Wasserglas auf. In der Spüle steht eine schmutzige Kuchenform und auf der Arbeitsplatte daneben ein richtig professionell aussehender mehrstöckiger Kuchen mit lila Glasur und Blumen, den Nora und Tessa heute gemacht haben.

Überall in der Wohnung finden sich Spuren von Nora.

Ich überlege, ob ich ein Stück essen soll, bevor ich wieder zu Dakota ins Wohnzimmer gehe. Ich könnte uns beiden ein Stück abschneiden, allerdings bezweifle ich, dass sie es essen würde – bei ihrer strengen Diät und so. Ich hebe eine Ecke der Plastikverpackung an und stippe einen Finger in die dicke Glasur.

Dakota betritt gerade die Küche, als ich mir den Finger in den Mund stecke.

Mist.

»Im Ernst, Landon?« Sie grinst, und ich lehne mich an die Küchenschränke, um sie anzusehen. Sie blickt auf den Kuchen und zurück zu mir. Ich kann nur mit der Schulter zucken und lächeln.

Dann nehme ich das Wasserglas und reiche es ihr. Sie betrachtet es einen Moment lang. Garantiert überlegt sie, was sie sagen soll. Aber sie führt das Glas an die Lippen, und ich wende mich wieder dem köstlichen Kuchen zu.

»Bei Süßigkeiten konntest du noch nie widerstehen«, sagt sie. Ihre Stimme klingt warm und süß wie die Glasur auf meiner Zunge.

»Es gibt eine Menge Dinge, denen ich noch nie widerstehen konnte.« Ich sehe Dakota an, und sie sieht auf ihre Füße hinunter.

Mit den Fingern breche ich eine kleine Ecke von dem Kuchen ab. Dabei landen Krümel und Glasurbröckchen auf der Arbeitsplatte. Ich sehe Dakota an und versuche, die Stimmung aufzulockern.

»Wenigstens trainiere ich jetzt auch«, scherze ich.

Als Kind war ich pummelig, immer ein bisschen runder als die meisten anderen. Ich gebe den Kuchen meiner Mutter die Schuld, aber auch der Tatsache, dass ich nie gerne draußen gespielt habe. Ich erinnere mich, dass ich an den Wochenenden immer zu Hause bleiben wollte, drinnen bei meiner Mom. Ich aß viele Süßigkeiten und war nicht so aktiv, wie ich es in dem Alter hätte sein sollen. Doch als ich hörte, wie der Arzt mit meiner Mom über mein Gewicht sprach, fand ich das so peinlich, dass ich mir schwor, nie wieder so ein Gespräch anhören zu müssen. Danach habe ich dann immer noch gegessen, was ich wollte, aber ich habe mich mehr bewegt. Ein bisschen beschämt bat ich meine Tante Reese um Hilfe, und am nächsten Tag kam sie mit einem Fitnessrad und Gewichten vorbei. Ich erinnere mich, dass ich über ihr pink und gelb gemustertes Achtzigerjahre-Trainingsoutfit lachte. Es waren sogar Armstulpen dabei.

Obwohl wir bestimmt ein absurdes Bild boten, wurden wir beide fitter. Meine Mom machte auch mit, nur zum Spaß, dabei war sie sowieso gut in Form. Reese war von jeher molliger als Mom, wurde jedoch zu einer Trainingsmaschine, und wir nahmen beide ab. Reese war froh, endlich in ein bestimmtes Kleid zu passen, das sie schon seit einem Jahr in einer teuren Boutique bewundert hatte, und ich war glücklich, nicht mehr so viel Gewicht mit mir herumzutragen.

Eine Zeit lang fühlte ich mich super, und Dakota bemerkte, dass der pummelige Junge von nebenan gar nicht mehr so pummelig war. Das Problem war bloß, dass der Gewichtsverlust den anderen Jungen nicht reichte. Ich hatte zu viel abgenommen und keine Muskeln entwickelt, und so kam es, dass sie mich anstatt »Speck-Landon« auf einmal »Spargel-Landon« nannten.

Erst war ich zu fett, dann zu dünn. Ich konnte nichts tun, damit diese Arschlöcher aufhörten mich zu nerven. Und als ich es endlich aufgab, wurde mein Leben leichter.

»Woran denkst du?«, fragt Dakota. Ihre Hand ist jetzt warm, als sie ihre Finger um mein Handgelenk legt und meinen Arm nach unten zieht. Ihr Körper presst sich an meinen, und sie lehnt den Kopf an meine Brust. Dann trinkt sie noch einen Schluck Wasser und stellt das Glas ab.

Ich habe noch nicht geantwortet, aber ich weiß einfach nicht, was ich sagen oder wie ich die Frage, ob sie wieder mit mir zusammen sein will, wiederholen soll?

Spreche ich es an, oder warte ich ab, in welche Richtung sich das Gespräch entwickelt?

Ich beschließe abzuwarten, zumal mir jederzeit zuzutrauen ist, etwas Blödes zu sagen. Ich hatte noch nie das Talent, zur richtigen Zeit das Richtige von mir zu geben. Ich bin nicht der coole Typ, der am Küchenschrank lehnt und raushaut: »Ich dachte gerade, dass wir wieder zusammenkommen, in den Sonnenuntergang blicken und glücklich sind bis in alle Ewigkeit, jo.«

O Mann, selbst meine Ironie ist lahm!

Mir ist auch nicht wohl dabei, den Augenkontakt zu halten, während ich nervös auf ihre Antwort warte. Ich bin einfach sauschlecht im Coolsein.

Sicher ist das eines der Dinge, für die ich meinem Vater die Schuld geben kann. Geduldig habe ich auf einen dieser Momente gewartet, in denen ich meine »Beschissener Dad, der zu früh gestorben ist«-Karte ausspielen. Doch noch während mir dieser Gedanke durch den Kopf geht, wird mir klar, dass das Schwachsinn ist. Es war nicht seine Schuld; ich suche lediglich jemanden, dem ich die Schuld geben kann.

Hätte ich als Teenager eine männliche Bezugsperson gehabt, die mir erklärt, wie man mit Frauen redet, wüsste ich jetzt vielleicht, was ich sagen soll. Es muss seine Schuld sein, dass ich alles in Grund und Boden grüble.

»Landon«, sagt Dakota, als käme sie zu einer Art Entschluss.

Ich stehe hier herum, enttäuscht von dem sinnlosen Schuldzuweisungsspiel.

»Dakota«, erwidere ich, und sie dreht den Kopf zur Seite. Sanft streiche ich ihr Haar zurück, streichle die dichten Locken mit meinen Fingern. Ich habe schon Stunden, vermutlich Tage damit verbracht, diese Locken zu berühren, dieses Mädchen zu beruhigen. Ihr Haar mochte ich immer besonders gern. Sie krallt die Hände hinten in mein Hemd, und ich kann den gestärkten Stoff hören. Nie wieder werde ich meine Hemden unter Tessas Aufsicht bügeln. Sie hat es mit der Sprühstärke definitiv übertrieben.

Dakota hält sich an mir fest, und ich neige den Kopf, um sie aufs Haar zu küssen.

Seufzend schmiegt sie sich an meine Brust und flüstert: »Ich habe eine Riesenszene gemacht.«

Meine eine Hand ist auf die Arbeitsplatte aufgestützt, die andere lege ich auf ihren Rücken.

»O Gott, das ist so peinlich. Selbstverständlich seid ihr nicht zusammen.«

Mein Arm spannt sich an. Irgendwas an ihrer Formulierung stört mich. Denkt sie das, weil ich sie in meiner Küche umarme? Glaubt sie, ich könnte mit keiner anderen ausgehen, weil ich das nicht tun würde? Oder hält sie die Vorstellung, dass ich mit jemandem wie Nora ausgehe, für komplett ausgeschlossen?

So oder so ermahne ich mich, dass es mich nicht interessieren sollte. Ich bin nicht mit Nora zusammen und ziemlich sicher, dass *sie* gar kein Interesse hat, richtig mit *mir* zusammen zu sein. Typen wie mich vernascht sie zum Frühstück. Ich muss aufhören, an sie zu denken. Habe ich schon.

Dakota hebt den Kopf lange genug von meiner Brust, um etwas zu sagen. »Ich fühle mich beschissen.«

»Weil du zu viel getrunken hast, oder weil du eine Szene gemacht hast?«

»Ach«, stöhnt sie an meiner Brust. »Beides?«

Ich klopfe ihr leicht auf ihren Rücken. Sie fühlt sich schwer an, erschöpft, und macht alles nur schlimmer, als sie zu mir aufsieht. Ihre Hände sind auf meinem Rücken, am Bund meiner Jeans. Dann greift sie nach oben und zieht das Hemd heraus. Ihre Finger sind ein bisschen kalt auf meiner Haut. Das vertraute Sehnen, als sich ihre Fingerspitzen im Kreis auf meiner Haut bewegen, vermengt sich mit dem Kokosduft ihres Haars, und plötzlich bin ich wie besessen.

Dies hier kenne ich – in ihrem Duft und ihrer Berührung zu versinken. Ich spüre ihre Finger, die unten auf meinen Rücken drücken, und schmiege mich an sie. Es ist so vertraut. Sie ist so vertraut, da falle ich wie von selbst in die alten Muster zurück. Sie berührt mich, und ich sehe nur noch sie.

»Lass uns in dein Zimmer gehen«, sagt sie, während ihre Lippen meine berühren. Dort bleiben sie, direkt an meinem Mund, streifen ihn jedoch nur. »Hier ist sonst keiner, oder?«

Nein, Tessa ist nicht da.

Kurz bekomme ich ein schlechtes Gewissen, weil ich Tessa in dem Club stehen gelassen habe. Doch als Dakota mich küsst, richtig küsst, lösen sich alle Schuldgefühle in Luft auf.

Endlich müssen wir nicht mehr herumschleichen wie früher. Da konnte ich die Liebe meines Lebens nie ungestört in einer leeren Wohnung vögeln. Da kannten wir nur gedämpfte Küsse und unterdrücktes Stöhnen, hastige Berührungen und ungeduldige Zungen. Nie konnte ich ihren Körper so gemächlich auskosten, wie ich es mir erträumte. Ich will jeden Zentimeter ihrer Karamellhaut ablecken und mir extra viel Zeit lassen, wo sie es am meisten braucht. Ich will sie schmecken und jeden Laut hören, den sie von sich gibt.

Jetzt habe ich meine eigene Wohnung, kann Dakota mit in mein Bett nehmen und alles tun, wonach ich mich schon sehnte, als wir noch Teenager waren. Ich erinnere mich, wie fasziniert ich war, als sie das erste Mal meinen Schwanz mit ihren Lippen umschloss. Ich denke an die vielen Male, wenn sie Neues ausprobieren wollte. Damals war es so spannend, aufregend und unwirklich, und unsere Liste von Lieblingsdingen wurde sehr schnell ziemlich sexuell. Das war lange Zeit alles, was wir taten, alles, was wir tun wollten.

Dakotas Hände bewegen sich an meinem Körper nach vorn, umkreisen meinen Nabel. Dann tauchen ihre Finger oben in meine Boxershorts. Ich schwelle an, bin hart und kann nichts dagegen tun. Schließlich ist das die Natur. Ich bin seit Monaten nicht angefasst worden, abgesehen von dem einen Kuss und den wenigen Berührungen von Nora. Dakota zeigt mir, dass sie meinen Körper nach wie vor kennt, indem sie mit dem Zeigefinger über die empfindliche Haut über meinem Hüftknochen streicht. Ich zucke zurück, weil es kitzelt, und sie zieht mich lachend näher heran.

Ihre Stimmung ist besser, aber es kommt mir verdächtig vor, so als würde man eine Decke über ein loderndes Feuer werfen. Letztlich verbrennt auch die.

Am Ende, ja, aber nicht jetzt gleich.

15

Dakota nimmt meine Hände und zieht mich aus der Küche. Ich folge ihr wie ein verirrter Welpe, und so fühle ich mich auch.

»Vergiss dein Wasser nicht«, sage ich, und sie schmollt, doch ich zeige auf das Glas. Sie wird es brauchen.

Seufzend löst sie ihre Hände aus meinen, geht zurück und nimmt das Glas. Unterdessen greife ich nach der Fernbedienung und schalte den Fernseher für Tessa an, allerdings ohne Ton. Ich achte immer darauf, dass irgendein Licht an ist, wenn sie später nach Hause kommt als ich, und in der Lampe auf dem Beistelltisch ist die Birne durchgebrannt. Ich wollte sie schon längst ausgewechselt haben, vergesse es aber immer wieder.

Als ich gerade die Fernbedienung wieder hinlege, höre ich Stimmen von draußen und das Klimpern eines Schlüsselbunds.

Dann geht die Tür auf, und Tessa kommt herein ... mit Nora.

Während ich perplex dastehe, nimmt Tessa ihre Mütze ab und schließt die Tür hinter sich. Nora zieht ihre Jacke aus, und ihr Ausschnitt klafft weit auf, als sie sich die Haare ausschüttelt.

Beide sehen zu uns und begreifen erst jetzt, dass sie nicht allein sind.

Lieber Gott, lass Nora bitte denken, dass ich nur ihr Gesicht angesehen habe!

Und, noch wichtiger, wo bleibt das verfluchte Portal?

»Landon?«, fragt Tessa.

»Hey, ich wusste nicht …«, beginnt Nora und verstummt sofort, denn Dakota kommt aus der Küche und scheint sie nicht zu sehen.

Dakota geht auf mich zu und nimmt meine Hände. Während ihre Finger mit meinen spielen, bleiben Noras Augen auf meine gerichtet. Sie sieht nicht auf unsere Hände, obwohl ich das Gefühl habe, dass sie ihren Blick magisch anziehen.

»Gehen wir ins Bett?«, fragt Dakota und zieht mich zu meinem Zimmer, ohne die anderen beiden noch eines Blickes zu würdigen.

Als ich erneut hinsehe, schaut Nora auf unsere Hände, und Tessa starrt mich mit großen Augen an, die Lippen zwischen die Zähne gezogen.

Ich sehe Dakota an, und sie wirft mir einen Blick zu, der besagt: *Wag ja nicht, mit diesem Mädchen zu reden, statt mit mir ins Zimmer zu kommen.*

Wieder sehe ich Nora und Tessa an. Ich bin verwirrt, und unabsichtlich kommt mir »Äh, ja. Gute Nacht, Leute« über die Lippen.

Ich folge Dakota in mein Zimmer, und sie schließt die Tür hinter uns.

Als sie sich zu mir umdreht, schäumt sie vor Wut.

»Die hat ja mal Nerven!«, brüllt sie, wirft die Hände in die Luft und presst sie dann an ihre Schläfen.

Ich gehe auf sie zu und halte ihr eine Hand auf den Mund. »Hey, sei nett«, sage ich leise.

Dakota spricht in meine Hand, und ich lege die freie Hand in ihren Nacken, wo ich die Finger so spreize, dass sie ihre Schulter bedecken. Als ich den verspannten Muskel dort reibe, hört sie auf zu reden.

»Sie hat es gewusst«, flüstert sie halb. »Ich weiß, dass sie es wusste. Sie muss gewusst haben, wie du heißt.«

Ich versuche, vernünftig zu bleiben. Kann sein, dass sie es wusste, aber sie wirkte ehrlich genauso ahnungslos wie wir alle.

Ich zucke mit der Schulter. »Bist du sicher, dass du meinen Namen erwähnt hast? Oder hast du irgendwo ein Foto von uns?«

Bei der letzten Frage verziehe ich das Gesicht. Im Grunde will ich die Antwort gar nicht wissen.

Ich kenne Nora nicht besonders gut, aber sie kommt mir nicht vor wie eine Frau, die sich absichtlich an den Ex ihrer Mitbewohnerin ranschmeißt, wohl wissend, dass es eher früher als später herauskommt. Außerdem ist es ja nicht so, als gäbe es keine drei Millionen andere Typen in dieser Stadt, die ihr liebend gerne ihre Aufmerksamkeit schenken würden.

»Ich glaube nicht, dass ich jemals direkt deinen Namen gesagt habe.« Sie sieht sich in meinem Zimmer um, und ihr Blick verharrt auf dem Bild von uns auf meiner Kommode. »Und ich habe keine Bilder von uns rumstehen.«

Sie sieht beschämt aus. Nicht dass ich von ihr erwartet hätte, einen Altar für mich einzurichten oder so, aber sie hat meinen Namen nicht mal gegenüber ihren Mitbewohnerinnen erwähnt? Kein einziges Mal?

»Wie? Überhaupt nicht?«, frage ich.

Sie schüttelt den Kopf und zupft an meinem Hemd. Es gelingt ihr nicht, es nach oben zu ziehen, daher verlegt sie sich auf die Knöpfe meiner Jeans. Ich halte sie zurück und umfange ihre Hände.

»Nicht heute Nacht«, sage ich an ihrer Wange.

Mit einem beleidigten Seufzen reißt sie eine Hand los und taucht sie in meine Hose. Ich stöhne, als sie mich packt und ihre Hand langsam auf und ab bewegt.

Denk logisch, ermahne ich mich.

Ich muss logisch denken, und das kann ich nicht, wenn Dakota das hier mit mir macht. Ich nehme ihre Hand und löse sie behutsam. Verwirrt blickt sie zu mir auf.

»Du hast zu viel getrunken«, sage ich und führe sie zu meinem Bett. Stumm steht sie da, während ich nach dem Reißverschluss ihres Kleids greife.

Sie hält ihr Haar zur Seite, damit ich den Reißverschluss aufziehen kann. Als das Kleid nach unten rutscht, hält Dakota es vor der Brust fest, und ich ziehe ihre Strümpfe über die glatten Beine nach unten. Sie steigt aus ihnen heraus und lässt ihr Kleid fallen. Darunter trägt sie keinen BH.

O Scheiße, sie hat wirklich keinen BH an!

Ich soll heute Abend in Versuchung geführt werden, denn das Einzige, was sie jetzt noch trägt, ist ein roter Spitzentanga. Darin sieht ihr Arsch so toll aus, klein und straff. Mit einem teuflisch scheuen Grinsen dreht sie sich zu mir um.

»An den erinnere ich mich gar nicht«, sage ich und hake die Finger hinter den Tanga. Sie stöhnt, als der Stoff auf ihre Haut zurückschnellt.

Dann sieht sie mich wütend an, weil ich auf Abstand gehe.

»Du bist unmöglich«, sagt sie, streckt mir die Zunge raus und wackelt ein bisschen mit dem Arsch. Jetzt will sie spielen, und ich weiß, dass ich empfänglich dafür bin. Auf keinen Fall bringt sie mich dazu, heute Nacht mit ihr zu schlafen, egal, wie sexy sie in ihrem Tanga aussieht. Wir haben uns seit Monaten nicht angefasst, und wir sind nicht mehr zusammen. Daran wird die heutige Nacht nichts ändern – nicht wenn Dakota betrunken ist und wir beide verwirrt sind.

Morgen früh wird sie es verstehen.

Ich lege die Hände an ihre Schultern und schiebe sie zur Kommode. »Bringen wir dich ins Bett.«

Ich kann Tessa und Nora im Wohnzimmer reden hören, aber

ich verstehe nicht, was sie sagen. Dakota nimmt den Bilderrahmen von der Kommode und hält ihn mir vor die Nase.

»Wir waren *sooo* bescheuert!«, lacht sie und fährt mit dem Finger über das hässliche Karohemd, das ich auf dem Bild trage.

Ihre nackten Brüste lenken mich ab, aber ich konzentriere mich darauf, ihr ein T-Shirt aus der Kommode zu holen. Ich greife um sie herum und angle blind ein Teil heraus, um festzustellen, dass es mein Adrian-Highschool-Lauftrikot ist.

War ja klar, denn wir befinden uns in irgendeinem mystischen Land, in dem wir unserer Vergangenheit anscheinend nicht entfliehen können, egal, was wir tun. Dakota reißt es mir aus der Hand und hält es sich vor die Brust. Sie hebt das Shirt ans Gesicht und schnuppert an dem verwaschenen Stoff.

»Das Shirt? O mein Gott!« Dakota ist glücklich, und ich glaube nicht, dass sie bemerkt, wie still es im Wohnzimmer geworden ist. Ich schon.

»Wir hatten sooo schöne Zeiten mit diesem Shirt«, schwärmt sie und leckt sich über die Lippen.

Ich sehe weg von ihrem vibrierenden Körper.

»Erlöse mich bitte aus meinem Elend, und zieh es an«, flehe ich.

Sie kichert. Es ist offensichtlich, dass sie meine Komplimente und meine Bewunderung für ihren Tänzerinnenkörper genießt, und so soll es auch sein. Sie sollte sich immer so fühlen: schön und stark. Sie ist immer noch ein bisschen betrunken, aber meine Worte bringen sie zum Strahlen.

Was mich dazu bewegt, noch ein bisschen direkter zu sein.

»Du bist wunderschön, weißt du das?«, frage ich. Ich möchte, dass sie sich in meinen Worten sonnt, dass sie ganz in das Positive eintaucht. Ich bleibe ernst, als ich etwas ausprobiere. »Du bist echt der Hammer, und hättest du dich heute Abend nicht betrunken, würde ich dir deinen kleinen Arsch aufreißen.«

Ich klinge wie ein kompletter Idiot, aber den meisten erotischen Romanen nach stehen Frauen auf so was.

Dakota prustet los, hebt eine Hand und sieht mich an.

»Du würdest *mir meinen kleinen Arsch aufreißen?*« Sie lacht wieder, schließt die Augen, und ich muss mitlachen.

»Hey!« Ich versuche zu atmen, aber mir tut der Bauch weh vor Lachen. »Das habe ich in einem Buch gelesen und wollte mal sehen, wie es sich anhört.«

Dakota versucht, sich zu beherrschen, muss aber immer wieder lachen. »Bleiben wir lieber bei dem schlichten Kram, in dem du gut bist, und überlassen das sexy Zeug den Büchern.« Sie hält sich eine Hand vor den Mund und beugt sich vor, während sie vor Lachen schnaubt.

Dem schlichten Kram, in dem ich gut bin? Hey, mir ist ja klar, dass wir nie viel ausprobiert haben, aber doch nicht, weil ich nicht gewollt hätte! Sie hat nie etwas gesagt, und als ich einmal Pornos ansprach, hat sie hinterher drei Tage nicht mit mir geredet. Also hat der »schlichte« Kram, in dem ich gut bin, etwas mit unserer Beziehung zu tun.

»So schlicht bin ich gar nicht«, verteidige ich mich, achte allerdings darauf, nicht laut zu werden. Ich will nicht, dass Tessa und Nora das hier hören.

Als ich mich aufs Bett setze, kommt Dakota immer noch lächelnd auf mich zu. Sie saugt ihre Unterlippe zwischen die Zähne. »Ähm, jetzt vielleicht nicht mehr, aber bei mir warst du das.«

Vielleicht bin ich zu empfindlich, aber ich habe das Gefühl, dass sie unsere intimen Momente abwertet. Ohne Frage hatten wir *Teenager*-Sex, hastig und still, auch wenn ich hoffnungslos verliebt war. Es war ja nicht so, als hätte ich so mit ihr sein können, wie ich wollte, solange Carter nebenan war oder ihr Dad unten schlief. Trotzdem hatte ich nie das Gefühl, nicht auf meine Kosten zu kommen, und ich fand auch nie, unserem Liebesleben würde irgendwas fehlen. Ich dachte, dass wir aktiv, glücklich und zufrieden waren.

Anscheinend nicht.

Dakota setzt sich neben mich und überkreuzt die Beine. Sie hat sich Socken von mir angezogen, was ich gar nicht mitbekommen habe.

Nun räuspert sie sich. »Mit wie vielen Mädchen warst du zusammen, seit wir uns getrennt haben?«

Als ich sie ansehe, dreht sie eine ihrer Locken zwischen Daumen und Zeigefinger auf.

»Mit wie vielen? Mit keiner«, antworte ich und bemühe mich um ein nicht allzu linkisches Lachen.

Sie zieht eine Braue hoch und neigt den Kopf zur Seite. »Echt? Komm schon, ich weiß …«

»Und wie viele Jungs hattest du?«, falle ich ihr ins Wort.

Wenn sie so überrascht ist, dass ich mit keiner anderen geschlafen habe, mit wie vielen hatte sie dann geschlafen?

Dakota schüttelt den Kopf. »Keinen. Ich habe nur angenommen, dass du andere hattest.«

»Wie kommst du darauf?«

Wir sitzen mitten in der Nacht da und wühlen all die Sachen auf, und ich glaube allmählich, dass mich diese Frau überhaupt nicht kennt. Dakota sagt nichts, zuckt mit den Schultern und lehnt sich zurück, bis sie halb gegen das Kopfteil des Bettes gestützt ist. Sie sieht zur Decke auf, bevor sie endlich sagt: »Das heute war nicht witzig.«

Ich sollte das Thema wechseln. Immerhin habe ich sie endlich im Bett, und sie ist ruhig und halbwegs nüchtern.

»Ist schon gut. Jedenfalls ist es jetzt vorbei, und inzwischen dürfte es ungefähr zwei Uhr nachts sein«, sage ich.

Sie lächelt. Ich lege mich hin und schalte das Licht aus.

»Danke für alles, Landon. Du bist immer meine Zuflucht«, flüstert sie in die Dunkelheit.

Ich spüre, dass sie mich ansieht, auch wenn ich ihre Augen nicht sehen kann.

»Jederzeit«, antworte ich und drücke sanft ihre Hand.

Das heute war nicht witzig, da hat sie recht. Heute war es stressig.

Morgens dachte ich noch, ich würde zu meinem ersten Fast-Date mit Nora gehen, und dann endet der Tag mit einer betrunkenen Dakota in meinem Bett und Nora in meinem Wohnzimmer, die wahrscheinlich jedes peinliche Wort mitgehört hat, das hier gesprochen wurde. Der Flur ist kurz, und die Wände sind dünn.

Noch schlimmer ist, dass ich mir wie ein Schwein vorkomme, weil ich Nora in dem Club zurückgelassen habe. Ich wusste nicht, was ich sonst tun sollte. Dakota kenne ich schon mein halbes Leben lang. Mit ihr bin ich durch alle schrecklichen Frühstadien der Liebe gegangen, und gemeinsam haben wir die linkischen Phasen des ersten Sex überstanden, wenn man nicht weiß, wo was hinsoll, und praktisch sofort kommt, sobald man es endlich raushat. Wir haben die meisten unserer Macken ausgebügelt und kennen unsere Geschichten. Da gibt es keine Geheimnisse oder Lügen. Wir haben Tragisches zusammen erlebt, und ich habe Dakota bereits meine Liebe gestanden. Noch mal anzufangen wäre beängstigend, vor allem, wenn Dakota mich wirklich so sehr vermisst hat, wie sie behauptet.

Als ich gerade denke, dass sie schläft, reißt sie ihre Hand aus meiner und hält sie sich vors Gesicht. Erst jetzt bemerke ich, dass sie weint.

Ich setze mich auf, umfasse sanft ihre Schultern und frage sie immer wieder, was los ist. Doch sie schüttelt den Kopf und ringt nach Luft. Das Licht lasse ich aus, weil sich die Wahrheit im Dunkeln leichter sagt.

»Ich …«, schluchzt sie. »Ich habe mit zwei anderen geschlafen.«

Ihre Worte schneiden tief in mich hinein, und plötzlich will ich nicht mehr in ihrer Nähe sein, als hätte sie mich verbrannt.

Alles in mir will weg. Sehr weit weg.

Mein Magen schmerzt, und Dakota weint wieder und versucht, sich den Mund zuzuhalten. Sie greift nach einem Kissen und drückt es sich vors Gesicht, damit sie nicht zu hören ist. Bei aller Kränkung ertrage ich es nicht, sie so zu sehen. Deshalb tue ich, was ich immer tue. Ich klammere meine Gefühle aus, halte meine Wut zurück und sage dem Fluchtimpuls in mir, er soll ohne mich wegrennen. Ich ziehe das Kissen von Dakotas Gesicht, werfe es auf den Boden und nehme sie in die Arme, um mich mit ihr hinzulegen.

»Es tut mir so leid«, sagt sie erstickt.

Ihre Wangen sind tränennass, und ich wische sie mit dem Daumen ab, bevor die Tränen von ihrem Kinn tropfen. Ihre Schultern beben, und ich kann ihren Schmerz spüren – oder vielleicht ihre Schuldgefühle oder unsere verlorene Geschichte. Auch in mir pocht es. Sanft drücke ich ihre Schultern, um sie still zu halten, und hebe eine Hand an ihre Stirn. Ich streiche ihr Haar nach hinten und über ihren Kopf.

»Schhh«, sage ich. »Damit beschäftigen wir uns morgen. Schlaf ein bisschen.«

Ich massiere weiter ihren Kopf, bis sie einschläft.

Wenn sie das klären will, bin ich bereit, ihr zuzuhören. Es muss irgendeine einleuchtende Erklärung geben, und da sie jetzt ehrlich war, wird sie mir sicher auch erzählen, was passiert ist. Sobald sie aufwacht, wird sie mir alles erklären.

Doch dazu kommt es nicht. Als sie aufgewacht ist, hat sie sich wortlos aus der Wohnung geschlichen.

16

Ich bewege mich ganz leise durch die Wohnung, damit ich Tessa nicht wecke. Bestimmt will sie über letzte Nacht reden, und bevor ich das kann, brauche ich erst mal Kaffee.

Als ich auf Zehenspitzen durch den kleinen Flur schleiche, fallen mir die quadratischen Bilderrahmen ins Auge. Tessa hat Stunden gebraucht, um sie aufzuhängen, weil sie exakt parallel hängen sollten. In jedem Rahmen ist ein anderes Porträt von einer Katze mit Hut. Das neben meinem Zimmer ist eine Tigerkatze mit einer Art Panamahut, der passend zum Fell schwarz und braun gestreift ist. Vorn an dem Hut steckt eine große weiße Feder.

Eigentlich habe ich sie noch nie beachtet, doch meine seltsame Stimmung heute Morgen bringt mich dazu, sie mir genauer anzusehen, und ich finde sie ziemlich witzig. Natürlich war mir aufgefallen, dass es lauter Katzen sind, mehr aber auch nicht. Die nächste Katze ist wieder ein Tiger, aber nicht braunschwarz, sondern rot und cremeweiß. Das Tier ist fett, und ich lache leise über die Melone auf seinem Kopf. Es folgt eine schwarze Katze mit weißem Bauch und Pfoten – wie ein Smoking, und natürlich hat sie einen Zylinder auf. Die Fotos sind originell, und im Geiste gratuliere ich dem Fotografen. Er hat etwas ganz Einfaches in etwas Witziges verwandelt und mich damit abgelenkt. Ich sehe mir die restlichen Bilder an und verhalte mich so leise wie möglich, als ich das Ende des Flurs erreiche.

Ich bin überrascht, als ich Nora schlafend auf der Couch vorfinde. Ich hätte gedacht, dass sie nach Hause gegangen ist.

Aber Nora ist hier. Ihr Arm hängt über die Sofakante, sodass ihre Fingerspitzen den fleckigen Boden berühren. Ihr dunkles Haar ist oben auf ihrem Kopf zusammengebunden, die Knie sind angewinkelt, und ihr Mund ist leicht geöffnet, wie zu einem Seufzen. Die Augen hat sie fest geschlossen. Ich tappe an ihr vorbei, und meine weichen Socken machen meine Schritte lautlos, während ich zur Küche gehe.

Nachdem ich bemerkt hatte, dass Dakota noch vor dem Morgengrauen verschwunden war, bin ich noch mal eingeschlafen. Es hat mich nicht mal gewundert, dass sie weg war. Eher war ich enttäuscht, dass ich überhaupt geglaubt hatte, ich würde morgens neben ihr aufwachen. Letzte Nacht war sie albern und die alte Dakota – das witzige Mädchen, das ich mein halbes Leben lang geliebt habe. Jetzt ist die Sonne aufgegangen, und sie ist aus meinem Bett verschwunden und hat das Licht mit sich genommen.

Der Wind muss über Nacht zugelegt haben, denn er heult durchs offene Küchenfenster, dass die gelben Vorhänge gegen das Glas flattern. Auch der Regen ist stärker geworden, und als ich auf die Straße hinuntersehe, bewegt sich ein Meer aus Regenschirmen über die Gehwege. Der grün-weiß gepunktete ist schneller als der beige-grüne, und der rote ist der langsamste von allen. Von hier oben erinnern sie an Blumen, und es verblüfft mich, wie viele Leute bei strömendem Regen unterwegs sind.

Ich sehe wieder zu Nora hinüber und schließe leise das Fenster, damit der Lärm sie nicht weckt. Meinen Plan, Frühstück zu machen, verwerfe ich, weil es zu laut wäre. Ich sollte lieber runtergehen und im Eckladen einen Bagel kaufen.

Obwohl … wenn ich jetzt gehe, bin ich vielleicht nicht hier, wenn Nora aufwacht, und ich würde gern mit ihr über gestern reden. Ich möchte mich entschuldigen, weil ich so schnell mit Dakota verschwunden bin, ohne es ihr zu erklären. Sie selbst behauptet ja, dass sie nicht der eifersüchtige Typ ist. Ich habe schon gehört, wie sie sich über Sendungen wie *Der Bachelor* mokierte und behauptete, sie wäre die optimale Kandidatin, eben weil sie nicht eifersüchtig ist. Nicht dass ich mir wünschte, sie würde vor Eifersucht rasen, aber ist es ihr wirklich egal, dass Dakota unabsichtlich unser Date gesprengt hat und ich sie wie ein Idiot sitzen gelassen habe?

Andererseits möchte ich natürlich auch nicht, dass sie sich gekränkt oder unwohl fühlt, deshalb will ich sichergehen, dass sie wegen gestern nicht sauer ist. Es war ein riesiges Missverständnis, das wird sie bestimmt verstehen.

Aber verstehe ich es?

Genau genommen, glaube ich nicht, dass ich überhaupt irgendwas von dem kapiere, was in den letzten vierundzwanzig Stunden zwischen mir und diesen beiden Frauen abgelaufen ist. Im Moment würde ich wohl töten für eine Erklärung, wo wir stehen – beziehungsweise eben nicht stehen –, und die bitte in ganz verständlichen Worten. Wie in dieser Stadt Dates funktionieren, begreife ich einfach nicht. Ich versuche, das alles zu entschlüsseln, während ich den leuchtend gelben Vorhang anstarre.

Erst hat Nora meinen Bauch berührt. Dann küsste sie mich und lud mich ein, mit ihr und ihren Freundinnen auszugehen.

Schließlich bin ich mit Dakota mitten in diesem Quasi-Date abgehauen, und das vor den Augen von Noras Freundinnen. Selbst wenn sie mich auf *diese Art* mag, kann das nicht gut für ihr Ego gewesen sein.

Und am Ende hat sie dann Dakota mit mir in meinem Zimmer

verschwinden sehen. Sie dürfte zumindest einen Teil unserer Unterhaltung gehört haben und geht bestimmt davon aus, dass wir Sex hatten.

Das ist alles so höllisch verdreht. Ich weiß nicht mal, ob Nora mich mag. Offenbar flirtet sie einfach nur gern.

Ich seufze und wünsche mir, ich hätte den Hauch einer Ahnung von Frauen und wie sie ticken.

Als ich vorsichtig den Kühlschrank öffne, stoßen zwei Flaschen in dem wackligen Türfach zusammen, und ich verziehe das Gesicht. Eilig greife ich nach der Flasche weiter vorn, um sie ruhig zu halten, und lehne die Kühlschranktür an meine Hüfte. Dann schnappe ich mir einen Take-Away-Karton mit zwei Tage alten Resten von Nudeln in einer Art Erdnuss-Sauce mit fragwürdigen Hühnchenstreifen, bevor ich den Kühlschrank wieder zumache.

Ich drehe mich um, und Nora steht da. Sie sieht verschlafen aus, ihr Haar ist zerwühlt. Vor Schreck zucke ich zusammen und lasse fast das Essen fallen, aber sie lächelt mich an. Es ist ein träges Morgenlächeln, und das braune Make-up um ihre Augen ist verschmiert.

»Du hast mich geweckt«, sagt sie und krempelt die Ärmel ihres Sweatshirts hoch. Ihre schwarzen Shorts sind sehr kurz, und als sie zum Kühlschrank geht, kann ich die Stelle sehen, an der ihr Hintern in die Oberschenkel übergeht.

Sie zupft unten an den Shorts, doch da ist nicht genug Stoff.

Nun, damit habe ich kein Problem. Trotzdem sehe ich weg, als sie den Kühlschrank aufmacht und sich bückt. Jetzt müsste ihr halber Hintern herausgucken, und ich muss mich zwingen, nicht nach ihr zu greifen. Das Adrenalin und dieses aufdringliche Pochen von meiner Brust bis in meinen Schritt sind mir neu. Nora holt ein orangefarbenes Gatorade heraus. Als sie sich wieder aufrichtet, sehe ich sie fragend an und zeige mit dem Finger auf sie.

Nora grinst, wird aber gleich wieder ernst und bedeckt das Flaschenetikett mit der Hand.

»Zwei Dinge«, beginne ich und muss mich räuspern, weil meine Stimme bricht.

Jetzt, da sie aufgestanden ist, achte ich nicht mehr darauf, leise zu sein. Tessa liegt sicher sowieso schon seit sieben Uhr wach. Ich werfe die Schachtel mit den ekligen Resten in den Müll und öffne erneut den Kühlschrank, um einen Karton Eier und Milch herauszunehmen. Beides stelle ich auf die Arbeitsplatte.

»Nein, drei«, korrigiere ich mich. »Möchtest du ein Omelett?«

Ich öffne den Eierkarton und sehe sie an.

Nora blickt sich im Wohnzimmer um und dann wieder zu mir, als suche sie jemanden.

»Sie ist nach Hause gegangen«, sage ich.

Zumindest nehme ich an, dass sie nach Hause wollte. Hier ist Dakota jedenfalls nicht, und soweit ich weiß, hat sie sonst nicht viele Alternativen. Andererseits könnte sie alles Mögliche haben, ohne dass ich es weiß. Sie könnte einen Hippogreif in ihrer Wohnung verstecken, ohne dass ich es wüsste. Schließlich habe ich ihr Zuhause noch nie gesehen, geschweige denn, dass ich es jemals betreten hätte.

»Ach so«, sagt Nora überrascht. »Gestern Abend …«, setzt sie an, aber ich will die drei Sachen erst klären, sonst vergesse ich sie wieder.

»Warte.« Ich halte einen Finger in die Höhe.

Nora lächelt und klappt den Mund theatralisch zu.

»Eines nach dem anderen. Omelett?«

Mit einer Hand hole ich die Bratpfanne aus dem Schrank, während ich mit der anderen den Herd einschalte. Ehrlich, das ist die koordinierteste, geschmeidigste Bewegung, die ich in den letzten vierundzwanzig Stunden zustande gebracht habe.

»Ja, gern«, antwortet Nora. Ihre Stimme klingt, als sollte sie noch im Bett sein.

Ich kann mir kaum vorstellen, wie es wäre, jeden Morgen neben dieser Frau aufzuwachen. Ihr Haar wäre zerdrückt und bestimmt so hochgebunden wie jetzt. Ihre Beine wären glatt und sonnengebräunt, und ich wette, dass sie nahtlos braun ist.

»Ich bin allerdings Vegetarierin, also nur mit Käse.«

»Ich kann auch Zwiebeln und Paprika bieten«, schlage ich vor.

Sie nickt und lächelt beeindruckt. »Sprich nicht so früh am Morgen so versaut mit mir.«

Ihr Lächeln ist ansteckend, und ich bin froh, dass ich ihren Scherz verstanden habe. Meine Zwei-Eier-Omeletts sind natürlich nichts, womit ich angeben könnte, aber als Konditorin mag sie vermutlich, wenn Männer in der Küche nicht völlig unbegabt sind.

Ich schlage zwei Eier in eine kleine Schale. »Jetzt zu der zweiten Sache.« Ich sehe sie an, weil ich mich vergewissern will, dass sie zuhört.

Ihre Augen sind auf mich gerichtet, während sie ihr Haar löst. Es fällt in dunkelbraunen Wellen um ihre Schultern, und sie schüttelt es aus. Schlagartig fühle ich mich in eine Shampoowerbung versetzt.

Wäre es schräg, das zu sagen? Höre ich mich dann wie jemand an, der es zu krampfhaft versucht?

Ich entscheide mich, es zu lassen. Das kann kein normales Kompliment sein, und ich muss ihr wirklich nicht noch mehr Gründe liefern, mich für lahm zu halten.

Statt wie ein Perverser zu reden, stürze ich mich kopfüber in die Dinge, die ich zwischen uns klären möchte.

»Ich wusste nicht, dass ihr zusammen wohnt«, erkläre ich. »Ich wusste auch nicht, dass Dakota dort sein würde. Es tut mir leid, dass ich dich vor deinen Freundinnen sitzen gelassen habe, und ich hatte mich wirklich gefreut« – meine Kehle ist ganz ausgetrocknet, und ich muss husten, – »Zeit mit dir zu verbringen. Ich weiß nicht, wie viel du über Dakota und mich weißt, aber …«

Nora hebt eine Hand.

Ich mache den Mund zu und schütte einen Spritzer Milch in die geschlagenen Eier, ehe ich erneut den Kühlschrank aufmache. Nora geht zum Herd und schaltet die Platte runter. Das ist sicher eine gute Idee.

Sie sieht mich an. »Ich weiß, dass du es nicht wusstest. Und ich hatte keinen blassen Schimmer, dass du der Typ warst, von dem sie geredet hat. Sie hat uns nie irgendwas über dich erzählt, aus dem ich ansatzweise schließen konnte, dass ihr euch kennt. Sie hat ja nicht mal deinen Namen erwähnt.«

Als sie das sagt, schwingt etwas in ihrem Ton mit, von dem ich nicht sicher bin, ob ich es verstehen will. Sie hockt sich ein Stück entfernt von mir auf den Küchenschrank. Ihre Füße baumeln vor den Schranktüren.

»Aber ich bin nicht sauer oder so«, sagt sie so matt, dass es matter gar nicht geht. »Also mach dir deshalb keine Gedanken. Ich verstehe es, und es ist schon in Ordnung.«

Nora ist unglaublich verständnisvoll, was noch durch den gelangweilten Ausdruck verstärkt wird, den sie nun bekommt. Gelangweilt genug, dass sie jeden Moment anfangen könnte, an ihren Fingernägeln zu knibbeln.

Prompt fängt sie an, mit dem einen Daumennagel den schwarzen Lack von dem anderen zu kratzen.

»Wir sind nicht wieder zusammen«, sage ich.

Dakotas Geständnis tut mir immer noch weh und will mir nicht aus dem Kopf.

Grinsend blickt Nora von ihren Händen auf. »Selbst wenn, ginge es mich nichts an«, sagt sie gleichgültig, als hätte ich ihr gerade gesagt, dass der Himmel blau ist.

Verwundert sehe ich sie an.

Inzwischen brutzeln die Eier, fauchen mich aus der Pfanne an, und der Käse ist fast geschmolzen. Ich nehme eine Scheibe Bacon aus der Verpackung.

»Fleisch!« Sie verzieht angeekelt das Gesicht. »Und auch noch abgepacktes. Ich war schon fast beeindruckt. Wie gut, dass du rechtzeitig die Billigfleisch-Keule geschwungen hast.«

Als sie lacht, wird mir klar, dass ich gar keinen Themenwechsel will. Ich möchte wissen, warum sie denkt, dass meine Beziehung sie nichts angeht.

Waren wir nicht gestern Abend zusammen unterwegs? Für fünf Minuten war alles gut, bevor mir der ganze Mist um die Ohren flog. Außerdem ist dieser Bacon kein abgepacktes Billigfleisch. Der ist frisch geschnitten, und ich zahle drei Dollar mehr, weil dieser Unterschied rot auf dem Etikett steht.

»So bleibst du also so in Form?« Ich zeige mit dem Pfannenspatel auf sie, mit dem ich eben das Omelett gewendet habe.

»Indem ich kein Fabrikfleisch esse?« Sie nickt, zuckt mit den Schultern und rückt ein bisschen näher zu mir. »Nein, ich esse kein Fleisch, aber trotzdem muss ich aufpassen. Ich könnte zum Beispiel problemlos die ganze Tüte geriebenen Käse verputzen, und vielleicht tue ich das auch«, erklärt sie.

Ich hebe das Omelett auf einen Pappteller und beobachte, wie sie im Geist noch einen Minuspunkt in meine Bilanz einträgt. Mit Bilanz meine ich diese Liste, die Frauen in ihrem Kopf anlegen, wenn sie einen Typen kennenlernen.

Niedlich – 8 Punkte. (Realistisch wäre irgendwas zwischen 6 und 10, aber ich würde sagen, dass ich eine gute 7,5 bin)

Größe – 8 Punkte. (Bei manchen bekomme ich mit eins fünfundachtzig acht Punkte)

Kochkünste – 5 Punkte.

Abgepacktes Fleisch in einem Omelett – 2 Punkte Abzug.

Pappteller – 1 Punkt Abzug.

Ich lasse mal weg, dass ich für gestern Abend mindestens zehn Punkte Abzug bekommen dürfte. Wahrscheinlich bin ich auf eine Gesamtwertung von zwei Punkten gefallen.

»Aber mir ist klar geworden, dass ich wohl immer ein bisschen was tun muss, um meine Figur zu halten. Immer ein bisschen mehr als die meisten anderen.« Sie piekt in ihren Oberschenkel, und mich lenkt die kleine Sommersprosse dort ab.

Ihre Shorts sind verteufelt kurz, und mein Blick wandert von dieser Sommersprosse zu der nächsten weiter nach oben, und dann zur übernächsten. Es ist, als hätten sich die kleinen Sprenkel perfekt angeordnet, um einen Weg bis zum Rand der Shorts zu zeichnen. Es ist nur menschlich, diesen Punkten zu folgen.

Nora dreht sich ein wenig und sieht auf ihren Hintern und die Schenkel. »Auf jeden Fall möchte ich, dass manches bleibt, wie es ist.«

Ich schwitze.

Von der Hitze, die ich fühle, wenn sie ihren Hintern ein bisschen rausstreckt, könnte ich glatt ohnmächtig werden. Und wo ich jetzt *hinten* auf ihre Schenkel glotze. Sie umfasst ihren Hintern mit einer Hand und sieht mich an.

Ich muss wegsehen.

Und ich sollte etwas sagen.

Etwas Cooles nach Möglichkeit.

Das Problem ist, dass mir nichts auch nur entfernt Cooles einfällt, und sie soll nicht denken, was ich denke, dass sie denkt … Verdammt, ich übertreibe es mal wieder mit der Denkerei.

»Vor allem, weil ich beruflich und aus Spaß backe«, redet sie einfach weiter, als hätte sie mir nicht gerade das Hirn verschmurgelt. »Lieber würde ich auf WLAN verzichten als auf Süßes.« Sie dreht sich wieder zu mir, und irgendwie gelingt es mir, nicht zu den Sommersprossen vorn an ihren Schenkeln zurückzukehren.

Sie meint es ernst, das sehe ich ihren Augen und ihren geschürzten Lippen an. Fast will ich so tun, als sei ich einer von diesen trendigen Computerfreaks, die überall zuerst nach dem WLAN-Passwort fragen; aber nach gestern Abend fehlt mir die Energie, ihr irgendetwas vorzuspielen.

»Du klingst ja, als ginge es um Leben und Tod«, scherze ich.

Sie grinst mich an, und ich lenke das Gespräch in die entgegengesetzte Richtung: »Zweitens: Wenn du über Dakota reden willst, können wir das tun.«

Nora schürzt wieder die Lippen und sieht mich genervt an. Ich ignoriere es. Sie muss wissen, dass ich keiner von diesen Typen bin, bei denen sie laufend raten muss, was in ihnen vorgeht, und schon vergessen hat, was das Problem war, bis sie dahintergekommen ist. So bin ich nicht.

Ich bin von einer alleinstehenden Mutter großgezogen worden, der ich einiges an Kommunikationsfähigkeit verdanke.

Weder schlucke ich Halbwahrheiten einfach so, noch gebe ich selbst welche von mir. Ich würde nicht einfach mit meiner Ex verschwinden und es dem Mädchen, mit dem ich verabredet war, hinterher nicht erklären. Ich will nicht, dass sie sich so ein Bild von mir macht. Ihre Meinung über mich soll auf Fakten und Erfahrungen basieren.

Bisher habe ich ihr allerdings noch kein tolles Beispiel dafür geliefert, was für ein Mann ich bin. Ich wische die Pfanne aus und sprühe Antihaftfett auf die Fläche. Beides funktioniert nicht hundertprozentig, aber wenigstens pappt nur die Hälfte der Sachen an. Das ist für meine Verhältnisse schon ein echter Gewinn.

»Komm schon«, fordere ich sie auf.

Nora sieht mich unsicher an. »Da ich das Gefühl habe, dass du sowieso nicht aufgibst, werde ich darüber reden, wie irre es ist, dass sie meine Mitbewohnerin ist und Tessa deine. So viel dazu, wie klein die Welt ist.« Kopfschüttelnd sieht Nora nach unten.

Die Welt *ist* klein – zu klein, wenn man mich fragt. Es interessiert mich brennend, wie es kam, dass meine Ex zur Mitbewohnerin meiner ... Freundin wurde.

»Wie hast du sie kennengelernt? Sie ist an der Ballettschule, und du bist Bäckerin ...«

Nora hebt eine Hand. »Ich bin keine Bäckerin, sondern Konditorin.«

Aus ihrem Ton schließe ich, dass sie das oft hört und es ihr nicht gefällt. Ups.

»Wie auch immer«, sagt sie. »Meine frühere Mitbewohnerin vom College, Maggy, hat online nach einer dritten Mitbewohnerin gesucht. Und eines Tages kam Dakota mit einer Tasche unter dem Arm und dem krassesten Temperament an, das mir je untergekommen ist.«

Sie zieht ein Gesicht, als würde sie gleich bereuen, das gesagt zu haben. »Ist nicht böse gemeint«, ergänzt sie zögernd.

»Habe ich auch nicht so verstanden.«

Mir ist, als sollte ich Dakota verteidigen, aber das lasse ich fürs Erste. Es ist Noras gutes Recht, ihre eigene Meinung zu Dakota zu haben, und ich bin wohl kaum in der Position, mich als ihr Verteidiger aufzuspielen. Wer sind die beiden Typen, mit denen sie geschlafen hat? Kenne ich sie? Wahrscheinlich nicht. Ich kenne nur wenige Leute in New York, und Dakota ist Single, seit sie hier wohnt. Ich will nicht mal daran denken, dass sie mit irgendwem geschlafen hat, den wir aus Michigan kennen.

»Tja, irgendwie typisch für mich, dass ich versucht habe, mit der Mitbewohnerin meiner Ex auszugehen. Tut mir leid«, sage ich lachend, um die Atmosphäre zu entkrampfen.

Noras Züge sind jetzt angespannt, und sie zuckt wieder mit den Schultern. »Ist schon gut. Ein richtiges Date war es ja nicht, und ich habe eigentlich auch keine Zeit für echte Dates. Also, was war die dritte Sache? Wir haben das Omelett, das unangenehme Nicht-Date, und was kommt jetzt?«

Als ich mich zu erinnern versuche, beugt sie sich vor und zwickt mir in die Wange. Mein Herz macht einen Satz. »Was. War. Die. Dritte. Sache?«

Sie lehnt sich zurück und den Kopf an die Oberschränke. Dann öffnet sie die Gatorade-Flasche und trinkt einen Schluck. Perfektes Timing.

»Das war es!« Ich zeige auf den orangen Verräter in ihrer Hand.

Nora schließt den Mund und reißt die Augen auf.

»Neulich hast du das Zeug gehasst, und jetzt *das*!« Ich tippe mit dem Finger an die Flasche, und Nora schluckt.

Ein bisschen dringt aus ihrem Mund und rinnt ihr Kinn hinab, sodass ich mich lachend zu ihr beuge. Sie spreizt die Arme und bleibt ansonsten ganz ruhig, als ich das Geschirrtuch von der Arbeitsfläche nehme und behutsam ihr Kinn abtupfe.

Jetzt stehe ich zwischen ihren Schenkeln, und es ist meinem Körper nur zu bewusst. Erneut schluckt Nora und umfängt meinen Unterarm mit beiden Händen. Ihre Finger drücken auf meinen Arm, und ich neige mich dichter zu ihr. Nun berührt meine Brust ihre, und ihre Unterschenkel sind um meine Beine geschlungen. Ich finde sie so verdammt anziehend, dass es wehtut – physisch und geistig. Überall, wo es wehtun kann, schmerzt es. Verlangen und Lust ergeben einen verwirrenden Mix.

Sie ist kein albernes, kicherndes Mädchen mehr, das auf dem

Küchenschrank hockt und mit den Wimpern klimpert. Jetzt ist sie eine verführerische Frau, die einen Arm um meinen Hals legt und mit den Fingernägeln sanft über meine Haut schabt. Ich bekomme eine Gänsehaut, und sie kann unmöglich nicht merken, wie ich erschauere. In dieser Stellung überrage ich sie nur wenig, und als ich auf sie hinabsehe, erkenne ich, dass sie schwer atmet und ihre dunklen Wimpern sich auf den Wangen fächern, weil sie nach unten blickt.

Vorsichtig hebe ich ihr Kinn an, bis sie mich ansieht. Sie rutscht ein Stück näher, sodass ihr Atem über meinen Mund streicht. Wie automatisch wandern meine Hände zu ihren Schenkeln. Dabei sollte es nicht automatisch geschehen, denn ich habe diese Frau erst ein einziges Mal zuvor berührt. Trotzdem scheint sich mein Körper nicht davon abbringen zu lassen. Er hat seinen eigenen Willen, und ich bin außerstande, ihn aufzuhalten.

Sie haucht meinen Namen, und ich inhaliere ihn, genieße die Art, wie ihre Zunge die Laute zu versüßen scheint. Meine Hände bewegen sich nach oben, immer weiter, bis sie dort sind, wo ihr Hintern anfängt. Rote Flecken erscheinen auf ihrer Haut, wo meine Finger gewesen sind. Ihre Atmung wird noch schneller, als sie erst nach unten sieht und dann in meine Augen. Mit dem Kinn stupse ich ihre Wange an, und sie dreht den Kopf. Zaghaft berührt mein Mund ihren Hals und küsst ihn voller Bewunderung und Verlangen.

Nora stöhnt, schlingt die Beine fester um meine Hüften und packt meine Hand. Sie wiegt sich an mir, und ich lasse meinen Mund zu ihrem Ohr wandern und werde von meiner Lust überflutet. Sie benetzt mich, umhüllt mich.

Nora legt ihre Hände auf meine und drückt sie auf ihre Schenkel, um sie näher an ihren Schritt zu bringen. Das Band meiner Jogginghose reibt an ihr. Wieder stöhnt sie, bohrt ihre Fingernägel in meine Hände, und ich bin völlig benommen. Diese Frau, von der ich so gut wie nichts weiß, bringt mich zum Trockenvögeln in der Küche, während Tessa zu Hause ist und Dakota sich gerade aus meinem Zimmer geschlichen hat. Trotzdem bin ich ihr vollständig ausgeliefert. Es ist, als würde ich Lachgas einatmen, als könnte ich nicht mehr Schwarz von Weiß unterscheiden oder unschuldige Berührungen von erotischer Anmache. Dieser Kuss ist stark genug, mich in die Knie zu zwingen. Mit ihren halb geschlossenen Augen sieht Nora wie ein dunkler Engel aus, und obwohl ich noch nie religiös war, bin ich ihr jetzt andächtig ergeben.

Ich sollte das hier nicht tun, und sie sollte es auch nicht, doch ich will auch, dass es weitergeht. Ich wünsche mir das hier, brauche es. Auf dieser Küchenarbeitsplatte, auf dem Küchentisch, sogar auf dem Küchenboden.

Ich fühle, wie sie zurückweicht, als meine Zähne ihr Ohr streifen.

»Das … ist …«, haucht sie. »Das ist schlecht für mich. Für uns beide.« Sie stemmt eine Hand gegen meine Brust, und ich trete einen Schritt zurück.

»O Mann.« Sie legt eine Hand an ihre Brust und atmet mehrmals tief ein. »Du bist sooo schlecht für mich. Und ich bin noch schlechter für dich.«

Sie springt von der Küchenzeile und zieht ihre Shorts hektisch nach unten, um mehr zu bedecken.

Ich bemühe mich, nicht hinzustarren, wohl wissend, dass mit jeder Sekunde die Zweifel in Nora wachsen und sie sich all die Gründe aufzählt, warum Tessas Loser-Mitbewohner nicht gut für sie ist. Sie versucht, mir etwas zu sagen, und ich reagiere mit diesem typischen Männerding, indem ich sie anstarre, statt ihr zuzuhören.

Nein, das stimmt nicht. Ich strenge mich sehr wohl an, auf dem Boden der Tatsachen zu bleiben und mitzubekommen, was zwischen uns passiert. Zum Glück bin ich nicht völlig ahnungslos und durchaus in der Lage, ihr in die Augen zu sehen und ihrer Aufzählung von Gründen zu lauschen, weshalb wir nicht übereinander herfallen sollten, wenn wir allein in der Küche sind.

17

»Es liegt an der Küche«, ergänze ich, als sie beim dritten Grund ist, warum wir nicht miteinander schlafen dürfen.

Die ersten beiden habe ich verpasst, weil ich nicht aufhören konnte, einfach nur zu starren – genau wie diese Typen, von denen ich immer behauptet hätte, nicht dazuzugehören. Zu meiner Verteidigung will ich anführen, dass sie ihre Erklärungen gestammelt hat, während sie ihren BH zurechtrückte. Es fiel mir schwer, nicht hinzusehen, als sich ihre weichen Titten erst in die eine, dann in die andere Richtung bewegt haben.

»Die Küche macht uns irre«, sage ich, drehe mich um und schlage zwei Eier in die Schüssel.

Wenn sie nicht will, dass ich sie küsse, dann küsse ich sie nicht. Das schmerzliche Verlangen meines Körpers nach ihr kann ich ignorieren.

Ich kann es.

Ich bin mir ziemlich sicher.

Nora beobachtet mich und wirkt zufrieden, dass ich trotzdem Frühstück mache. Ich greife nach einem dritten Ei. Als ich die Pfanne öle, kommt sie rüber und nimmt den Milchkrug von der Arbeitsplatte. Sie gießt mindestens eine halbe Tasse mehr in die Schüssel und öffnet die Besteckschublade. Aus der holt sie eine Gabel und verrührt die Eier damit. Ihre Gabel bewegt sich viel schneller als mein Löffel eben, und ich trete zurück und verneige mich vor ihrer Professionalität.

Sie weiß die Geste zu schätzen und lacht, was der Regen draußen fast übertönt. Ich wünschte, er würde aufhören, damit ich ihr schönes Lachen besser höre.

Nora öffnet eine der Frischhaltedosen mit vorgeschnittenem Gemüse, gibt eine Handvoll Zwiebeln in die Pfanne sowie Paprikastücke und brät sie an, ehe sie die Eier hinzugibt. Während sie mich mühelos in der Küche schlägt, lehnt sie sich an die Schränke und sieht mich an.

»Tessa ist meine Freundin, und wenn das hier schiefgeht, könnte es alles kaputtmachen.«

War das Grund Nummer vier? Oder vielleicht fünf?

»Wir schleppen beide zu viel Ballast mit uns herum«, ergänzt sie.

Sieben, vielleicht acht, wenn wir sie getrennt zählen?

»Wie viele Gründe hast du? *Zehn?*«, frage ich betont unbeschwert. »Oder willst du mit mir laufen kommen, damit du mir dann wirklich all die Gründe aufzählen kannst, warum wir keine Freunde sein können?«

»Ich habe nicht gesagt, dass wir keine Freunde sein können. Ich sprach von dem hier«, sagt sie und schwenkt die Hände vor ihrem Körper.

Ich stelle mir vor, wie sie neben mir läuft und die Gründe Punkt für Punkt auflistet. Ich hätte auch noch einige, nur habe ich es nicht ganz so eilig, sie auszusprechen. Nora schwenkt immer noch die Hände zwischen uns, und ich beschließe, sie ein bisschen zu verarschen.

»Die Luft? Meinst du Stickstoff und Sauerstoff?«

Sie streckt den anderen Arm aus, klatscht ihre Hand auf meinen Mund und sieht mich mit einem Blick an, der »halt verdammt noch mal die Klappe, du Idiot« bedeuten soll und mich durchbohrt wie Amors Pfeil.

Wow, gut, dass ich das nicht laut gesagt habe!

»Ich meine das Knutschen. Das Rummachen.« Ihr Blick wandert zu meinen Lippen und bleibt dort hängen.

»Mir ist nicht ganz klar, was an Rum so problematisch ist, solange man ihn nicht schwarz …«, beginne ich, doch ihre Hand ist wieder auf meinem Mund.

»Wir können nicht damit weitermachen, es gerät sonst außer Kontrolle. Deine Ex ist meine Mitbewohnerin, sie lebt mit mir zusammen und weiß, wo ich schlafe.« Sie grinst, und ich schätze, dass es nur halb im Scherz gemeint ist. »Ich dachte bloß, dass wir uns gegenseitig von unserem Ballast ablenken können. Tessa hat mir von eurer Trennung erzählt.«

Sie sieht mich voller Mitgefühl an … und ich hasse es, wenn Leute Mitleid mit mir haben.

Trotzdem nicke ich. »Verstehe. Ich war nicht ganz sicher, was du gedacht hast, wie du empfunden hast, und ich habe versucht, über Dakota hinwegzukommen«, erkläre ich.

Sie bejaht stumm. »Ich bin froh, dass du das hast. Aber einigen wir uns einfach auf Freundschaft. Kein Anfassen, kein Küssen« – sie wird langsamer und sieht in die Ferne – »definitiv kein Schenkelberühren … und kein Ohrknabbern, kein Halsküssen.« Sie räuspert sich und streckt den Rücken durch.

Ich muss mich ebenfalls räuspern und suche nach einem Tuch, an dem ich meine verschwitzten Hände abwischen kann.

Vor zwei Minuten hätte ich noch fast so was gesagt wie »Ich werde dich mit Haut und Haaren verschlingen«.

Mir kommen eine Reihe Komödien in den Sinn. »Als Nächstes wirst du mir eine Art Freunde-mit-Vorzügen-Beziehung vorschlagen, und dann streiten wir ungefähr eine halbe Minute, bevor wir uns einigen«, sage ich. »Einen Monat später verliebt sich einer von uns, und dann wird es endgültig verworren. Noch einen Monat später haben wir entweder die ideale Beziehung oder eine komplette Katastrophe. Dazwischen gibt es nichts. Das ist eine Tatsache, wie viele, viele Filme bewiesen haben.«

Es gefällt mir, dass ich bei ihr völlig ungefiltert reden kann. Ich habe mich so oft vor ihr zum Idioten gemacht, dass sie mittlerweile dran gewöhnt sein dürfte. Wir haben keine gemeinsame Geschichte, und es werden keinerlei Erwartungen an mich gestellt.

Nora lacht und nickt. Ihr Omelett ist inzwischen gebräunt, und in der Küche duftet es fantastisch. Nora lässt das Omelett auf einen Teller gleiten und bläst den Dampf weg.

»Einverstanden.« Sie streicht sich das Haar hinters Ohr. »Den ganzen Quatsch können wir uns gleich sparen und uns darauf einigen, Freunde zu sein. Ich habe keine Zeit für Zickenkriege mit zwanzigjährigen Mädchen, die nicht mal in der Öffentlichkeit trinken dürfen.«

So, wie sie es sagt, klingt sie auf einmal viel älter, und ich komme mir vor wie ein Kind, das von seiner Mom ausgeschimpft wird.

»Ich baue mir eine Karriere in einer aufstrebenden Stadt auf, und das will ich mir nicht wegen eines niedlichen College-Jungen versauen.«

Dass sie »Junge« sagt, trifft mein bereits angeschlagenes Ego. Ich bin fast einundzwanzig und habe mehr mit Leuten im Alter meiner Eltern gemeinsam als mit »College-Jungen«. Schon zweimal wurde ich auf dem Campus von Studenten angesprochen, die mich für einen Dozenten hielten. Ich habe dieses reife Aussehen. Das stimmt. Meine Mom sagt das auch.

O Mann, jetzt komme ich schon mit meiner Mom! Vielleicht bin ich doch noch ein Junge. Das tut ein bisschen weh.

Ich hätte nicht gedacht, dass Nora mich so sieht, aber offenbar bin ich für sie nur irgendein Student, der sie von was auch immer ablenken sollte.

»Na gut, Freunde.« Ich erwidere ihr Lächeln, und sie nickt wieder. Von jetzt ab werde ich nur noch freundschaftlich gegenüber Nora und Dakota auftreten.

Ich lasse nicht mehr zu, dass irgendwas chaotisch oder kompliziert wird.

Auf keinen Fall.

18

Zwei Wochen sind vergangen, seit ich von Dakota gehört habe. Nach der Nacht, in der sie sich aus meinem Bett geschlichen hat, hat sie sich nicht mehr gemeldet und weder auf meine Anrufe reagiert noch auf die beiden Nachrichten, die ich ihr geschrieben habe. Vielleicht habe ich es übertrieben und sie zu sehr bedrängt, obwohl sie doch offensichtlich nicht reden wollte. Aber ich möchte wissen, wie es ihr geht. Egal, wie oft ich mich daran erinnere, dass es nicht mehr mein Job ist, mich um sie zu sorgen, mein Kopf will einfach nicht darauf hören. Oder ist es mein Herz? Eventuell beides. Ich kenne Dakota gut genug, um zu wissen, dass sie sich ihren Freiraum nimmt, wenn sie ihn braucht, und dagegen kann niemand etwas tun.

Fremd ist mir allerdings, dass ich derjenige bin, von dem sie Abstand braucht. Seit wir beschlossen haben, Freunde zu sein, habe ich Nora noch zweimal gesehen, aber nur einmal mit ihr geredet. Freunde ohne Küssen. Freunde küssen sich nicht, und vor allem denken sie nicht ans Küssen.

An dem Teil arbeite ich noch. Sie kommt nicht seltener vorbei, geht jedoch früher, und ich komme neuerdings später nach Hause. Ich bleibe meistens etwas länger bei der Arbeit, um Posey beim Aufräumen zu helfen. In letzter Zeit übernimmt sie so viele von Janes Schichten, dass ich das Gefühl habe, sie könnte Hilfe gebrauchen.

Sie kommt mir überlastet vor. Ich will nicht aufdringlich sein und zu viele Fragen stellen, aber ich bin seit jeher gut darin, andere einzuschätzen. Während der langen gemeinsamen Schichten sind wir fast so was wie Freunde geworden, und Posey erzählt mir von sich, wenn wir das Geschirr schrubben und Kaffeepulver aus sämtlichen Ecken und Winkeln im Grind wischen.

Ich genieße die zusätzlichen Stunden in ihrer Gesellschaft, denn ich bin einsam und sauge unsere Unterhaltungen auf wie ein Schwamm. Als würden die Details ihres Lebens mich irgendwie besser mit der großen weiten Welt verknüpfen. Posey ist hier geboren und aufgewachsen – eine waschechte New Yorkerin, wie es Millionen Menschen in dieser Stadt nur zu gern wären. Ihre Familie hat früher in Queens gelebt, und als sie dreizehn war, starb ihre Mom, und Posey zog mit Lila zu ihrer Großmutter nach Brooklyn.

Es ist schön, mit jemandem über alles Mögliche reden zu können. Und es ist schön, etwas vom Leben eines anderen zu erfahren, von seinen Meinungen und Gedanken, gerade wenn man über die eigenen lieber nicht nachdenken will.

Ich möchte nicht an Dakota denken, und ich will Nora nicht vermissen. Bin ich ein schlechter Mensch, weil ich zwei Frauen mag?

Nein, wenn ich ehrlich bin, weiß ich nicht, ob ich Nora mag oder mich nur von ihr angezogen fühle. Ich weiß zu wenig über sie, um sie mit meinen Gefühlen für Nora zu vergleichen …

Ich meine, *Dakota.*

Scheiße, ich bin wirklich verkorkst.

Bin ich zu streng mit mir, wenn ich mich von beiden fernhalte? Dakota habe ich jahrelang geliebt, kenne sie in- und auswendig. Sie ist meine Familie. Tief in meinem Herzen gehöre ich mindestens zur Hälfte ihr.

Bei Nora ist es anders. Sie ist viel verworrener und zweifellos sexy mit einem ausgeprägten Hang zum Flirten. Teils finde ich sie anziehend, teils macht sie mich neugierig, und ich muss mich laufend daran erinnern, dass wir unsere potenzielle Beziehung gekillt haben, bevor irgendwas daraus werden konnte. Deshalb darf ich jetzt nicht den Verlust von etwas bejammern, das ich nie hatte.

Nun sind also zwei Wochen vergangen, in denen ich die beiden Frauen gemieden habe. Meine Vermeidungsstrategie bestand in längeren Schichten im Café, mehr Arbeitsgruppen an der Uni oder darin, abends mit Tessa Kochshows im Fernsehen zu gucken. Von denen ist sie seit Neuestem ganz besessen, und sie sind auch ein gutes Hintergrundrauschen, wenn ich über meinen Hausarbeiten sitze. Ich kann sie nebenher laufen lassen, ohne dass sie meine volle Aufmerksamkeit einfordern; und ich bin auch fast sicher, dass Tessa ebenfalls nur halb bei der Sache ist.

Eines Abends während *Cupcake Wars* summt mein Telefon auf der Ledercouch, und Hardins Name leuchtet auf dem Display. Tessa schaut hin, und ihre Augen blitzen, als sie den Namen sieht. Sofort wendet sie sich wieder dem Fernseher zu und nagt an ihrer Unterlippe.

Ihr setzt das schrecklich zu, und ich hasse es. Hardin ist mies und verdient es nicht anders, aber auch das finde ich schlimm. Ich habe keine Ahnung, welchen Berg Hardin versetzen muss, um sich ihre Vergebung zu verdienen, aber notfalls würde er sogar einen Berg bauen – eine ganze Gebirgskette, in die ihr Gesicht eingemeißelt ist –, ehe er den Rest seines Lebens ohne sie ist.

Solche Verzweiflung, solch eine brennende Liebe habe ich noch nie erlebt.

Bei Dakota habe ich ruhig und tief geliebt. Es war – und ist noch – eine gleichförmige Liebe. Zwischen uns gab es Probleme und auch mal Streit, aber in neun von zehn Fällen galt: Sie und ich gegen die Welt. Ich stand mit gezogenem Schwert und geladener

Kanone bereit, um gegen jeden Feind zu kämpfen, der die Grenze überschritt. Meistens war der Feind ihr Dad, der größte und fieseste Troll von allen. Ich habe so viele Nächte damit verbracht, meine Prinzessin aus den gelben Wänden und rissigen Aschenputtel-Vorhängen ihres Zimmers zu befreien. Ich stieg die schmutzige, ausgeblichene Fassade hinauf, öffnete das staubbedeckte Fenster und holte sie in den Schutz der warmen Chocolate-Chip-Kekse und der sanften Stimme meiner Mutter.

Es waren schwere Zeiten bei ihr zu Hause, und als Carter nicht mehr da war, konnten nicht mal mehr die besten Kekse, die sanftesten Stimmen und die festesten Umarmungen Dakota trösten. Wir haben Schmerz und Freude geteilt, aber je mehr ich darüber nachdenke und je mehr ich es mit den Beziehungen um mich herum oder in meinen Büchern vergleiche, desto klarer erkenne ich, dass wir zwar vielleicht zusammengehört haben, aber letztlich nur Kinder waren.

Sollten wir überhaupt unser ganzes Leben mit demjenigen verbringen, der uns geholfen hat, erwachsen zu werden? Oder sind diese Leute einfach nur ein Halt auf dem Weg zu den Menschen, die wir werden? Endet ihr Einsatz, wenn wir erkennen, was wir brauchen, um es bis zum nächsten Halt zu schaffen? Früher habe ich geglaubt, Dakota wäre meine Reise und mein Ziel. Jetzt kommt mir der Gedanke, dass ich für sie nur ein Halt auf der Strecke war.

Weiß ich, Landon Gibson, Amateur-Lover, eigentlich, wovon zum Teufel ich spreche?

Als die Mailbox anspringt, greife ich nach dem Telefon und rufe Hardin zurück. Er geht beim ersten Klingeln dran.

»Hey«, sage ich und sehe Tessa an. Sie zieht sich die Wolldecke bis zum Hals, als könnte die sie vor irgendwas schützen.

»Ich will gerade einen Flug buchen, für nächsten Monat«, sagt er laut, und bei jedem Wort von ihm sehe ich, wie Tessa schaudert.

Sie steht auf und verlässt wortlos das Zimmer.

Ich flüstere: »Ich weiß nicht, ob das so gut ist …«

»Warum?«, unterbricht er mich. »Was ist los? Wo ist Tess?«

»Sie ist eben in ihr Zimmer gegangen, nachdem sie hier gezuckt hat, als würde sie jemand anschreien, nur weil sie deine Stimme gehört hat.« Es ist brutal, das so zu sagen, aber es ist auch ehrlich.

Hardin gibt einen Laut von sich, der mir durch Mark und Bein geht. »Wenn sie doch nur mit mir reden würde … Verdammt, wie ich diesen Scheiß hasse!«

Ich seufze. Das weiß ich. Und ob ich das weiß. Doch er hat sich das selbst angetan, es ihr angetan, und es ist nicht fair von mir, sie in seine Richtung zu schubsen, wenn sie nicht will.

»Versuch, sie ans Telefon zu holen«, fordert er.

»Das kann ich nicht.«

»*O Scheiße*, Alter!«

Ich stelle mir vor, wie er sich mit den Fingern durchs Haar fährt.

Er legt auf, und ich rufe ihn nicht wieder an.

Wenige Minuten später klopfe ich an Tessas Tür. Sie öffnet fast sofort, und ich mache einen Schritt zurück. Dabei fällt mir wieder eins der Katzenbilder ins Auge. Immer noch ist mir unbegreiflich, warum ich früher nie auf die Bilder geachtet habe.

»Alles okay?«, frage ich.

Sie sieht auf ihre Füße und dann wieder zu mir. »Ja.«

»Du bist eine sauschlechte Lügnerin.«

Sie tritt zurück in ihr Zimmer, lässt die Tür offen und bedeutet mir reinzukommen. Drinnen hockt sie sich auf die Bettkante, und ich sehe mich im Zimmer um. Es ist superordentlich, wie immer, und seit ich das letzte Mal hier war, hat sie ein bisschen umgeräumt. Ihr Fernseher steht nicht mehr auf der Kommode. Dort sind jetzt Bücher aufgereiht, nach Autoren sortiert. Mir fallen drei zerlesene Ausgaben von *Stolz und Vorurteil* auf.

Tessa legt sich wieder aufs Bett und sieht an die Zimmerdecke. »Es ist wirklich okay für mich, wenn er zu Besuch kommt. Er gehört zu deiner Familie, und ich will ihn nicht von dir fernhalten.«

»Du bist auch meine Familie«, erinnere ich sie. Ich sitze auf der gegenüberliegenden Bettkante, nahe dem blau gepolsterten Kopfteil. Die Farbe passt zu den Vorhängen, und ich kann kein einziges Staubkorn auf ihrem Fensterbrett entdecken.

»Ich warte und warte, und ich weiß nicht, wie ich es schaffen soll ...« Ihre Stimme klingt matt und wie verloren.

»Auf was wartest du?«

»Dass er mir nicht mehr wehtun kann. Allein ihn zu hören ...«

Ich lasse sie wieder zu Atem kommen, bevor ich sage: »Ich nehme an, dass das eine Weile dauert.«

Könnte ich Hardin doch ebenfalls hassen, damit ich ihr sagen kann, wie falsch er für sie ist und dass sie ohne ihn besser dran ist. Aber das kann ich nicht. Ich kann und will nicht so tun, als ginge es ihnen beiden schlechter, wären sie zusammen.

»Darf ich dich was fragen?«, sagt Tessa leise.

»Sicher.« Ich ziehe die Füße aufs Bett und hoffe, dass sie nicht bemerkt, wie schmutzig meine Socken auf ihrer weißen Tagesdecke aussehen.

»Wie bist du über Dakota hinweggekommen? Ich fühle mich so schlecht, wenn ich mir vorstelle, dass es dir so ging und ich dich kaum getröstet habe. Ich war so mit meinen eigenen Problemen beschäftigt, dass ich gar nicht auf die Idee gekommen bin, dir könnte es ähnlich gehen wie mir jetzt. Tut mir leid, dass ich so eine beschissene Freundin bin.«

Ich lache. »Du bist keine beschissene Freundin. Meine Situation ist ganz anders als deine.«

»Ah, typisch Landon. Ich wusste, dass du sagst, ich bin keine beschissene Freundin.« Sie lächelt, und ich kann mich nicht erinnern, wann sie das zum letzten Mal getan hat. »Aber im Ernst, wie bist du über sie hinweggekommen? Frisst es dich immer noch auf, sie zu sehen?«

Das ist eine gute Frage. Wie bin ich über sie hinweggekommen? Ich weiß nicht mal, wie ich diese Frage beantworten soll. So ungern ich es auch zugebe, glaube ich nicht, dass ich jemals so fertig war wie Tessa jetzt. Es tat weh, als Dakota mit mir Schluss machte, und vor allem die Art, wie sie es getan hat. Dennoch bin ich nicht in meinem Elend ertrunken. Ich hielt den Kopf oben und versuchte, sie möglichst gut zu unterstützen und währenddessen mein Leben weiterzuleben.

»Bei mir war es anders. Dakota und ich hatten uns die letzten zwei Jahre kaum gesehen, also war sie nicht dauernd um mich, so wie Hardin bei dir. Wir haben nie zusammengelebt, und ich glaube, ich war es einfach gewöhnt, mich allein zu fühlen.«

Tessa dreht sich auf die Seite und stützt den Ellbogen auf. »Du hast dich allein gefühlt, als ihr zusammen wart?«

Ich nicke. »Sie wohnte am anderen Ende des Kontinents, schon vergessen?«

»Nein«, antwortet Tessa. »Trotzdem hättest du dich nicht allein fühlen dürfen.«

Ich weiß nicht, was ich sagen soll. Ich fühlte mich allein, auch wenn wir jeden Tag geredet haben. Was das über mich oder unsere Beziehung sagt, kann ich nicht einschätzen.

»Fühlst du dich jetzt auch allein?«, fragt Tessa. Ihre grauen Augen fixieren mich.

»Ja«, antworte ich ehrlich.

Sie rollt sich zurück auf den Rücken und starrt wieder an die Decke. »Ich mich auch.«

19

Heute kommen mir meine Kurse endlos lang vor. Na ja, eigentlich schon die ganze Woche. Seit das mit Dakota war, kann ich mich nicht mehr richtig konzentrieren, und dann rief auch noch Hardin an und sagte, dass er am Wochenende kommt.

Dieses Wochenende …

Also bleibt mir nicht viel Zeit, Tessa auf den Gedanken vorzubereiten, dass er hier sein wird, in ihrem persönlichen Reich.

Als er gestern Abend noch mal zurückrief, bin ich nicht rangegangen. Tessa und ich waren zu sehr damit beschäftigt, in unserer Einsamkeit zu schwelgen. Es war das erste Mal seit einer ganzen Weile, dass wir uns richtig nah waren – traurig, aber auch *schön*, so mit ihr.

Und, Wunder über Wunder, anstatt es zigmal hintereinander weiter zu versuchen, sprach Hardin mir tatsächlich auf die Mailbox. Das war ziemlich verblüffend. Allerdings behauptete er auch, dass er kommen muss, weil er einen Termin in der Stadt hat, den er »nicht verpassen darf«.

Er will sich hier für einen Job bewerben – warum sonst sollte er einen »festen« Termin in New York haben? Es *muss* um einen Job gehen …

Oder er hat es satt, so weit weg von Tessa zu sein. Lange kann er ihr nie fernbleiben. Anscheinend braucht er die nächste Dosis.

Als ich zu unserem Haus komme, steht ein Lieferwagen mit laut brummendem Motor mitten auf der Straße. Der Deli unten bekommt zu jeder Tages- und Nachtzeit Lieferungen. Stimmen und das schwere Schlagen von Türen, die zugeknallt, geöffnet und wieder zugeknallt werden, das alles hat mich anfangs irre gemacht. Ich war ja nur die stillen Vororte in Washington State gewohnt, in dem Scott-Anwesen ganz oben auf dem Hügel. Ich erinnere mich noch, wie riesig mir das Haus vorkam, als wir in Moms Kombi vorfuhren. Wir waren die weite Strecke mit dem Auto gekommen, obwohl Ken mehrmals angeboten hatte, uns die Flüge und den Transport unserer Sachen zu bezahlen. Im Nachhinein denke ich, dass meine Mom es aus Stolz ablehnte, weil er begreifen sollte, dass sie alles aus Liebe tat.

Ich weiß noch, wie ich sie zum ersten Mal vor ihm lachen hörte. Es war ein neues Lachen – die Sorte, bei der sich ihr Gesicht und ihre Stimme veränderten. Ihre Augenwinkel bogen sich nach oben, während das Lachen aus ihr herausquoll und den Raum mit Licht und frischer Luft füllte. Mir kam sie vor wie eine neue, glücklichere Version der Mom, die ich kannte und liebte.

Wenn ich jetzt mit ihr rede, sagt sie natürlich immer, dass sie sich meinetwegen Sorgen macht. Ganz besonders um meine Schlafgewohnheiten, seit ich in die Stadt gezogen bin. Dauernd fragt sie mich, wann ich damit mal zum Arzt gehe, aber noch bin ich nicht bereit, mich auf die praktischen Teile einzulassen, die zum Leben in einer neuen Stadt gehören. Mir Ärzte zu suchen oder einen neuen Führerschein zu besorgen – das sind alles Sachen, die noch warten können. Außerdem will ich hier sowieso nicht Auto fahren, und das wahre Problem sind die Müllwagen, die nachts um drei kommen, und das laute Scheppern von Kunststoff an kreischendem Metall, das sie mit sich bringen. In der Anfangszeit hier hat es mich jede Nacht geweckt.

Statt zum Arzt zu gehen, gönnte ich mir einen Geräusch-Generator. Das hat mir enorm geholfen. Tessa mag den Krach, aber sie ist auch neben Bahngleisen aufgewachsen, und ihr fehlte der Lärm in der Nacht. In letzter Zeit scheinen wir uns nach allem zu sehnen, was uns an zu Hause erinnert. In New York habe ich das Gefühl, dass die eigene Wohnung wirklich wie eine Festung ist, oder zumindest ein kleines Stückchen Stadt, über das man die Kontrolle hat. Und offenbar hilft es sowohl Tessa als auch mir, die Geräusche um uns herum zu kontrollieren; sie sind eben nur sehr gegensätzlich.

Das Treppenhaus im Gebäude ist still und leer. Geduldig warte ich auf den Fahrstuhl und steige dann ein. Er ist klein und fasst höchstens zwei mittelgroße Leute und eine Einkaufstasche. Normalerweise nehme ich die Treppe, aber heute Morgen vor der Uni bin ich ein bisschen schneller gelaufen als sonst, und das merke ich jetzt in den Waden.

Als ich oben aus dem Fahrstuhl steige, riecht es nach Zucker und Gewürzen. Nora muss hier sein und zusammen mit Tessa ein süßes Mehlchaos in der Küche anrichten.

In der Wohnung läuft Musik. Eine gereizt klingende Frau singt von den vernachlässigten Jugendlichen, den »New Americana.« Meine Schuhe streife ich an der Tür ab. Dann gehe ich in die Küche und stelle die Milchtüte neben Tessa auf die Arbeitsplatte, doch es ist Nora, die sich als Erste bei mir bedankt.

»Schon gut«, sage ich und ziehe meine Jacke aus.

Ich muss mir dringend etwas für Ellens Geburtstag überlegen. Heute wirkte sie noch weniger begeistert, als ich sie auf ihren großen Tag diese Woche angesprochen habe.

»Ich war sowieso gerade vor dem Laden, als Tessa mir geschrieben hat«, ergänze ich.

Nora lächelt mich immer noch an.

Gott, sie ist sogar noch schöner, als ich sie in Erinnerung hatte, und dabei ist es gerade mal eine Woche her, dass ich sie zuletzt gesehen habe.

Nora schnappt sich die Milch und geht zum Kühlschrank. »Du hast übrigens einen gigantischen Flop verpasst. Tessa hatte geschlagene Sahne statt Schlagsahne für das Scone-Rezept genommen.«

»Das wollten wir doch keinem verraten!«, beschwert sich Tessa übertrieben empört. Sie sieht mich an. »Der Teig fiel komplett in sich zusammen.«

»Ja, nachdem die Dinger verbrannt waren«, sagt Nora hinter ihr.

Es gefällt mir, wie wohl sie sich hier inzwischen zu fühlen scheint. Ich mag es, dass sie sich wie selbstverständlich in meiner Küche bewegt, den Rücken gerade und den vollen Mund vollkommen entspannt. Sie öffnet den Kühlschrank und stellt die Milch hinein. Als sie sich nach unten bückt, um einen Krug mit kaltem Wasser aus dem unteren Fach zu nehmen, schaue ich weg. Ich bemühe mich, nicht darauf zu achten, wie eng ihre weiße Hose ist. Es ist keine Jogginghose, aber auch keine Yogahose. Mir ist es so oder so egal, aber ihr Hintern sieht unglaublich aus, so wie sich der Stoff darüber spannt und die Birnenform betont.

Sie hat ein langärmliges Baseballshirt an, dessen Ärmel eine andere Farbe haben als der Rest. Sie sind dunkelblau, und Nora hat sie bis zu den Ellbogen nach oben geschoben. Ihr dickes dunkles Haar hat sie zu einem hohen Pferdeschwanz gebunden, und ihre Socken sind mit kleinen Comiczeichnungen von Bacon und Eiern bedruckt. Unter dem Shirt lugt ein Stückchen nackter Bauch hervor, aber ich sehe nicht hin, weil ich weiß, dass ich sonst nicht mehr davon loskomme.

Nora geht zum Ofen und zieht ein Blech Kekse heraus – oder sind es Scones? Wahrscheinlich Scones. Aus denen mache ich mir gewöhnlich nichts. Im Grind werden nur besonders gesunde Scones verkauft, die schmecken wie mit Olivenöl getränkte Körner, die in Weizengrasbrot eingebacken sind. Muss ich nicht haben.

Meine Mom hat mich verdorben, denn solange ich mich erinnere, bäckt sie schon wie ein Profi. Bei uns zu Hause gab es ständig leckere Sachen, darum war ich auch ein pummeliges Kind. Ich muss ein bisschen mehr Sport machen als normale Leute, damit ich essen kann, was ich mag. Es hat eine Weile gedauert, bis mir das klar wurde, aber ich bin froh, dass ich es dann doch noch begriffen habe. Ich weiß noch, wie es war, als die Arschlöcher an meiner Highschool endlich keinen Grund mehr hatten, sich über mein Gewicht lustig zu machen. Nicht dass sie nichts anderes gefunden hätten, um mich wie Dreck zu behandeln – aber ich fühlte mich leichter, mental und physisch, und fing an, ein Selbstvertrauen zu entwickeln, das ich früher nie besessen hatte.

Nora und Tessa sind schon die ganze Woche in unserer Küche zugange, doch ich verstecke mich in meinem Zimmer, versuche für meine Kurse zu lernen oder schlafe einfach nach der Arbeit. Selbst in meinen Träumen höre ich das Gemecker der Kunden.

»Ähm, habt ihr hier keinen Frappucino, so wie bei Starbucks?«

»Wieso habt ihr keine Cashew-Milch?«

»Was soll denn der Unterschied zwischen einem Cappuccino und einem Latte sein?«

Heute Abend habe ich nur drei Stunden gearbeitet, aber die Woche hat mich geschafft. Obwohl ich müde bin, will ich mich heute nicht in meinem Zimmer verkriechen. Ich möchte mit Tessa reden, und sogar mit Nora. Ich hasse es, wie eng mein Brustkorb wird, wenn sie mich ansieht. Und die Art, wie ihr Blick immer meinem begegnet. Heute Abend will ich unter Leuten sein. Es tut mir gut, mit anderen zusammen zu sein, auch wenn es die beiden sind.

Nora nimmt die Scones vom heißen Blech und legt sie zum Abkühlen auf einen Rost. Sie riechen nach Heidelbeeren. Ich setze mich an den kleinen Tisch für drei und beobachte, wie sich Nora durch den Raum bewegt. Sie nimmt eine Plastiktüte mit gelber Pampe auf und dreht das Ende oben, sodass ein aufgeblähtes Dreieck entsteht. Dann steckt sie eine kleine Metallspitze an das untere Ende und drückt Glasur auf die Scones.

Sie sagt irgendwas über die Glasur, aber ich bin zu sehr damit beschäftigt, meinen Blick ja keinen Moment zu lange verharren zu lassen, und höre gar nicht richtig zu.

Plötzlich frage ich mich, ob ich hier bei ihnen bleiben soll oder nicht. Ich will nicht im Weg sein.

»Wie war die Arbeit?«, fragt Tessa.

Sie taucht die Hand in eine Schüssel mit dickem von blauen Bröckchen durchsetztem Teig. Heidelbeeren vielleicht? Dann öffnet sie den Mund und steckt einen Finger hinein.

Ich sehe Nora an, die wieder ihre Ärmel nach oben schiebt, wobei mir der Saum ihres Shirts auffällt. Er sieht aus, als hätte sie ihn mit einer Schere bearbeitet, damit das Hemd bauchfrei ist.

Normalerweise würde mich das nicht stören. Kein bisschen. Würde es wohl keinen, es sei denn, es quält einen die Versuchung, und man weiß, dass nichts daraus werden kann.

Ihre Haut ist ein wenig dunkler als meine, auch wenn ich nicht erkennen kann, woher das kommt. Sie ist eine schöne und einzigartige Mischung. Was es genau ist, kann ich nicht sagen, aber die Beinahe-Mandelform ihrer grünen Augen ist sagenhaft, und dasselbe gilt für ihre dunklen Brauen und die dichten Wimpern, die Schatten auf ihre hohen Wangenknochen werfen. Sie trägt dieses Shirt perfekt, so wie jedes trendige Outfit, in dem ich sie bisher gesehen habe. Ihre Hüften sind rund, und so, wie sich die weiße Baumwollhose an ihren Hintern schmiegt, fällt es mir schwer wegzusehen.

Hatte ich das schon bemerkt?

Ich erlaube mir, sie einige Sekunden anzusehen – richtig anzusehen. Ein oder zwei Sekunden Hinsehen schaden doch nicht … oder?

Sie bekommt nichts mit von meinem Starren oder meiner Sehnsucht, mit den Fingern über die nackte Haut an ihrem Rücken zu streichen. Meine Gedanken versetzen mich in eine Welt, in der Nora neben mir liegt und meine Hände sich über ihre gebräunte Haut bewegen. Zu gern würde ich sehen, wie sie aus der Dusche steigt. Ihr Haar wäre nass und an den Spitzen gekräuselt; ihre dunklen Wimpern würden noch schwärzer auf ihrer Haut wirken, wenn sie blinzelt …

»So schlimm?«, fragt Nora.

Ich schüttle den Kopf. Ich war so tief in Gedanken versunken, dass ich Tessas Frage nach meinem Arbeitstag nicht beantwortet habe. Jetzt sage ich, dass es wie immer war, voll und hektisch. In den ersten College-Wochen ist in den Coffeeshops immer viel los, sogar jenseits der Brücke in Brooklyn.

Ich langweile die beiden nicht mit Einzelheiten wie dem abgebrochenen Hahn am Spülbecken und dem klatschnassen Aiden. Allerdings werde ich nicht behaupten, dass ich nicht gelacht habe – er war derart angepisst, dass seine Frisur ruiniert war. Und das Ganze war umso witziger, weil es seine Idee gewesen war, an dem Hahn herumzumachen. Er behauptete, dass er wüsste, wie man das Tropfen stoppt.

Draco scheiterte mal wieder.

Tessa erzählt mir, dass sie die nächsten beiden Wochenenden zusätzliche Schichten arbeitet, und mir ist sofort klar, dass sie dringend wissen will, wann Hardin kommt, damit sie auf Abstand bleiben kann. Ich sollte ihr sagen, dass er am nächsten Wochenende kommt, doch damit will ich warten, bis Nora weg ist. Tessa soll Zeit für sich haben, um sich darauf einzustellen und zu überlegen, wie sie sich dafür wappnet.

Ich habe gesehen, wie das Licht in Tessa mit jedem Tag, den sie allein in der Stadt ist, mehr verglomm. Gleichzeitig hört sie, wie Hardin unter dem Einfluss seiner Freunde und dem Rat seines Therapeuten aufblüht. Ich glaube wirklich, dass er sich bessert und diese Zeit weit weg nötig für ihn ist, sosehr er es auch hasst.

Wenn die beiden am Ende nicht verheiratet sind und eine Schar trotziger, zottelhaariger Kinder haben, werde ich meinen Glauben an die Liebe komplett verlieren.

Ich kann das Wort *Therapeut* nicht ausstehen. Es drückt Menschen, die ihr Leben damit verbringen, andere zu heilen, ein abschreckendes Stigma auf.

Irgendwie gilt es als unangebracht, zum Beispiel im Büro am Wasserspender über seinen Therapeuten zu sprechen, aber als völlig akzeptabel, Klatsch über die Kollegen zu verbreiten. Manchmal sind die Prioritäten auf dieser Welt echt total verdreht.

»Hast du was von deiner Mom gehört?«, fragt mich Tessa.

Nora ist wieder unbekümmert in der Küche unterwegs. Sie spült die Abkühlroste und befeuchtet einen Schwamm, um die Arbeitsplatten zu putzen, während ich Tessa erzähle, dass meine kleine Schwester den Bauch meiner Mom zum Fußballtraining nutzt. »Sie schwört, dass die kleine Abby mal zur ersten Wahl für den MLS SuperDraft wird«, berichte ich.

Mom sagt, dass ihr nachts alles wehtut, weil ihr Körper Platz für das wachsende Baby in ihm schafft. Nicht dass sie sich beklagt. Es ist eher so, dass sie staunt, welche Veränderungen ihr Körper in ihrem Alter noch mitmacht, und sie ist unglaublich froh darüber, wie unkompliziert ihre Schwangerschaft verläuft.

»Was ist denn MDL Super-Dings?«, fragt Nora und zieht amüsiert einen Mundwinkel nach oben.

Oder zumindest leicht amüsiert. Ihre Augen haben immer einen eher gelangweilten Ausdruck, als wäre ihr Leben irgendwann mal erheblich spannender gewesen.

»Sport. Siehst du nie Sport?«, frage ich. Von Tessa weiß ich, dass sie es nicht tut.

Nora schüttelt den Kopf. »Nein. Lieber schäle ich mir die Augen raus und esse sie mit Ketchup.«

Ich lache über ihre leicht morbide Antwort.

»Na dann.« Ich greife nach einem Scone, auf dem schon Glasur ist, doch sie fängt meine Hand ab.

»Die Glasur muss sich erst setzen«, erklärt sie. Ihre Hand ist noch auf meiner.

»Nur ungefähr drei Minuten«, fügt Tessa hinzu.

Noras Hand ist so warm.

Warum lässt sie nicht los?

Und warum will ich nicht, dass sie loslässt?

Ich sollte alles vergessen, was mich an ihr anzieht, und mich an meinen Platz als Freund gewöhnen. Es scheint zwecklos zu sein, mir weiter diese blöden Fragen zu stellen, warum ich dieses oder jenes fühle, aber irgendwie gibt es mir das Gefühl, mehr Kontrolle über mich selbst zu haben.

Ich muss mich ständig daran erinnern, dass ich für sie nur ein Freund bin. Was schwierig ist, wenn sie dasitzt und mich so ansieht, mich so berührt und solche Klamotten trägt.

Ich sehe auf unsere Hände hinunter. Ihre ist dunkler als meine, und als sich unsere Blicke begegnen, scheint ihr wieder einzufallen, dass sie meine Hand nicht so halten sollte. Freunde halten nicht Händchen.

Tessas Telefon klingelt, und Nora zuckt zusammen. Ihre Wangen röten sich, und ich will wieder nach ihr greifen, aber das kann ich nicht.

»Es ist mein Chef. Ich gehe ran«, sagt Tessa.

Sie wartet kurz und sieht uns beide an. Es ist eine stumme Frage, ob es okay ist, uns allein zu lassen.

Nora lächelt Tessa kurz zu und sagt mit ihren Augen, was weder über ihre noch über meine Lippen kommt.

Mit jedem Schritt, den Tessa den Flur hinuntergeht, wird die Luft in der Küche schwerer. Nora beschäftigt sich, indem sie ein Blech von der Arbeitsplatte zur Spüle zieht. Sie dreht das Wasser auf, nimmt die Spülmittelflasche und macht sich daran, das Blech zu schrubben. Ich weiß nicht, ob ich einfach blöd herumstehen soll, solange sie spült, oder in mein Zimmer gehen und den Abend allein verbringen – mal wieder.

Ich hole mein Telefon hervor und scrolle durch die wenigen letzten Nachrichten. Es ist eine von Posey da, ein Spruch über Baristas. Ich muss leise lachen, und Noras Schultern beugen sich in meine Richtung. Aber anscheinend bremst sie sich, ehe sie sich richtig umdreht.

Sie drückt noch mehr Spülmittel aus der Flasche. Kleine Seifenblasen umschweben sie, und mir fällt auf, dass sie immer noch an dem einen Kuchenblech herumschrubbt.

Lautlos gehe ich einen Schritt auf sie zu und sehe in die Spüle. Das Blech ist sauber, kein einziger Krümel mehr auf der blanken Oberfläche, nur jede Menge überflüssiger Seifenschaum. Ihre langen Finger bearbeiten das saubere Blech, und ich mache noch einen Schritt auf sie zu. Mein Fuß verhakt sich an einem Stuhlbein, und bei dem Geräusch zuckt Nora zusammen.

»Und, wie geht es dir so? Irgendwas Neues?«, frage ich, als hätte ich noch nie mit ihr geredet und wäre nicht gerade fast über einen Stuhl gestolpert.

Noras Schultern heben und senken sich, als sie tief einatmet. Sie schüttelt den Kopf, dass ihr Pferdeschwanz hin und her wippt.

»Eigentlich nicht«, ist alles, was sie antwortet, und sie schrubbt weiter.

Schließlich spült sie das Blech ab und legt es auf das Abtropfgestell neben der Spüle.

Wo ist Tessa? Ich wünschte, sie würde wiederkommen und dieser peinlichen Stimmung ein Ende machen.

»Was macht die Arbeit? Gefällt es dir da noch?« Ich kann einfach nicht die Klappe halten!

Nora zuckt mit den Schultern, und ich bilde mir ein, sie sagen zu hören: »Ist okay«.

»Bist du sauer auf mich oder so?«, kommt es aus meinem Mund.

Sauer auf mich? Bin ich der Fünfjährige, der Carter fragt, ob er sauer ist, weil meine Mom aus Versehen sein Spielzeug in der Einfahrt plattgefahren hat?

Ehe ich noch mehr blubbere und alles noch peinlicher mache, als es ohnehin schon ist, dreht sich Nora zu mir um. Die Seite ihres Halses scheint zu pulsieren, und ihre Brust hebt und senkt sich langsam. Meine eigene Brust steht in Flammen; da ist ein hohles Gefühl, das nicht dorthin gehört, nicht wegen einer Frau, die mir praktisch fremd ist.

»Sauer auf dich? Weshalb?« Ihr Blick ist vollkommen ernst, und sie schürzt die Lippen, während sie auf eine Antwort wartet, die mir nicht ohne Weiteres einfallen will.

Ich reibe mir den Nacken und überlege. »Wegen allem? Der Sache mit Dakota, dem Kuss, der …« Als Nora den Mund öffnet, breche ich mittendrin ab. Sie lehnt einen Ellbogen auf die Arbeitsplatte und sieht mir in die Augen. Bei ihrem festen Blick wünsche ich mir, ich würde sie gut genug kennen, um einzuschätzen, was sie denkt, was sie empfindet. Aber ich kann ihre Miene nicht deuten, egal, wie sehr ich es möchte.

Normalerweise bin ich gut darin, andere Leute und deren Verhalten zu studieren. Oft erkenne ich, was jemand fühlt, selbst die Dinge, die Leute nicht laut aussprechen wollen. Schnelle Augenbewegungen auf der anderen Seite des Raums oder eine subtile Gewichtsverlagerung – es gibt Millionen Kleinigkeiten, an denen man ablesen kann, was in anderen vorgeht.

»Ich bin überhaupt nicht sauer auf dich. Es war bloß alles ein bisschen chaotisch, ja …«, sagt sie.

Irgendwas daran, wie ihre Stimme am Ende des Satzes kippt, beunruhigt mich.

Noch nie wollte ich etwas so unbedingt, wie den Teil zu hören, den sie nicht sagt. Ihr ganzes Wesen kommt mir vor wie eine Art Geheimnis. Es kommt der Entdeckung dessen, was das wahre Lebensrätsel ist, am nächsten: schwer zu entziffern und noch schwerer zu lösen.

»Landon, der Grund, weshalb …«

Doch sie wird von quietschenden Turnschuhsohlen auf dem Fliesenboden unterbrochen. Ich drehe mich um. Die weißen Turnschuhe gehören zu einem Beinpaar in Strumpfhosen. Der Körper dazu ist dünn, steckt in einem glitzernden Tutu und einem schwarzen Body.

Dakota mustert Nora. Sie steht nur wenige Schritte von mir entfernt und scheint zu etwas Größerem, Dunklerem und Stärkerem zu werden.

Dakota zieht die Schultern zurück und streckt die Brust vor, um die Aufmerksamkeit auf sich zu lenken.

»Dakota.« Automatisch gehe ich einen Schritt auf sie zu und von Nora weg

»Hier bist du also hin?«, fragt Dakota.

Für einen Moment bin ich verwirrt, ehe ich begreife, dass sie nicht mit mir redet. Sie steht jetzt Nora gegenüber.

Nora sieht mich an. »Nein, ich war nur mit Tessa hier …«

Dakota fällt ihr ins Wort. »Ich habe dir gesagt, dass du verschwinden sollst, nicht, dass du gleich zu ihm rennen sollst.«

Das Ganze überfordert mich. Dakotas Stimme wird vor Wut laut, schwillt an wie eine Flutwelle, die die winzige Wohnung zu verschlingen droht.

»Ich habe dir gesagt, dass du dich von ihm fernhalten sollst«, sagt Dakota. »Er ist tabu. Wir hatten uns *geeinigt*!«

Dakotas Augen sind schmale Schlitze, die von Nora immer noch weit aufgerissen vor Schreck.

»Ich gehe lieber.« Nora greift nach dem Handtuch auf der Arbeitsplatte, um sich die Hände zu trocknen. Das macht sie sehr schnell, und Dakota und ich stehen schweigend da, als Nora die Küche verlässt, ohne einen von uns noch einmal anzusehen. Keine zwanzig Sekunden später geht die Wohnungstür auf und wieder zu. Sie hat sich nicht mal von Tessa verabschiedet.

Sie war so schnell, und ich bin so perplex, dass ich nicht mal eine Chance hatte, ihr zu folgen. Flüchtig frage ich mich, ob ich es sonst getan hätte und wie Dakota darauf reagiert hätte.

20

Dakota steht in der Küche, den Blick auf mich gerichtet, den Mund verärgert zusammengekniffen. Ihr Haar ist offen, sodass es in wilden Locken über ihre Schultern fällt. Sie zupft an ihren Fingernägeln, und ich mag es nicht, wie sie sich benimmt.

Nein, streicht das. Sie benimmt sich wie ein Kindergartenkind, und durch ihr Tutu wirkt sie nicht gerade erwachsener.

»Was war das denn? Was ist mit dir los?«, frage ich.

Tja, das kam nicht sehr freundlich raus, aber ich brauche ein paar Antworten. Nichts von dem hier ergibt irgendeinen Sinn.

Natürlich geht Dakota sofort in die Defensive und funkelt mich an, als wäre ich es, der sich hier wie ein neidisches Kind aufführt. Dakota sagt nichts, sieht mich einfach nur an, und ihr Blick wird weicher. Dann zieht sie einen Schmollmund und lehnt sich lässig an die Arbeitsfläche, als wäre nichts gewesen.

Aber ich will nicht locker lassen. »Wieso scheuchst du kurz mal eben Tessas Freundin aus unserer Wohnung?«

Dakota mustert mich. Vermutlich schindet sie nur Zeit, bis sie weiß, was sie sagen will. Endlich, nach mehreren Sekunden, seufzt sie. »Für mich ist sie nicht nur Tessas Freundin, Landon. Sie ist meine Mitbewohnerin, und ich will sie nicht hier haben. Sie ist nicht gut für dich. Und ich lasse nicht zu, dass sie versucht, sich an dich ranzumachen.« Sie hält kurz inne und sagt dann: »Ich erlaube es nicht.«

Ich kann nicht sagen, was schlimmer ist: ihr *Ton* oder diese Eifersucht, die in ihren Worten mitschwingt. So oder so kribbelt meine Haut, und mein Adrenalinpegel steigt.

»Okay, erstens hatte ich keinen Schimmer, dass ihr zusammenwohnt – also muss ich das selbst noch verdauen. Und zweitens bestimmst *du* nicht, wer gut für mich ist, Dakota«, sage ich.

Sie zuckt zurück, als hätte ich sie geohrfeigt. »Also magst du sie tatsächlich!« Sie zieht eine Grimasse.

Ich merke, dass ich mit jeder Sekunde wütender werde und sich die Spannung zwischen uns mit jedem ihrer Atemzüge weiter aufbaut.

»Nein. Na ja, ich weiß nicht, was für Gefühle ich für sie habe. Ehrlich nicht.« Meine Antwort klingt, als würde ich mich vor der Wahrheit drücken, dabei weiß ich es wirklich nicht.

Ich bin immer ehrlich zu Dakota gewesen, abgesehen von den seltenen Fällen, in denen die Wahrheit ungesagt blieb. Und jetzt gerade weiß ich, dass Dakota diese Frage nicht beantworten kann.

Sie kommt durch die Küche auf mich zu, wobei ihr glitzerndes Tutu bei jedem ihrer Schritte mitschwingt. »Tja, versuch es herauszufinden, denn ich will nicht, dass du auch mir gegenüber verwirrt bist.« Sie verdreht die Augen, und ich kenne diesen Ton, diese Vorsicht.

»Stell sie an, und öffne dich«, sage ich.

Sie weiß genau, was ich meine.

Dakota ist gut darin, ihre Gefühle abzustellen und sich komplett von jedem Schmerzempfinden abzukoppeln. Und im Laufe der Jahre habe ich gelernt, sie daran zu erinnern, ihre Gefühle wieder einzuschalten und sich zu öffnen. Allerdings nur dann, wenn es für sie sicher war. Darauf habe ich immer geachtet.

Sie seufzt resigniert. »In letzter Zeit denke ich so viel an dich.«

»Und an was genau?«, frage ich.

Dakota schluckt und zieht die Unterlippe zwischen ihre Zähne. »Nur daran, dass ich dich liebe, Landon.«

Das sagt sie so lässig, als würden ihre Worte nicht etwas in mir auslösen, keinen Knoten knacken, der festgezurrt unter meinem Brustkorb sitzt und darauf wartet, dass sie ihn löst und den Schmerz lindert.

Diese Worte habe ich nicht mehr aus ihrem Mund gehört, seit ich nach New York gezogen bin. Diese wenigen Worte, die für mich mal so selbstverständlich waren wie mein Name. Inzwischen sind sie es allerdings nicht mehr.

Jetzt verletzen sie mich und vernichten die Fortschritte, die ich dabei gemacht habe, mich von dem Schmerz der Einsamkeit zu erholen.

Die paar Worte drohen die ohnehin schon brüchigen Mauern einzureißen, an denen ich baue, seit sie beschlossen hat, dass sie mich nicht mehr will.

Ihre Worte bedeuten mir mehr, als sie überhaupt ermessen kann, und ich spüre, wie mein Herz meinen Brustkorb zu sprengen droht.

Eine Liebeserklärung hatte ich nicht von ihr erwartet. Eher war ich darauf vorbereitet, wüst beschimpft zu werden.

Und ehrlich gesagt, weiß ich nicht, was mehr schmerzen würde.

»Das tue ich, Landon«, sagt Dakota in meine Gedanken hinein, und ich schließe die Augen. »Ich liebe dich schon, solange ich denken kann, und es tut mir leid, dass ich es dir immer wieder schwer mache. Ich habe dich verletzt, das weiß ich, und es tut mir sehr leid.«

Am Ende bricht ihre Stimme, und ihre Augen glänzen. Sie steht so nah bei mir, dass ich sie atmen höre. »Ich war egoistisch, bin es immer noch, und so bescheuert das auch sein mag, ertrage ich es nicht, dich mit einer anderen zu sehen. Ich bin noch nicht bereit, dich zu teilen. Ich erinnere mich daran, wie ich dich zum ersten Mal gesehen habe …«

Ich öffne die Augen und versuche zu atmen. Ohne Frage sollte ich sie davon abhalten, Erinnerungen auszugraben, schaffe es aber einfach nicht. Ich *muss* das hören!

»Du bist mit deinem Rad die Straße rauf- und runtergefahren. Ich konnte dich von meinem Fenster aus sehen. Carter war gerade von irgendeiner Campingtour zurück, und irgendwelche Eltern haben meinen Dad angerufen und ihm von dem Gerücht erzählt, dass Carter versucht haben soll, einen anderen Jungen zu küssen.«

Mir wird mulmig, und ihre Worte nagen an mir. Sie spricht nie über Carter, nicht so. Eigentlich gar nicht mehr.

»Mein Dad kam durch den Flur gestampft, seinen Gürtel in der Hand.« Sie erschaudert.

Ich auch.

»Alles war so laut. Ich erinnere mich, dass ich dachte, das Haus stürzt ein, wenn er nicht aufhört.«

Dakota sieht an mir vorbei. Sie ist jetzt nicht mehr in New York, sondern wieder in Saginaw. Und ich bin mit ihr dort.

»Du bist mit deinem Rad draußen herumgefahren, und deine Mom war bei dir, hat Fotos gemacht oder ein Video gedreht. Und als Carter bei jedem Schlag mit dem Ledergürtel aufschrie, habe ich dich und deine Mom beobachtet. Sie ist irgendwie hingefallen, gestolpert oder so, und du bist zu ihr gelaufen, als wärst du der Erwachsene und sie das Kind. Ich erinnere mich, dass ich mir gewünscht habe, ich könnte stark sein wie du und Carter helfen. Aber ich wusste, dass ich es nicht konnte.«

Ihre Lippen beginnen zu beben, und mir tut die Brust weh. Der Schmerz in mir fühlt sich an wie ein verglühender Stern.

»Du weißt ja, wie es war. Wie schlimm es war, als ich versucht habe zu helfen.«

Das weiß ich. Ich hatte es einige Male miterlebt. Meine Mom rief zweimal die Cops, ehe wir merkten, dass deren System nicht gut war, sehr fehlerhaft und viel komplizierter, als es sich zwei Kinder vorstellen könnten.

Meine Füße schlurfen über den Boden und tragen mich gegen meinen Willen näher zu Dakota. Dakota hebt eine Hand, und ich erstarre.

»Hör einfach zu. Versuch nicht, irgendwas zu richten«, sagt sie.

Ich tue, was ich kann, um ihre Wünsche zu erfüllen. Also starre ich die grünen Zahlen am Ofen an und verschränkte die Hände auf dem Rücken. Es ist fast neun Uhr. Der Tag ist an mir vorbeigerauscht. Während sie weiterredet, konzentriere ich mich auf die Zahlen.

»Ich erinnere mich an das erste Mal, als du mit mir geredet hast, an das erste Mal, als du gesagt hast, du liebst mich. Weißt du noch, wann du mir das zum ersten Mal gesagt hast?«

Natürlich weiß ich es noch. Wie könnte ich den Tag vergessen?

Dakota war von zu Hause weggelaufen. Carter erzählte mir, dass sie schon seit Stunden weg war. Ihr Dad, besoffen und völlig desinteressiert, saß in seinem fleckigen Fernsehsessel, eine mit Kondenswasser beschlagene Bierdose in der Hand. Und das, obwohl seine fünfzehnjährige Tochter unauffindbar war. Sein Bauch war dicker geworden – all der Schnaps und das Bier mussten ja irgendwo bleiben. Er hatte sich seit Wochen nicht rasiert und dicke, zottelige Bartflecken an Kinn und Wangen.

Aus ihm bekam ich nichts heraus. Ich konnte ihn nicht mal

dazu bringen, von dem verdammten Fernseher aufzublicken. Ich erinnere mich, dass er *CSI* guckte und das kleine Wohnzimmer verqualmt und voller Müll war. Leere Bierdosen bedeckten den Tisch, und Zeitschriften stapelten sich auf dem Fußboden.

»Wo ist sie?«, fragte ich ihn zum fünften Mal.

Meine Stimme war so laut, dass ich Angst bekam, er könnte mich verprügeln wie seinen Sohn.

Das tat er aber nicht. Er glotzte nur träge zum Bildschirm, und ich gab bald auf, weil mir klar wurde, dass er viel zu betrunken war, um irgendwas Nützliches zu tun.

Er bewegte sich, und ich machte einen kleinen Satz zurück, doch meine Angst schwand gleich wieder, denn er griff bloß nach seiner Schachtel Basic-Zigaretten. Als er den Aschenbecher vom Tisch nahm, fielen Kippen und Asche auf den braunen Teppich. Er schien es nicht zu bemerken, ebenso wenig, wie er mich wahrnahm, als ich dastand und ihn fragte, wo seine einzige Tochter war.

Ich stieg auf mein Rad und fuhr durchs Viertel, hielt jeden an, den ich traf. Buddy, einer der Trinker, der nah am Wald wohnte, sagte, dass er sie in den Wald laufen gesehen hatte, und ich wurde panisch. Wir nannten die Stelle mit dem Müll zwischen den Baumreihen, wo Leute lebten, denen nichts mehr blieb, »die Kippe«. Die Leute dort hatten nichts mehr außer Drogen und Sprit, und damit müllten sie den Wald zu.

In der Kippe war es nicht ungefährlich. Dakota war unter diesen Typen nicht sicher.

Ich ließ mein Rad am Rand der Fichten liegen und lief in die Dunkelheit, als hinge mein Leben davon ab. In gewisser Weise tat es das ja auch.

Ich folgte den Stimmen und achtete nicht auf das Brennen meiner Muskeln, als ich in die Mitte des Waldstücks lief. Die Kippe war nicht besonders groß. Ich konnte ungefähr in fünfzehn Minuten von einem Ende zum anderen rennen. Dakota fand ich in der Mitte, allein und unverletzt, an einen Baum gelehnt.

Bis ich bei ihr war, brannte meine Lunge, und ich konnte kaum atmen, aber Dakota war nichts passiert, und das war alles, was zählte. Sie hockte im Schneidersitz auf dem Boden, Schmutz, Äste und Laub um sie herum, und ich war noch nie im Leben so froh gewesen.

Dakota blickte zu mir auf und sah, wie ich versuchte, meine Hände auf die Knie gestützt, zu Atem zu kommen.

»Landon?«, fragte sie verwirrt. »Was machst du hier?«

»Ich suche dich! Warum bist du hier draußen? Du weißt doch, wie das hier ist!« Ich schrie, und sie sah sich um.

Eine Decke hing über abgebrochenen Ästen, rissig und schmutzig; sie war als Zelt benutzt worden. Bierdosen waren auf dem Boden verteilt, und an einigen Stellen war der Regen nicht getrocknet und hatte durchnässten Abfall und Pfützen hinterlassen.

Ich richtete mich wieder auf und streckte ihr eine Hand hin. »Du darfst hier nie wieder herkommen. Das ist gefährlich.«

Sie wirkte wie in Trance, bemerkte nur meine Hand und sagte: »Ich könnte ihn umbringen, weißt du das? Ich würde sogar nicht mal bestraft werden, glaube ich.«

Entsetzt sackte ich in mich zusammen, lehnte mich an den Baum und verwob meine Finger mit ihren.

»Ich habe schon viele Krimis gesehen, und so, wie er trinkt und was er macht … ich könnte damit durchkommen. Ich könnte das Geld nehmen, das ich für das Haus kriege, und weg aus dieser beschissenen Stadt. Ich, du, Carter. Wir könnten weg, Landon. Das könnten wir.«

In ihrer Stimme war ein so schmerzliches Drängen, und es brachte mich fast um, wie ernst sie es mit ihrem Plan meinte.

»Keiner würde ihn vermissen …«

Ein kleiner Teil von mir wünschte, ich könnte mitmachen, und sei es nur für einen Moment, um ihren Schmerz zu lindern. Aber ich wusste, wenn ich das tue, würde uns beide früher oder später die Realität einholen, und die wäre dann noch schlimmer als jetzt.

Also beschloss ich, sie stattdessen abzulenken und ihr zu sagen, dass sie natürlich niemanden *ermorden* durfte. Doch sie musste hier weg, und sei es nur in Gedanken.

»Wo würden wir denn hingehen?«, fragte ich sie. Ich wusste ja, wie gern sie träumte.

»Wir könnten nach New York gehen. Da könnte ich tanzen, und du könntest unterrichten. Wir wären weit weg von hier, aber da gibt es auch Schnee.«

In den Jahren, in denen wir aufwuchsen, antwortete Dakota jedes Mal anders auf diese Frage. Ihre Lieblingsstadt im Ausland war Paris. Dort könnte sie an der berühmten Oper tanzen. Damals kam es uns so unrealistisch vor, irgendwo anders als in Saginaw zu leben.

»Wir könnten sogar in einem Wolkenkratzer hoch über der Stadt wohnen. Irgendwo, nur nicht hier, Landon. Nur nicht hier.« Sie klang ganz weit weg, als wäre sie schon dort.

Als ich zu ihr sah, waren ihre Augen geschlossen. Sie hatte einen Schmutzstreifen an der Wange, und ihr Knie war aufgeschürft. Sie muss hingefallen sein, dachte ich. »Ich würde mit dir überallhin gehen. Das weißt du doch, oder?«, fragte ich.

Sie öffnete die Augen, und ihre Mundwinkel bogen sich zu einem Lächeln. »Egal wohin?«

»Überallhin«, versprach ich.

»Ich liebe dich«, sagte sie.

»Ich habe dich immer geliebt«, gestand ich.

Ihre Hand drückte meine, und sie lehnte den Kopf an meine Schulter. So saßen wir da, bis die Sonne aufging und sich Stille über ihr Albtraumzuhause senkte.

Und jetzt, hier, in der Küche meiner Wohnung in Brooklyn, wo wir uns an unsere Träume und die Wurzeln unserer Liebe erinnern, sagt Dakota leise: »Du hast gesagt, dass du mich immer geliebt hast.«

»Habe ich«, ist alles, was ich erwidern kann.

Weil es die Wahrheit ist.

21

Die letzte halbe Stunde war, vorsichtig ausgedrückt, verwirrend. Ich weiß nicht, wie ich hinbekommen soll, mich wieder an sie zu verlieren, oder ob ich es überhaupt soll. Dakotas Worte bedeuten mir so viel … und doch spüre ich, dass irgendetwas fehlt. Ein kleiner Teil von mir hat keinen Bezug zu ihnen. Ich bin ein bisschen vorsichtig, und ich weiß nicht, ob ich wirklich so schnell springen sollte, wenn sie sagt »spring«.

Doch es zieht mich viel zu sehr zu ihr hin, und die kleine mahnende Stimme, die flüstert, dass etwas fehlt, wird übertönt.

Ich will nicht, dass dieser Moment endet.

Ich will nicht, dass sie geht.

Ich will, dass sie bleibt und wir die Zeit nachholen, die wir verloren haben, damit ich mich wieder normal fühlen kann. Es fällt mir leichter, mich auf andere zu konzentrieren und jeden um mich herum glücklich zu machen, als mit der Tatsache klarzukommen, dass ich vielleicht ein bisschen einsamer bin, als ich zugeben möchte. Es ist so leicht, wieder in diese Routine mit ihr zurückzufallen. Früher glaubte ich, ich sei nur auf der Welt, um sie zu beschützen. Dass jede Mikrozelle meines Körpers einzig für sie geschaffen wurde. Ich war am glücklichsten, wenn ich bei ihr war und jemanden hatte, der mir das Gefühl gab, wichtig zu sein, gebraucht zu werden.

Dakota ist hergekommen – sie kam zu *mir*. Hat sie genug davon, vor mir wegzulaufen? Ihr Körper ist mir jetzt so nah, dass ich nur eine Hand auszustrecken bräuchte, um sie in meine Arme zu ziehen, wenn ich wollte. Und ich will. Ich brauche ihre Berührung. Ich muss wissen, ob dieses vertraute Kribbeln wieder durch meinen Körper fährt, wenn ihre Fingerspitzen mich berühren. Ich muss wissen, ob sie die Leere in mir ausfüllen kann, die sie zurückgelassen hat – wie ein Loch.

Ich gehe noch einen Schritt auf sie zu und lege den Arm um ihre zierliche Gestalt. Sofort lehnt sie sich gegen mich, und zögerlich bewegen sich meine Lippen zu ihren.

Ihr Mund ist so weich. Ihre Lippen sind Wolken, in denen ich mich verirren will, hoch über jeder Logik und fernab von unserem Schmerz. Ich will in diesem Raum schweben, in dem nur sie und ich sind, nur ich und sie. Keine Trennungen, keine Tragödien, keine beschissenen Eltern oder Prüfungen oder langen Arbeitszeiten.

In dem Augenblick, in dem meine Lippen ihre streifen, stockt Dakotas Atem, und mich durchfährt eine ungeheure Erleichterung. Mein Mund ist scheu, darauf bedacht, nichts zu überstürzen. Meine Zunge gleitet über ihre, und Dakota verschmilzt mit mir, wie sie es immer getan hat.

Ich lege meine andere Hand an ihren Rücken und ziehe sie näher an mich. Der Stoff ihres Tutus raschelt an meiner Hose, und Dakota nimmt beide Hände, um das glitzernde Ding nach unten zu schieben, bevor sie sich wieder an mich drückt. Ihr Körper ist härter, als ich ihn in Erinnerung habe. Das viele Training macht sich bemerkbar, und ich liebe es, wie sie sich jetzt anfühlt, fest und mein. Sie gehört tatsächlich mir. Vielleicht nicht für immer, aber jetzt.

Dakotas Mund ist ein wenig schlaff, als hätte sie vergessen, wie sie mich küssen soll. Ich reibe ihren Rücken, während sie sich an meinen Mund zu erinnern versucht. Meine Daumen malen kleine Kreise auf ihren Rücken, und sie seufzt zwischen meinen Lippen. Ihr Kuss ist langsam, und ihr Mund schmeckt nach Tränen. Ich weiß nicht, ob es meine oder ihre sind.

Dann schnieft sie, und ich weiche zurück.

»Was ist los?«, frage ich sie. Meine Kehle ist verklebt, und meine Worte sind so langsam, dass sie mir fast im Hals stecken bleiben. »Alles okay?«

Sie nickt, und ich sehe sie an. Ihre braunen Augen glänzen vor Tränen, und ihre Lippen sind feucht, geschwollen, die Mundwinkel nach unten gebogen.

»Was ist?«

»Mir gehts gut.« Sie wischt sich die Augen. »Ich bin nicht traurig, nur überwältigt. Du hast mir gefehlt.« Wieder schnieft sie, und eine einzelne Träne kullert über ihre Wange. Ich tupfe sie mit dem Daumen weg, und sie atmet schwer in meine gewölbte Hand hinein. »Gibst du mir Zeit, meinen Kram auf die Reihe zu bekommen? Bitte, Landon, ich weiß, dass ich keine zweite Chance verdiene, aber ich werde dir nie, nie wieder wehtun. Es tut mir leid.«

Ich ziehe sie an mich. Freude und Angst durchströmen mich, als ich sie an mich drücke. Seit Monaten warte ich darauf, diese Worte zu hören, auch wenn Dakota mir nur ein halbes Ja gibt. Auch wenn sie Zeit braucht, um alles auf die Reihe zu bekommen. Ich hatte nie eine Entschuldigung erwartet, geschweige denn etwas, das einer Liebeserklärung auch nur nahekommt.

Klingt es deshalb so fremd? So lange habe ich mir genau diese Worte herbeigesehnt, habe mir so sehr gewünscht, dass das hier passiert. Ist es jetzt Segen oder Fluch? Oder beides?

Ich kann es nicht ändern, dass mir der Kopf schwirrt.

Trotzdem dränge ich meine Gedanken beiseite und tröste Dakota. »Schhh«, flüstere ich und stütze mein Kinn oben auf ihren Kopf.

Einige Sekunden vergehen, bis sie ein wenig zurückweicht und zu mir aufsieht.

»Ich verdiene dich nicht«, sagt sie leise. »Aber ich habe dich noch nie mehr gewollt.«

Ihr Kopf ist schwer an meiner Brust, und sie weint. Sie hat die Hände in mein T-Shirt gekrallt. Ein leises Klingeln tönt durch die Wohnung, und Dakota hebt den Kopf von meiner Brust.

So viel zum schlechten Timing.

»Entschuldige, das ist mein Agent«, sagt sie und läuft ins Wohnzimmer. »Na ja, noch nicht, aber er könnte es werden.«

Agent?

Seit wann hat sie einen Agenten? Oder will einen? Was kann denn ein Agent für eine Ballettstudentin tun? Ich weiß, dass sie für kleinere Rollen in Werbeclips vorgetanzt hat, aber will sie jetzt auch schauspielern?

Aus dem Wohnzimmer unterbricht ihre laute Stimme meine Gedanken: »Ich muss weg!«

Dann sieht Dakota zur Küchentür herein. »Tut mir leid, aber das ist gigantisch!« Ihre Tränen sind weg, und ihre finstere Miene ist einem strahlenden Lächeln gewichen.

Vielleicht sieht sie mir meine Verwirrung an, denn sie kommt in die Küche und sagt: »Ich komme morgen wieder, okay?«

Sie reckt sich auf die Zehenspitzen und küsst mich sanft auf die Wange. Ihre Hand drückt meine, und sie sieht aus wie ein völlig neuer Mensch. Sie ist glücklich, unbeschwert. Diese Dakota hat mir gefehlt, und ich kann mich nicht entscheiden, ob ich enttäuscht bin, dass sie mich verlässt inmitten von … *was zur Hölle* das hier auch gerade war, oder ob mich freuen soll, weil sich ihr irgendeine Chance bietet.

Ich beschließe, mich für sie zu freuen und ihre Motive nicht in Frage zu stellen.

»Morgen muss ich arbeiten, aber am Freitag bin ich nach der Uni den ganzen Abend hier«, sage ich.

Dakota strahlt. »Dann komme ich am Freitag! Kann ich dann vielleicht über Nacht bleiben?«

Sie sieht mich schüchtern an, als hätte sie noch nie zuvor bei mir übernachtet. Dabei nagt sie an ihrer Unterlippe, und ich muss unwillkürlich an das letzte Mal denken, als sie in meinem Bett war. Nein, nicht das letzte Mal, denn da war sie betrunken und ich habe sie nicht angerührt, sondern das Mal davor.

Sie war wunderschön, und ihre nackte Haut schimmerte im gedämpften Licht meines Zimmers in Kens Haus. Mitten in der Nacht hatte sie mich mit ihrem Mund an meinem Schwanz geweckt. Ihr Mund war so warm, so feucht, und ich war so hart, dass ich peinlicherweise schon nach wenigen Berührungen ihrer Lippen kam.

»Landon?« Dakota reißt mich jäh in die Gegenwart zurück.

»Ja, na klar.« Ich fühle, wie das Blut in meinen Schwanz rauscht. Hormone sind etwas Vertracktes und Peinliches.

»Natürlich will ich, dass du bleibst.«

»Schön. Dann bis Freitag«, sagt sie, während sie mich rasch auf die Lippen küsst. Sie drückt meine Hand und läuft zur Wohnungstür.

Es fällt mir schwer einzuschlafen. Meine Gedanken hängen in der Vergangenheit fest.

Ich blicke zu meinem Deckenventilator auf und bin plötzlich wieder sechzehn, schreibe Dakota im Unterricht Nachrichten und hoffe, dass ich nicht erwischt werde. Sie kichert über die Sachen, die ich schreibe – erotische Anspielungen, von denen ich wusste, dass sie Dakota zum Grinsen bringen. Unser Lehrer war meistens so abgelenkt, dass wir während der ganzen Stunden Nachrichten hin- und herschreiben konnten, ohne bemerkt zu werden. An diesem einen Tag jedoch bekam er es mit. Er ertappte mich auf frischer Tat und zwang mich, die Nachricht vor der ganzen Klasse vorzulesen.

Meine Wangen glühten, als ich etwas davon vorlas, dass ich ihre schokoüberzogenen Erdbeeren kosten will und es nicht abwarten konnte, sie zu verschlingen.

O Mann, war ich peinlich!

Die Klasse prustete, aber Dakota saß vollkommen aufrecht da und lächelte mich an. Sie sah aus, als wäre es ihr kein bisschen peinlich und als könnte sie es nicht erwarten, über mich herzufallen.

Ehrlich gesagt, dachte ich, dass sie nur versucht hat, es für mich leichter zu machen, sich solidarisch mit mir gegen einen Lehrer zu zeigen, der mich dazu nötigte, so etwas vor allen auszusprechen.

Aber als wir nach Hause gingen, schubste sie mich tatsächlich in eine Ecke ihres Gartens und fiel über mich her.

Es ist kaum zu glauben, dass wir damals noch Teenager waren. Wir hatten so viel durchgestanden, so viele erste Male erlebt, gute wie schlechte. Zusammen waren wir gut, und wir können es immer noch sein. Eine Erinnerung nach der anderen holt mich in meinem dunklen Zimmer ein, und mein Bett fühlt sich leerer denn je an.

Der Freitag kann gar nicht schnell genug kommen.

Und dann ist er schneller da, als ich gedacht hätte.

Gestern nach der Uni hatte ich bis Ladenschluss gearbeitet. Posey und Aiden waren auch da, allerdings war Aiden erstaunlich still. Untypisch still. Er schien in Gedanken woanders zu sein, oder vielleicht hatte sein Therapeut ihm gesteckt, dass er all diese Probleme hat, weil er ein widerlicher Arsch ist.

Warum auch immer, ich war froh darüber.

Dakota hatte mir gestern zweimal und heute Morgen einmal geschrieben, nur um mir zu erzählen, dass sie es nicht abwarten kann, mich zu sehen. Ihre Zuneigung ist immer noch ein bisschen verwirrend, aber mit jedem Stück Aufmerksamkeit, das sie mir gönnt, verblasst meine Einsamkeit mehr.

Es ist rein instinktiv, dieses Bedürfnis nach Gesellschaft. Mir war nie klar, dass ich andere brauche, und manchmal frage ich mich, warum Menschen so sind.

Warum sind wir seit den Anfängen der Geschichte so, dass wir nach Gesellschaft lechzen und dringend geliebt werden wollen? Ob man religiös ist oder nicht, das Lebensziel ist immer, Freundschaft und Liebe zu finden.

Menschen sind bedürftige Wesen, und wie sich herausstellt, bin ich wohl tatsächlich ein Mensch.

22

Es ist sieben Uhr, und da ich seit heute Nachmittag nichts von Dakota gehört habe, schreibe ich ihr, dass ich mich darauf freue, sie bald zu sehen.

Sie schickt mir einen Smiley zurück. Ich weiß nicht, wie ich das Emoji deuten soll, also beschließe ich, dass es ein glücklicher Smiley ist, kein gelangweilter.

Ich hoffe, dass sie mich nicht versetzt – ich hoffe es wirklich.

Irgendwie nervt es mich, dass sie neuerdings so unberechenbar ist. Ein Teil von mir vermisst es, eine feste Größe in ihrem Lebens zu sein. Ich war ihr bester und fester Freund. Mir hat sie von ihren Gedanken, ihren Wünschen, sogar ihren Träumen erzählt. Wir träumten zusammen, wir lachten zusammen – und ich kannte jeden ihrer Gedanken, wusste von jeder Träne, die sie vergoss.

Jetzt bin ich ein Außenseiter und warte darauf, dass sie Lust hat, sich bei mir zu melden. Mir fehlen die Zeiten, in denen es nicht mal eine Frage war, ob ich ihre Zeit wert war.

Wieso bin ich auf einmal so down? Ich muss unbedingt gelassener werden und aufhören, bei ihr immer an das Schlimmste zu denken. Sicher ist sie bloß beschäftigt und ruft an oder schreibt, sobald sie kann.

Wenn sie für heute absagen wollte, würde sie mir das sagen.

Oder?

Ich liege auf dem Bett, sehe mir ein Spiel im Fernsehen an und beobachte einen massigen Typen in einem blaugrünen Trikot, der gegen den Boden geschleudert wird. Die San José Sharks. Natürlich erkenne ich die Trikots der Sharks und ihrer Gegner. Mich interessiert keine der Mannschaften besonders, aber ich langweile mich schrecklich, und ich weiß nicht, was ich sonst machen soll, außer auf mein Telefon zu starren und auf eine Nachricht von Dakota zu warten.

»Landon?«, fragt eine leise Stimme, begleitet von einem zarten Klopfen an meiner Tür.

Es ist Tessa, nicht Dakota, und ich gebe mir Mühe, nicht enttäuscht zu sein. Fast sage ich, dass sie reinkommen soll, aber ich muss jetzt mal aufstehen. Ich kann nicht hier herumhocken und auf Dakota warten, sondern sollte wenigstens mal ins Wohnzimmer gehen.

Ja, das ist auch armselig, aber auf der Couch zu sitzen ist immerhin ein bisschen weniger armselig, als im Bett zu liegen, richtig?

Ich stehe auf und gehe zur Tür. Als ich öffne, steht Tessa in ihrer Arbeitskleidung da. Die limonengrüne Krawatte lässt ihre Augen noch heller wirken, und ihr blondes Haar ist zu einem langen Zopf geflochten, der auf ihrer Schulter liegt.

»Hey«, sagt sie.

»Hey.« Ich streiche mir über den Bart und gehe voraus ins Wohnzimmer.

Tessa setzt sich ans andere Ende der Couch, und ich lege meine Füße auf den Couchtisch.

»Was ist los? Bist du okay?«, frage ich.

»Ja«, antwortet sie und stockt. »Glaube ich jedenfalls. Erinnerst du dich an diesen Typen, Robert? Der, den ich getroffen hatte, als wir mit deiner Mom und Ken am See waren?«

Ich versuche, mich an den Ausflug zu erinnern. Der rote Slip, der in dem Whirlpool schwamm, Tessa und Hardin, die kaum miteinander geredet haben, die Brünette in dem schwarzen Kleid, die auf der Fahrt »Ich sehe was, was du nicht siehst« mit Hardin und Tessa gespielt hat.

Ich erinnere mich an keinen Robert, es sei denn … der Kellner?

Oh, Mist, jetzt erinnere ich mich! Er hat Hardin fast wahnsinnig gemacht.

»Ja, der Kellner, oder?«, frage ich.

»Genau, der Kellner. Und rate mal, wer seit heute mit mir zusammenarbeitet?«

Ich ziehe eine Braue hoch. »Ist nicht wahr! Hier in Brooklyn?« Was für ein irrer Zufall.

»*Ist wahr*«, erwidert sie halb im Scherz, dabei sehe ich ihr an, dass sie es eigentlich gar nicht witzig findet. »Er kam rein, und ich war total überrascht, ihn hier zu sehen, auf der anderen Seite des Kontinents. Er fängt seine Ausbildung an, während ich meine beende. Das ist doch schräg, oder?«

Es ist definitiv schräg. »Ein bisschen, ja.«

»Mir kommt es wie eine Art Test oder so was vor.« Ihre Stimme ist schwer vor Erschöpfung. »Meinst du, es ist okay, wenn ich mit ihm befreundet bin? Ich bin noch nicht mal ansatzweise so weit, mich wieder mit irgendwem zu treffen.« Ihr Blick schweift durchs Zimmer. »Aber ich könnte mehr Freunde gebrauchen. Das ist doch okay, oder nicht?«

»Was? Mehr Freunde als mich? Wie kannst du nur!«, sage ich gespielt entrüstet.

Tessa tritt nach mir. Ich fange ihren Fuß ab und kitzele sie an der Sohle ihrer pinken Socken. Kreischend will sie sich auf mich stürzen, aber ich kann sie problemlos aufhalten.

Ich hebe beide Arme, schlinge sie um Tessa und verhindere so, dass sie sich an mir rächt. Wieder kreischt sie, und ihr Lachen hallt durch die Wohnung.

Gott, ich habe ihr Lachen so vermisst!

»Netter Versuch«, sage ich und kitzele ihre Seiten.

»Landon!«, ruft Tessa dramatisch und versucht, sich aus meiner Umklammerung zu befreien.

So muss es sein, eine Schwester zu haben. Ich kann es gar nicht erwarten, dass die kleine Abby zur Welt kommt. Und ich sollte in Form bleiben, damit ich dann auch mit ihr mithalten kann. Manchmal habe ich Angst, dass der Altersunterschied zwischen uns zu groß wird und sie später gar nichts mit mir zu tun haben will.

Tessa tritt immer noch nach mir, und ich habe meinen Griff ein wenig gelockert. Ihr Gesicht ist gerötet und ihr Haar völlig verwuschelt. Die grüne Krawatte ist über ihre Schulter gefallen, und ich muss lachen. Tessa streckt mir die Zunge raus. In dem Moment höre ich etwas und sehe Richtung Flur.

Dakota steht da und starrt Tessa und mich mit versteinerter Miene an.

»Hey«, sage ich lächelnd. Ich bin so froh, dass sie mich nicht versetzt hat.

»Hi.«

»Hey, Dakota.« Tessa winkt ihr mit einer Hand zu, während sie mit der anderen ihren Zopf zu richten versucht.

Ich stehe auf und gehe auf Dakota zu. Sie trägt ein weißes T-Shirt, das eine Schulter freigibt und kaum den pinken Sport-BH darunter verdeckt. Dazu hat sie eine dreiviertellange Workout-Hose an, deren schwarzer Stoff sich eng an ihre Haut schmiegt.

»Ich gehe zurück zur Arbeit. Falls ihr irgendwas braucht, solange ich weg bin, schreibt mir einfach«, sagt Tessa. Sie schnappt sich ihre Handtasche vom Tisch und steckt ihre Schlüssel in die Schürze.

Wir haben unser Gespräch über Robert nicht beendet, aber ich vermute, dass sie nicht vor Dakota darüber reden will. Trotzdem ist es komisch, dass er hier in Brooklyn lebt. Wäre dies hier ein Comic, wäre er garantiert ein gruseliger Stalker oder ein Spion. Wobei Spion eindeutig spannender wäre.

»Machen wir«, sage ich, als sie schon aus dem Zimmer geht.

Dann wende ich mich an Dakota, die immer noch am selben Fleck steht.

»Du siehst klasse aus«, sage ich.

Sie versucht, ein Lächeln zu unterdrücken.

»So wunderschön.« Ich gehe hin und küsse sie auf die Wange. »Wie war dein Tag?«

Sie entspannt sich, aber ich bin mir nicht sicher, ob sie schlecht gelaunt oder unsicher ist, weil wir nach so langer Zeit mal wieder allein sind.

»Gut. Ich hatte noch ein Vortanzen, deshalb bin ich so spät. Und ich bin hergekommen, so schnell ich konnte. Obwohl du anscheinend nicht gerade ungeduldig gewartet hast«, ergänzt sie mit einer Spur Sarkasmus.

»Na ja, ich habe mit Tessa geredet. Für sie ist es in letzter Zeit ziemlich heftig«, antworte ich achselzuckend und greife nach Dakotas Hand.

Als sie ihre Hand in meine legt, führe ich sie zur Couch.

»Immer noch? Und immer noch wegen Hardin?«, fragt sie.

»Ja, es ist immer wegen Hardin.« Ich ringe mir ein Grinsen ab, während ich versuche, nicht zu sehr über seinen Besuch am nächsten Wochenende nachzudenken – und darüber, dass ich Tessa aus lauter Feigheit noch nichts davon erzählt habe. Sie weiß, dass er kommt, nur noch nicht, wie bald.

Fürs Erste werde ich versuchen, die Sache mit dem Kellner nicht zu erwähnen. Auch wenn es nur ein Zufall ist, wird Hardin daraus weit mehr machen.

»So mies drauf wirkte sie gar nicht«, sagt Dakota und blickt sich im Wohnzimmer um.

»Stimmt irgendwas nicht? Du kommst mir sauer vor oder so. Wie war das Vortanzen?«

Sie schüttelt den Kopf, und ich greife nach ihren Füßen und lege sie auf meinen Schoß. Dann ziehe ich ihr die Turnschuhe aus und fange an, ihre Füße zu massieren. Dakota schließt die Augen und lehnt den Kopf zurück.

»Das war okay. Ich glaube nur nicht, dass die mich nehmen. Jedenfalls leuchtete draußen noch das Schild, als ich ging. Und ich war die Dritte, also haben sie mich sicher schon vergessen.«

Ich kann es nicht ausstehen, wenn sie sich so niedermacht. Weiß sie denn nicht, wie begabt sie ist? Wie unvergesslich sie ist? »Das bezweifle ich. Dich kann man unmöglich vergessen.«

»Du bist voreingenommen«, sagt sie schmunzelnd, und ich grinse breit.

»Wohl kaum«, entgegne ich. »Hast du dich mal angesehen?«

Sie rollt mit den Augen und verzieht das Gesicht, als ich sanft ihre Zehen reibe. Ich ziehe ihre Socken runter, doch sie bleiben an den Zehen kleben.

»Ist das Blut?«, frage ich, während ich vorsichtig die schwarze Baumwolle ablöse.

»Kann sein«, antwortet sie, als sei nichts dabei.

Als handelte es sich um einen Kratzer, den sie kaum bemerkt hat.

Es ist tatsächlich Blut. Ihre Zehen sind ganz verkrustet davon. Ich habe schon gesehen, was das Ballett mit ihren Füßen anrichtet, bevor sie Vollzeit getanzt hat. Da war es schon übel, aber jetzt ist es schlimmer.

»O Mann, Dakota!« Ich ziehe ihr die andere Socke aus.

»Ist schon gut. Ich habe neue Schluppen, und die sind noch nicht richtig eingetanzt.«

Sie will ihre Füße wegziehen, doch ich drücke meine Hand auf ihr Bein, um sie aufzuhalten. »Bleib hier.«

Ich hebe ihre Füße von meinem Schoß und stehe auf. »Ich hole einen Waschlappen«, sage ich.

Sie sieht aus, als wolle sie etwas sagen, bleibt jedoch stumm.

Im Badezimmer nehme ich mir einen sauberen Waschlappen aus dem Schrank und halte ihn unter warmes Wasser. Ich sehe auch nach Aspirin und schüttle das Fläschchen. Leer, war ja klar. Da ich mir nicht vorstellen kann, dass Tessa eine leere Packung in den Schrank zurückstellen würde, trifft mich wohl die Schuld.

Während sich der Waschlappen vollsaugt, sehe ich in den Spiegel und versuche, mein Haar zu bändigen. Es ist oben ein bisschen zu lang, und hinten muss es geschnitten werden. Es kräuselt sich schon. Wenn ich nicht aussehen will wie Frodo, muss ich mir dringend die Haare schneiden lassen.

Ich drehe den Wasserhahn ab und wringe den Waschlappen aus. Er ist ein bisschen zu warm, wird aber genügend abgekühlt sein, bis ich wieder im Wohnzimmer bin. Nachdem ich mir noch ein trockenes Handtuch gegriffen habe, gehe ich zu Dakota zurück.

Als ich bei ihr bin, schläft sie tief und fest auf der Couch. Ihr Mund ist leicht geöffnet, und ihre Augen sind geschlossen. Sie muss wirklich erledigt sein.

Ich setze mich wieder hin, passe auf, dass ich sie nicht wecke, und beginne, so behutsam wie möglich das Blut von ihren Füßen abzutupfen. Dakota rührt sich nicht, liegt schlafend da, während ich die Schnitte an ihren Füßen sauber mache.

Sie hat sich zu viel zugemutet. Angefangen von den blutigen Füßen bis hin zu der totalen Erschöpfung, die ich jetzt in ihrem Gesicht sehe. Ich möchte Zeit mit ihr verbringen, aber ich will auch, dass sie sich ausruht. Also nehme ich das blutbefleckte Handtuch auf und decke Dakota mit der Wolldecke vom Sessel zu.

Und was fange ich mit mir an, solange sie schläft?

Tessa arbeitet, Posey arbeitet … und damit endet meine Freundesliste auch schon.

23

Am Ende sind Aspirin und Gatorade die Freunde, auf die ich zurückgreife, und ich gehe kurz nach unten zum Laden.

Ellen arbeitet, und da morgen ihr Geburtstag ist, verbringe ich einige Zeit damit herauszufinden, was sie vorhat (nichts weiter), und sie zu fragen, was ihre Eltern ihr wohl schenken werden (wieder: nichts weiter).

Es klingt schrecklich. Also versuche ich herauszubekommen, was sie mag, damit ich ihr vielleicht irgendwas Witziges besorgen kann.

Auf dem Rückweg rufe ich Mom an und rede ein paar Minuten mit ihr und Ken. Als ich wieder zurück in der Wohnung bin, lege ich auf, weil ich Geräusche aus dem Wohnzimmer höre und denke, dass Dakota aufgewacht ist. Sowie ich im Wohnzimmer bin, sieht sie mich mit diesem verwirrten *Wo warst du denn?*-Blick an, und ich lege ganz langsam mein Handy auf den Tisch.

Diese Bewegung wirkt offenbar irgendwie komisch, aber ich komme mir vor, als wäre ich auf einmal in einem Verhör oder so. Nur dass es in diesem Raum Käsekräcker und Gatorade gibt, also ist es wohl keiner.

Obwohl … Dakota würde einen verflucht sexy Cop abgeben. Ich kann sie mir gut in einem engen Hosenanzug vorstellen, den ich ihr dann vom Leib schäle. Ihr Gesicht verrät, dass sie mich jetzt verhaften würde, wenn sie ein Cop wäre. Und das nicht auf die sexy verspielte Art mit »Fessle mich an dein Bett«.

»Das waren Mom und Ken. Sie hatten heute einen Termin wegen der kleinen Abby«, sage ich mit einem leicht gekünstelten Lächeln. Und es ist nicht gekünstelt, weil ich mich nicht darüber freue, dass das Baby bald kommt oder Ken immer noch total in Mom verliebt ist, sondern weil ich auf einmal Panik habe, dass Dakota gehört haben könnte, was ich Mom zum Schluss über Nora erzählt hatte.

Aber Nora ist eine gute Bekannte, und eigentlich nicht mal das so richtig. Trotzdem würde allein die Erwähnung ihres Namens Dakotas Eifersucht auf sie befeuern. Dabei brennt die sowieso schon ziemlich, und sie soll wissen, dass sie keinen Grund zur Sorge hat. Nora würde mir nicht mal eine Chance geben, wenn ich es wollte. Allein wegen meiner Freundschaft mit Tessa wäre es unschön, und überhaupt kenne ich sie ja so gut wie gar nicht. Also warum ist das jetzt ein Problem?

Dakota steht auf und streckt sich. »Und, wie geht es ihr?«, fragt sie. »Abby. Wie macht sie sich?«

Ich atme langsam aus, nachdem ich bemerkt habe, dass ich die Luft angehalten hatte, und gehe mit meinen Einkäufen in die Küche. Dakota folgt mir, schlingt die Arme um meinen Hals und lehnt den Kopf an meine Schulter. Ihr Haar riecht nach Kokosnuss, und ihre Locken sind ganz weich an meiner Wange.

»Ihr geht es wohl gut. Sie klangen etwas besorgt, aber es kann auch sein, dass ich zu viel in alles hineinlese.«

Dakotas Atem weht warm über meine Haut. »*Du? Zu viel in irgendwas reinlesen?* Nicht möglich!«

Sie kichert, und das ist schön – so schön wie sie. Ich umfange ihren Arm und drücke ihn sanft.

»Es freut mich, dass es ihr gut geht. Trotzdem finde ich es komisch, mir deine Mom schwanger vorzustellen, in ihrem Alter.« Anscheinend wird ihr bewusst, wie das klingt, denn sie sagt schnell: »Das ist nicht negativ gemeint. Sie ist die beste Mom, die ich je gesehen habe, und du und Abby habt so ein Glück, sie zu haben, egal in welchem Alter. Zu Ken kann ich nichts sagen, den kenne ich zu wenig. Aber nach dem, was du erzählst, wird er ein toller Dad.«

»Wird er.« Ich küsse ihren Arm, während ich die Snacks in den Schrank packe.

»Hoffen wir nur, dass Abby mehr wie du und weniger wie Hardin wird.« Sie lacht, und mir ist, als würden mir lauter kleine Nadeln in die Haut piken.

Mir gefällt nicht, wie sie das sagt. Überhaupt nicht.

»Was soll das heißen?« Ich ziehe ihre Arme von meinen und drehe mich zu ihr um.

Dakota ist deutlich anzusehen, wie sehr meine Reaktion sie überrascht. Reagiere ich übertrieben?

Nein, das glaube ich nicht.

»Es war nur ein Scherz, Landon. Ich meinte gar nichts damit. Ihr beide seid bloß völlig verschieden, das ist alles.«

»Jeder ist anders, Dakota. Es steht dir nicht zu, über ihn zu urteilen. Oder über irgendjemanden sonst.«

Seufzend setzt sie sich an den Küchentisch. »Ich weiß. Und ich wollte ihn auch nicht verurteilen. Ich bin die Letzte, die über irgendwen urteilen darf.« Sie sieht auf ihre Hände. »Es war ein beschissener Scherz, und ich sage so etwas nie wieder. Ich weiß ja, wie viel er dir bedeutet.«

Meine Schultern werden wieder locker, und ich frage mich, warum ich so reizbar bin. Es kam praktisch aus dem Nichts, auch wenn ich es grundsätzlich satthabe, dass Leute über meinen Halbbruder herziehen.

Dakota wirkt reumütig … und Hardin ist ziemlich heftig drauf. Eigentlich kann ich ihr nicht mal ihre Einstellung zu ihm vorwerfen. Sie kennt ihn ja nur als den Kerl, der eine ganze Vitrine voller Geschirr zerschmetterte, das meine Mom von meiner Großmutter geerbt hatte. Und als den, der es nicht hinkriegt, Dakota mit ihrem richtigen Namen anzureden.

Hardin hat es drauf, so zu tun, als könnte er sich keinen Frauennamen außer Tessas merken. Also redet er Dakota ausschließlich mit Delilah an. Ich weiß nicht, warum er das tut, und manchmal frage ich mich, ob er vielleicht wirklich den Namen jeder Frau vergisst, außer den von Tessa.

Zwischen den beiden liefen schon schrägere Sachen.

Außerdem möchte ich mir von dieser einen Bemerkung nicht den ganzen Abend mit Dakota ruinieren lassen. »Okay. Reden wir über etwas anderes«, schlage ich vor.

Da sie sich anscheinend wirklich nichts dabei gedacht hat, will ich es abhaken. Ich möchte mit ihr reden. Ich möchte von ihren Tagen und Nächten hören. Ich möchte neben ihr im Bett liegen und mich mit ihr an unsere wilden Teenagerjahre erinnern, als wir Film-Marathons machten, obwohl am nächsten Morgen Schule war, und auf meinem Futon Pizzabrötchen-Wettessen veranstalteten. Meine Mom fragte nie, warum ich eine Peperoni-Pizzabrötchen-Packung nach der nächsten vernichtete. Dabei hatte sie allen Grund, sich zu wundern, als ich anfing, nach den unterschiedlichen Füllungen zu fragen, weil sie wusste, dass ich die Dinger hasste. Dennoch hat sie kein einziges Mal nachgehakt, wieso Dakota immer so viel aß, wenn sie bei uns war. Ich nehme an, ihr war klar, dass ein paar Halbliterflaschen Bier genauso viel kosteten wie eine Packung Pizzabrötchen, weshalb die Chance gen null ging, dass sich in Dakotas Tiefkühler zu Hause irgendwelches Essen fand, geschweige denn Marken-Pizzabrötchen.

»Danke.« Dakota sieht nach unten.

Ich lächle sie an und richte mich auf. »Schon gut, du.« Ich beuge mich runter, hebe sie in meine Arme, und sie quiekt.

Sie ist leicht, sogar noch leichter, als ich sie in Erinnerung hatte, aber sie fühlt sich sehr gut an.

Die zweiundzwanzig Schritte zum Sofa reichen nicht, um die letzten Monate wiedergutzumachen, trotzdem lasse ich sie auf die Couch fallen. Sie landet mit einem dumpfen »Plumps« und federt ein bisschen auf und ab, sodass sie erneut quiekt.

Ich trete zurück, und Dakota ist blitzschnell wieder auf den Beinen. Mit einem breiten Grinsen läuft sie hinter mir her. Sie kichert, ihr Gesicht ist gerötet und ihr Haar zerzaust.

Als sie sich auf mich stürzt, springe ich aus dem Weg. Ich rutsche auf dem dicken Läufer aus, den ich gleich am zweiten Tag nach dem Einzug festkleben wollte, und springe auf einen Sessel. Dakotas Finger verfehlen mich nur um Zentimeter. Irgendetwas knarzt unter mir.

Ich hoffe, dass ich diesen bescheuerten Sessel jetzt nicht kaputtgemacht habe. Schnell springe ich auf der anderen Seite wieder runter und rutsche auf Socken weiter. Dann verliere ich das Gleichgewicht, und meine Hose ist eng, sodass sich meine Beine schmerzlich verbiegen. Ich ziehe ein Bein an und drehe mich halb, und Dakota kommt zu mir gelaufen. Sie sieht besorgt aus, als sie eine Hand auf meine Schulter legt und die andere unter mein Kinn, damit ich sie ansehe.

Ich kann nicht aufhören zu lachen, mir tut schon der Bauch weh. Aber mein Bein ist okay.

Dakotas Schreck weicht einem amüsierten Ausdruck, und ihr Lachen ist der schönste Klang überhaupt.

Ich packe ihre Schultern und ziehe sie nach unten auf meinen Schoß. Sie schlingt die Arme um meinen Hals und zieht mich an sich, um mich zu küssen.

Ihr Mund fühlt sich so viel weicher an als meiner, und ich bin völlig geliefert, als ich ihre Zunge mit meiner nachfahre.

24

Dakota umfasst meine Arme und streicht darüber. Sie fährt mit den Händen auf und ab und lässt sie einen Moment auf den Oberarmen liegen.

Ich müsste lügen, wenn ich sagen würde, dass ich nicht stolz auf meinen Körper bin. Vor allem, nachdem ich ihn jahrelang gehasst habe. Zum ersten Mal in meinem Leben ist er der Grund, warum ich mich stark und sexy fühle, und jetzt, da ihre Hände überall auf mir sind, fühle ich mich wie im siebten Himmel.

»Du hast mir so gefehlt.« Dakotas Worte klingen halb wie ein Schrei und halb wie ein Stöhnen, und sie erreichen den Mann, der ich jetzt bin, und nicht den Jungen, der ich war, als ich ihr zum ersten Mal begegnete.

»Du hast mir noch mehr gefehlt«, versichere ich ihr.

Dakotas braune Augen sind fast geschlossen, die Lider so schwer, dass ich die Farbe kaum erkennen kann. Natürlich habe ich mir schon vor langer Zeit eingeprägt, wie ihre Augen aussehen. Ich habe mir jeden Zentimeter ihres Körpers gemerkt, von dem Muttermal auf ihrem linken Fuß bis zum exakten Farbton ihrer Augen. Es ist ein sanftes Braun mit einem honigfarbenen Fleck in der rechten Iris. In der Schule hat sie immer allen erzählt, dass der helle Fleck eine Narbe war und von einer Schlägerei stammte, in die sie an ihrer alten Schule verwickelt gewesen war, aber das stimmt nicht. Sie hat immer solche Geschichten erzählt, um so einschüchternd wie möglich zu wirken, aber zu Hause war sie alles andere als das.

»Ich brauche dich, Landon«. Dakotas Stimme ist ein verzweifeltes Flüstern, als sie mich küsst.

Jetzt liegen ihre Hände auf meinem Rücken und ziehen mir das Hemd hoch. Ihre Lippen zeichnen meinen Nacken nach, und ihre kleinen Hände machen sich an meinem Hemd zu schaffen. Der Boden ist kalt, aber sie ist verdammt heiß, und ich bin total erregt. Meine Gedanken überschlagen sich.

»Hilf mir«, sagt Dakota und zupft immer noch an dem Stoff herum. »So kann ich es dir nicht ausziehen«, murmelt sie und leckt mir über den Hals.

Ich bewege mich schnell, weil es mich nervt, dass ich sie loslassen muss, aber nichts wünsche ich mir mehr, als mir – und ihr – sämtliche Klamotten auszuziehen.

Ich werfe das WCU-T-Shirt durchs Zimmer, aber es bleibt an der Lampe hängen und färbt das Licht rötlich.

Bin ich echt so verdammt ungeschickt, dass ich es nicht mal schaffe, mein T-Shirt so auszuziehen, dass es sexy wirkt?

Ich hoffe, sie hat bemerkt, dass ich etwas Rotes anhatte, die Farbe, die sie am liebsten an mir sieht, und eine Jogginghose, was sie immer schon geliebt hat. Früher fand ich es immer merkwürdig, dass sie die Klamotten mochte, in denen ich abhing, aber wenn ich mir überlege, was ihr Sport-BH und die Yogapants in mir auslösen, verstehe ich es doch.

»Komm her«, sagt Dakota, und ihre Stimme ist wie ein Bonbon. Süß und verführerisch.

Ich wende mich ihr wieder zu und frage mich, ob wir vielleicht besser in mein Zimmer gehen sollten? Ist es nicht komisch, im Wohnzimmer auf dem Fußboden zu sitzen und sich auszuziehen?

Dakota beantwortet die Frage an meiner Stelle. Sie zieht sich das T-Shirt über den Kopf und bringt es irgendwie fertig, sich gleichzeitig auch den Sport-BH auszuziehen. In Anbetracht ihrer nackten Brüste, der feuchten Lippen und der Art, wie sie mich ansieht, fühle ich mich schon lächerlich, bevor wir überhaupt anfangen.

Ich kenne diesen Blick. Er ist verschleiert, und ihr Mund steht leicht offen. Diesen Blick habe ich schon so oft gesehen, und jetzt ist er wieder da.

Sie ist Verlangen mit Zuckerguss, und ich muss sie unbedingt probieren.

Ich rutsche näher an sie heran, nehme eine weiche Brust in die Hand und die andere in den Mund. Ihre Nippel fühlen sich auf meiner Zunge hart wie Kieselsteine an, und verdammt, ihr Körper hat mir gefehlt.

Sie stöhnt, und ich werde von Sekunde zu Sekunde härter. Ich vermisse sie, ich will sie. Dakota stöhnt, als sie ihren Körper an mich drängt und sich auf die Knie schiebt, damit ich besser an sie herankomme. Meine Hand bewegt sich von ihrer Brust hinunter zu ihrem Slip, und meine Finger finden ihre nasse, pulsierende Muschi. Mit dem Zeigefinger male ich kleine Kreise in ihre Nässe.

Ich weiß, dass sie das verrückt macht.

Dakotas Körper hat schon immer sofort auf meine Berührungen reagiert. Sie war immer ganz nass für mich, darum überrascht mich das nicht. Was mich irgendwie überrascht, ist, dass ich klar denken kann, während ich sie berühre. Während mein Mund an ihren Nippeln saugt und mein Finger kleine Kreise auf ihre geschwollene Klit zeichnet, bin ich mir jeder Einzelheit bewusst. Ich nehme wahr, dass sie die Haare über die Schultern zurückgeworfen hat und an meinen Haaren zieht, während sie keucht: »Mehr, bitte, mehr.«

Ich bin es nicht gewöhnt, so klar zu sein, wenn ich sie berühre. Ich war immer so von Gefühlen überwältigt, dass ich kaum einen Gedanken fassen konnte.

Mit der Zungenspitze umrunde ich ihre harten Nippel, und Dakota löst sich ruckartig von mir.

Ich lasse sie los, weil ich glaube, irgendwas falsch gemacht zu haben.

Sie lehnt sich leicht zurück, zieht sich die enge Hose mit einem Ruck über die Beine, also ist wohl alles mehr als okay. Ich betrachte ihren nackten Körper. Sie trägt keinen Slip.

Oh Mann, sie trägt keinen Slip und glänzt buchstäblich vor Nässe. Sie ist so nass, dass sie wahrscheinlich eine Pfütze auf dem Boden hinterlassen wird, und ich bin der Grund dafür.

Das gibt mir ein verdammt gutes Gefühl.

»Schlaf mit mir, Landon.«

Es ist keine Bitte, ich kenne das schon. Ich kenne sie.

Sie liegt auf dem Rücken, und mir fällt ein, dass sie einmal sagte, unser Sexleben sei »langweilig«, und bei der Erinnerung daran werde ich rot.

Ach ja, langweilig?

Dakota ist vollkommen nackt, meine Tür ist abgeschlossen, und sie wartet darauf, dass ich mich auf sie lege. Vermutlich erwartet sie normalen, »langweiligen« Sex von mir, wie wir ihn früher hatten.

Nur dass er für mich nicht im Geringsten langweilig war.

Trotzdem, jetzt werde ich ihr zeigen, dass ich kein Langweiler bin. Ich habe da durchaus ein paar Tricks auf Lager.

Ich habe so viele Pornos gesehen, dass ich praktisch ein Experte bin. Obwohl ... wenn Dakota wüsste, dass ich mir Pornos ansehe, wäre sie wahrscheinlich stinksauer.

Sie hat sich mal von mir getrennt, als sie unter meiner Matratze einen *Playboy* gefunden hat. Mann, die Kids heute wissen gar nicht, wie leicht sie es haben. Die Pornos sind alle auf den Handys, und sie müssen keine Angst haben, dass ihre Mütter sie beim Putzen in ihren Zimmern finden.

Aber ich schweife ab.

Zurück zu abenteuerlustig und sexy und dem ganzen Zeug.

»Halt still«, befehle ich ihr, und sie blickt zu mir hoch.

Sie nickt, wirkt aber verwirrt, als ich meine Jogginghose und die Boxershorts ausziehe. Ich versuche gar nicht erst, sie sexy wegzuwerfen. Ich lege sie einfach neben uns und tue so, als würde ich einem Plan folgen.

Allerdings habe ich gar keinen.

Ich möchte einfach, dass es sie umhaut.

Ich will, dass sie sich an mich erinnert, mich begehrt und braucht, und das alles in einer einzigen Sekunde, in der ich sie berühre.

Dazu muss ich ganz schön was abziehen, aber ich werde sie verblüffen …

»Alles okay mit dir?«, fragt sie und klingt ungeduldig.

Ich nicke und rücke näher an sie heran, nackt und hart und nervös. Meine Hand berührt ihre Schenkel, und sie bebt, als ich langsam mit den Fingerspitzen über ihre weiche Haut streiche. Gänsehaut überzieht ihren braunen Körper, und sie ist so schön, dass ich es wieder mal kaum fassen kann.

Sanft berühre ich ihre Knie und spreize ihre Schenkel. Sie versucht sich aufzurichten, aber ich hindere sie daran.

»Ich möchte etwas ausprobieren.«

Ich ziehe mich wieder zurück und senke meinen Mund auf sie hinab. Ihre Haut schmeckt nach Salz, und ich bin so hart, dass es wehtut. Vom Nabel bis zu den straffen Brüsten bedecke ich ihre Haut mit Küssen und dann wieder zurück bis zum Bauch. Sie bebt unter mir, und ihr Atem geht so schwer, dass ich zittere vor Begierde. Ich muss Geduld haben, ihr zeigen, dass ich ihr Lust bereiten kann und nicht »langweilig« bin …

Meine Lippen wandern tiefer, bahnen sich mit sanften Küssen den Weg über ihren Körper, zu ihren Hüftknochen und hinunter zwischen die Schenkel. Sie keucht, als meine Zungenspitze ihre Klit berührt. Mein Schwanz pulsiert, und meine Handflächen sind wahrscheinlich verschwitzt.

Mache ich das eigentlich gut?

Ich gebe mir Mühe, jeden Zweifel aus meinen Gedanken zu verbannen, und lege meine Zunge flach auf sie. Sie stöhnt meinen Namen, als ich sie sanft zu lecken beginne, ihre Nässe koste und ihre geschwollene Knospe zwischen meine Lippen sauge. Ihre Finger krallen sich in meine Schultern, und sie stöhnt meinen Namen, immer wieder. Irgendetwas muss ich wohl richtig machen. Sie spannt die Beine an, und meine Zunge bewegt sich schneller, dann wieder langsamer, ich schmecke ihre Süße.

Als ihre Beine meinen Nacken fester umklammern, berühre ich mit einer Hand ihre Brüste und lege ihr die andere zwischen die Schenkel. Langsam reize ich ihre Öffnung mit einem Finger, und sie stöhnt voller Hingabe, und ich fühle mich wie ein verdammter König.

»Ich halte es nicht mehr aus.« Sie zieht an meinen Haaren, dann an meinen Schultern, und ich lecke noch einmal und richte mich auf, um mich auf sie zu legen.

»Bitte«, fleht sie, und ich positioniere meinen Schwanz zwischen ihren Schenkeln. Sie keucht, und ich kann es kaum erwarten, endlich in ihr zu sein. Ich versuche sie zu küssen, aber sie wendet sich ab und drückt ihren Hals an meinen Mund.

Ich sauge daran, gerade so fest, dass ich sie verrückt mache, aber nicht fest genug, um Spuren auf ihrer Haut zu hinterlassen.

Ich nehme ihn in die Hand und drücke gegen ihre Öffnung, aber nichts passiert.

Ich greife zwischen meine Beine, nehme meinen Schwanz in die Hand und zucke zurück.

Warum bin ich nicht hart?

Erlaubt sich das Universum gerade einen miesen Scherz mit mir?

Ich bewege meine Hand auf und ab und betrachte Dakotas sexy Körper. Die Art, wie ihr lockiges Haar einen wilden Rahmen um ihr schönes Gesicht mit den vollen Lippen bildet. Ich nehme wahr, wie die Brüste auf ihrem Brustkorb liegen, die kleinen Nippel sind immer noch hart.

Was zum Teufel stimmt nicht mit mir? Sie ist so sexy, so bereit für mich, und ich bin schlaff?

Ich berühre mich weiter und bete darum, endlich hart zu werden. Das ist mir noch nie passiert.

Warum verdammt noch mal, warum passiert es heute?

»Was ist denn los?«, fragt Dakota, als sie mein Unbehagen spürt.

Ich schüttele den Kopf und verfluche meinen treulosen Körper. »Nichts, es ist nur … ich habe gerade Schwierigkeiten.«

Ich hasse es, das zuzugeben, aber ich bin so verlegen wie noch nie in meinem Leben und kann es nicht mal leugnen. Das Problem lässt sich nicht verbergen.

Mir war wirklich noch nie etwas so peinlich. Nicht mal, als meine Mom uns in meinem Zimmer beim Sex erwischt hat, als ich dachte, dass sie den ganzen Tag auf der Arbeit sein würde. Nicht mal, als Josh Slack mir vor der gesamten fünften Klasse die Hose runtergezogen hat.

Nicht mal, als ich beim Masturbieren in der Dusche hingefallen bin und Nora hereingestürmt kam, um mir zu helfen.

Und das war definitiv oberste Peinlichkeitsstufe.

»Schwierigkeiten?«, fragt Dakota.

Sie richtet sich auf, und ich würde am liebsten in irgendeinem Loch verschwinden. In einem sehr dunklen Loch, in dem mich niemand finden kann.

»Ähm, ja.« Mehr fällt mir dazu nicht ein.

»Kriegst du ihn nicht hoch?«

Jetzt möchte ich mich wirklich nur noch auflösen.

Ich hebe die Hände und bleibe auf den Knien.

»Doch, eben ging es noch. Keine Ahnung, was los ist.«

Dakota hebt eine Hand. »Verstehe ich nicht. Warum kannst du nicht?«

Ihr Blick wandert zu meinem weichen, herabhängenden Schwanz, und ich komme mir vor, als wäre ich nur noch drei Zentimeter groß.

»Tut mir leid. Ich hab echt keine Ahnung, was los ist.« Hastig fahre ich mir mit der Hand durchs Haar, und ein Teil von mir hofft, dass sie der Bewegung folgen und aufhören wird, *da unten* hinzustarren. »Vielleicht machen wir jetzt einfach was anderes?«

Dakota nickt, aber sie sieht jetzt ganz anders aus als eben. Ihre Augen wirken nicht mehr wie die eines wilden Tiers, das nur darauf wartet, mich zu verschlingen. Sie wirkt verwirrt und verlegen, und ich hoffe, sie glaubt nicht, dass es irgendwas mit ihr zu tun hat … oder mit ihrem Aussehen.

Sie ist so schön, so sexy, und jeder Mann, der das nicht so sieht, kann eigentlich nur dumm sein. Verdammt, ich weiß nicht, was mit mir los ist, aber ich weiß genau, dass es nicht an ihr liegt.

»Nein … versuchen wir mal *das hier*«, sagt sie und verlagert das Gewicht. Sie rutscht etwas weiter runter, sodass ihr Mund auf einer Höhe mit meinem Schwanz ist.

Sie nimmt mich in den Mund, und ich versuche, mich nur auf

die Wärme zu konzentrieren, darauf, wie sich ihre Zunge anfühlt, die über meine Schwanzspitze streicht. Darauf, dass ich das hier *will,* wirklich und unbedingt will.

Immer noch nichts.

Nach ein paar Sekunden hört sie auf und zieht sich zurück. Ihr Gesicht ist wie versteinert, als sie mich mustert und dann schnell wegblickt.

»Es tut mir so leid«, erkläre ich. »Verdammt, ich weiß nicht, was mit mir los ist, aber es liegt auf keinen Fall an dir, und es hat auch nichts mit meinen Gefühlen für dich zu tun.«

Dakota wendet den Blick ab, und ich spüre, wie sie innerlich dichtmacht.

»Ich kann …« Ich finde keine Worte für das, was ich sagen will. »Ich kann es dir ja machen, ich meine, mit dem Mund.«

Ihr Kopf fährt zu mir herum, und sie durchbohrt mich mit ihrem Blick. Die Idee gefällt ihr offenbar überhaupt nicht.

»Es tut mir wirklich leid«, sage ich noch einmal.

»Hör einfach auf zu reden. Bitte.« Sie steht auf und sammelt ihre Klamotten auf.

Ich hüte mich, ihr zu folgen, als sie über den Flur geht und im Bad verschwindet.

Als die Tür zufällt, geht mir das durch und durch, aber ich rühre mich nicht vom Fleck.

Ich komme mir vor wie ein Arsch und habe keine Ahnung, wie ich das hier wieder in Ordnung bringen soll. Ich weiß absolut nicht, wie ich mit so was umgehen soll, und ich kenne Dakota gut genug, um zu wissen, dass ich nicht mehr an sie herankomme, wenn sie einmal zugemacht hat. Das war's. Ich habe sie in Verlegenheit gebracht, und das habe ich nicht gewollt.

Ich hebe meine Hose vom Boden auf und ziehe sie an.

Ich kann einfach nicht fassen, dass ich nach all der Zeit, in der ich an sie gedacht und von ihr geträumt habe, nicht mal hart werde, als es endlich so weit ist.

Ich starre auf meinen widerspenstigen Schwanz hinab. »Super. Herzlichen Dank.«

Denk nach, Landon!

Wütend starre ich die Katzen mit den Hüten an, die im Flur an der Wand aufgereiht sind, und hoffe, dass sie mir irgendwie helfen, aber die seltsamen Bilder können mir auch keinen Rat geben. Na toll.

Ich stehe vor der Badezimmertür und überlege, was ich sagen soll, um mich irgendwie zu entschuldigen und ihr klarzumachen, wie leid es mir tut, dass ich ihr das Gefühl gebe, nicht genug für mich zu sein.

Sie ist mehr als genug, sie ist alles, was ich mir je gewünscht habe.

Sie ist der einzige Mensch, mit dem ich je wirklich zusammen war.

Sie war meine erste Liebe und meine einzige.

»Dakota.« Leise klopfe ich mit den Fingerknöcheln an die Tür.

Sie schweigt. Wenige Sekunden später dreht sie den Wasserhahn auf, und ich warte.

Die Zeit vergeht irrsinnig, wenn du dich selbst und einen anderen lächerlich gemacht hast. Erneut klopfe ich, aber sie antwortet immer noch nicht. Das Wasser läuft immer noch, seit mindestens drei Minuten schon. Ich klopfe noch mal.

Nichts.

»Dakota, ist alles okay?« frage ich.

Als ich ein Ohr an die Tür drücke, höre ich nur das laufende Wasser.

Geht es ihr gut? Warum läuft das Wasser immer noch?

Instinktiv drehe ich den Knauf und öffne die Tür.

»Es tut mir leid …«, setze ich wieder an, aber als ich mich in dem kleinen Badezimmer umsehe, ist es leer.

Das Fenster steht offen.

Die Gardinen wehen im Wind.

Und ich verfluche das Haus, in dem ich wohne, weil es eine Feuertreppe hat.

25

Es ist noch keine zehn Minuten her, dass Dakota verschwunden ist, und mit jeder nimmt meine Scham zu. Ich hasse es, dass mir – und ihr – das passiert ist.

Ich kann mir nicht mal vorstellen, wie sie sich fühlt.

Na ja, *irgendwie* kann ich es mir schon vorstellen, schließlich ist sie die Feuerleiter hinuntergeklettert, weil sie offensichtlich unbedingt wegwollte. Ich wünschte, sie hätte mit mir geredet, mich sogar *angeschrien*, statt einfach durchs Badezimmerfenster zu verschwinden. Jetzt fühle ich mich echt beschissen.

Vielleicht fühlt sie sich sogar noch schlechter.

Ich habe ihre Worte noch im Ohr. »*Verstehe ich nicht. Warum kannst du nicht?*«

»*Verstehe ich nicht. Warum kannst du nicht?*«

Ich fühlte mich so schrecklich, und jetzt gehen mir diese Worte ständig im Kopf herum.

Verstehe

ich

nicht.

Warum

kannst

du

nicht?

???

Ich setze mich auf die Couch und vergrabe das Gesicht in den Händen. Wahrscheinlich wird Dakota eine ganze Weile nicht mit mir reden wollen, vielleicht nie wieder. Bei dem Gedanken wird mir schwindelig. Ich kann mir nicht vorstellen, dass sie komplett aus meinem Leben verschwindet. Der Gedanke ist so strange. Zu strange. Ich kenne sie schon mein halbes Leben, und sogar als wir uns getrennt haben, wusste ich, dass sie da war und mich nicht hasste. Es wäre einfach nicht richtig, wenn sie für den Rest des Lebens mies über mich denken würde. Das wäre, als stünde das Universum kopf.

Ein Klopfen reißt mich aus meinen Gedanken, und ich schrecke auf.

Es *muss* Dakota sein – wieder da, um meine Entschuldigung anzuhören … oder vielleicht sogar, um sich selbst zu entschuldigen?

Als ich zur Tür stürze, klopft es erneut, und ich reiße sie auf.

Aber es ist nicht Dakota. Nora steht davor, lauter Tüten mit Lebensmitteln in den Händen.

»Kannst du mir bitte was abnehmen?«, fragt sie und kämpft mit den Tüten.

Ich nehme ihr so viele ab, wie ich kann, und passe auf, sie nicht versehentlich fallen zu lassen. In den Tüten ist lauter Grünzeug. Ich weiß nicht, was es ist, außer dass es grün ist und irgendwie fluffig aussieht. In der schwersten Tüte klirrt etwas, und als ich sie auf die Theke stelle und hineinblicke, sehe ich drei Flaschen Wein.

»Sorry«, sagt sie und stellt die andere Tüte auf die Küchentheke. »Entweder hätte ich mir den Arm ausgerissen oder die Weinflaschen fallen lassen. Und nach dem heutigen Tag hätte ich lieber den Arm als den Wein verloren.«

Sie fängt an, das ganze Zeug auszupacken, als würde sie hier wohnen, und ich sehe schweigend zu, wie sie sich ganz selbstverständlich in meiner Küche bewegt und ihre Lebensmittel in meinen Kühlschrank legt. Nacheinander nimmt sie die Weinflaschen heraus und legt sie in das Gefrierfach.

Ich dachte, dass Wein, im Gegensatz zu Schnaps, gefrieren würde, aber ich will sie nicht fragen und mich zum Idioten machen.

»Wartest du auf Tessa oder so?«, frage ich, denn ich weiß nicht, wie ich ein Gespräch mit ihr anfangen soll, oder ob ich es überhaupt soll.

Seit Dakota sie angeschrien hat, sind wir ziemlich auf Distanz gegangen.

Nora nickt. »Jep. Sie hat gerade einen schlimmen Abend. Vorhin sind über zwanzig Leute reingekommen, und sie haben sie in Tessas Bereich gesetzt, obwohl sie noch neu ist.« Nora verdreht die Augen. »Und ich bin angemacht worden, weil ich die Rezeptionistin angemacht habe.«

»Klingt doch fair.« Ich zucke mit den Schultern, damit sie merkt, dass es ein Scherz ist.

Sie lächelt. »Touché.«

Ich sehe zu, wie sie eine Schublade öffnet und das Schneidebrett herausnimmt. Sie macht nichts damit, legt es nur neben die Mikrowelle, während sie die letzte Tüte auspackt.

Verlegen lehne ich an der Theke und überlege mir, wie ich mich der Situation entziehen kann, bevor ich Nora lästig werde.

»O mein Gott«, sagt sie und berührt ihre Stirn mit den Fingerspitzen. »Es tut mir leid. Bist du beschäftigt, oder hast du Besuch? Ich platze hier einfach rein und fange an, Lebensmittel auszupacken. Und komme gar nicht darauf, dich zu fragen, ob ich vielleicht störe.«

Sie stört nicht – jetzt nicht mehr.

Ich bin wahnsinnig froh, dass sie nicht zehn Minuten früher gekommen ist. »Nein, gar nicht. Ich werde noch ein bisschen lernen und dann ins Bett gehen. Du hast die Küche ganz für dich.«

Sie pustet sich eine dunkle Haarsträhne aus dem Gesicht, die ihr sofort wieder in die Augen fällt. Sie trägt noch ihre Arbeitsuniform. Die gleiche wie Tessa, schwarze Hose, weiße Bluse und so eine hellgrüne Krawatte.

Bei Nora sitzt die Bluse enger als bei Tessa, zumindest wirkt es so.

»Danke. Ich konnte heute Abend einfach nicht zurück in meine Wohnung gehen. Die Schicht war echt mies, und noch eine Bitch heute packe ich nicht«, schnaubt sie.

Unsere Blicke treffen sich, und sie schlägt sich die Hand vor den Mund. »Ich wollte niemanden beleidigen.«

»Alles gut«, sage ich.

Ich möchte Noras und Dakotas Freundschaft auf keinen Fall im Weg stehen, oder der Wohngemeinschaft, oder was es sonst ist.

Sowohl Dakota als auch Nora sind pures Feuer, und ich möchte mich auf keinen Fall in ein Häufchen Asche verwandeln.

»Wenn du willst, mache ich ein bisschen was zu essen? Ich habe jede Menge Zeug eingekauft, mal sehen, was ich daraus machen kann«, bietet Nora mir an.

So viel haben wir schon lange nicht mehr miteinander gesprochen, und irgendwie bin ich froh, dass sie wieder mit mir redet. Ich dachte, wir würden uns aus dem Weg gehen und immer verlegen sein, wenn wir uns begegnen, aber das hier ist viel besser.

»Eigentlich habe ich keinen Hunger. Ich habe gerade gegessen«, lüge ich.

Ich bin mir ziemlich sicher, dass Nora eingekauft hat, um für sich und Tessa Abendessen zu machen und nicht für Tessas dämlichen

Mitbewohner, und ich will mich nicht aufdrängen. Nichts ist schlimmer, als sich fragen zu müssen, ob man erwünscht ist oder nicht. Es ist sogar noch schlimmer, als zu wissen, dass man es nicht ist, denn dann weiß man es immerhin. Dann bleibt keine verzweifelte Hoffnung, dass sich vielleicht doch jemand deine Gesellschaft wünscht.

»Okay. Wenn du doch Hunger bekommst, lasse ich die Extras für Tessa weg«, sagt Nora und richtet die Augen auf meine Brust.

Ich hätte ein Hemd anziehen sollen, denn jetzt kann ich nur noch daran denken, wie sie mich das erste Mal berührt hat.

Und das zweite Mal.

Und wie sie mich geküsst hat.

Und daran, dass ihre Lippen süß wie Bonbons schmeckten und ich mehr wollte.

Ich muss an was anderes denken. Irgendwas anderes.

Kuchen. An große, saftige Torten mit viel violetter Glasur und kunstvollen kleinen Blumen darauf.

Nicht an die Glasur, die auf ihrem Shirt verschmiert war. Es geht um Kuchen und andere unsexy Dinge, zum Beispiel, wie sie kocht.

Noras Essen mag ich wirklich. Sie ist eine verdammt gute Köchin. Der Gedanke erinnert mich an Kuchen, was mich wiederum dazu führt, dass Ellen morgen Geburtstag hat. Und ich habe immer noch keine Ahnung, was ich ihr schenken soll. Ich wollte Dakota um Hilfe bitten, aber das ist jetzt offensichtlich kein Thema mehr.

»Kannst du dir gut Geschenke für andere ausdenken?«, platze ich heraus.

Mit gerunzelter Stirn dreht sich Nora zu mir um und neigt den Kopf. »Was?«

Ich erschrecke über meine eigene Unbeholfenheit. »Für Geburtstage und so.«

»Geht so. Hab schon eine Weile kein Geschenk mehr für irgendjemanden gekauft, aber vielleicht kann ich dir ja helfen. Für wen ist es denn? Dakota? Vielleicht kannst du ihr was schenken, das mit dem Tanzen zu tun hat, oder eine neue Yogamatte oder so was in der Art.«

Ich wusste gar nicht, dass Dakota auf Yoga steht. Es ist ein komischer Gedanke, dass Nora etwas über sie weiß, das ich nicht weiß.

»Nicht für Dakota. Für ein anderes Mädchen, das ich kenne.«

O mein Gott, das klang echt schräg. Vielleicht sollte ich ihr erklären, dass es um dieses siebzehnjährige Mädchen geht, also niemanden, der wirklich … nein, warte, das wäre noch schlimmer. Und am schlimmsten wäre es, wenn ich jetzt einen Rückzieher mache und behaupte, dass es für eine Nachbarin ist. Dann könnte Nora denken, ich wollte sie angraben oder so.

Mist, ich hab echt keine Ahnung von solchen Sachen.

»Okay…« Nora sieht verwirrt aus, sagt aber nichts mehr dazu. »Was mag sie denn so?«

Sie packt weiter Lebensmittel aus, und ich frage mich, ob ich ihr vielleicht helfen sollte. Ich habe wirklich keine Ahnung, wohin das ganze Zeug gehört oder wie sie etwas aus einer Dose Mandeln und einer Tüte Rosenkohl zubereiten will.

Ich habe quälende Erinnerungen daran, wie ich als Kind gezwungen wurde, Rosenkohl zu essen, und frage mich, ob Nora ihn besser zubereitet.

»Ich weiß nicht genau. Ich weiß nur, dass sie viel lernt und keine Blumen mag.«

»Kluges Mädchen. Ich hasse Blumen auch. Erst sind sie total schön, und dann muss man zusehen, wie sie verwelken und verkümmern, bis man sie schließlich wegwerfen muss, und dann machen sie Dreck. Totale Zeitverschwendung. Genau wie Beziehungen.«

Ihre Stimme ist so ausdruckslos, dass ich nicht erkennen kann, ob es ein Witz sein sollte oder nicht.

Ich versuche, die Liebe zu verteidigen, obwohl ich eindeutig nicht in der Position dazu bin. »Nicht alle Beziehungen sind so.«

Nora entfernt die Plastikhülle von einem Kopf Brokkoli, und mir fällt auf, dass sie alles Mögliche ansieht, aber nicht mich.

»Wie lange kennst du sie denn schon? Was weißt du sonst noch von ihr?«

»Eigentlich nichts.« Ich zucke mit den Schultern.

Nora hält den Brokkoli über die Spüle und dreht den Wasserhahn auf.

»Sonst nichts?«, fragt sie. »Warum schenkst du ihr dann was? Seid ihr eng befreundet?«

Ich habe das Gefühl, sie versucht, nicht zu neugierig zu sein, aber ich habe das Thema ziemlich ungeschickt angeschnitten. Um das Ganze zu erklären, sage ich: »Sie arbeitet unten im Laden an der Ecke. Eigentlich sind wir nicht befreundet, aber morgen hat sie Geburtstag, und ich glaube, niemand interessiert sich wirklich für sie.«

Nora steht immer noch an der Spüle und dreht sich zu mir, sodass Wasser von dem nassen Brokkoli auf meinen Fußboden tropft. »Warte mal. Was war das?«

Ich zucke mit den Schultern, denn ich weiß nicht, wie ich ihren Ton deuten soll. »Ja. Es ist schrecklich. Sie wird achtzehn, und sie tut nichts, als immer da unten zu arbeiten. Und zu lernen. Sie lernt andauernd.«

Nora hebt die Hand mit dem nassen Brokkoli. »Du tust etwas für das Mädchen da unten? Das mit dem Stirnband?«

Ich nicke. Sie sucht meinen Blick und starrt mich durchdringend an. Sie knabbert an ihrer Unterlippe, und ich weiche ihrem

Blick aus. Ihre dicken Augenbrauen sind wieder zusammengezogen, und ihre Wangen leuchten. Sie trägt mehr Make-up als sonst, aber es sieht hübsch aus.

Sie erinnert mich an die Frauen in den Videos, die Tessa sich immer auf YouTube anschaut. Sie sagt immer, dass sie das Make-up der Frauen nachzuschminken versucht, aber am Ende landen üblicherweise alle Produkte im Müll, und ihre Augen sind nicht geschminkt, sondern verquollen vom Weinen.

»Du bist etwas ganz Besonderes, Landon Gibson«, sagt Nora, und ich werde rot.

Ich drehe mich weg und öffne den Kühlschrank, um ein Gatorade herauszunehmen. Ich weiß nicht, was ich sagen soll, aber wenn ich noch länger hier rumstehe, mache ich mich komplett zum Affen. Für heute reicht es mir davon, und ich will Nora nicht aus der Wohnung vergraulen. Tessa braucht so viele Freundinnen wie möglich um sich, und Nora scheint eine gute Freundin zu sein.

»Ich schreibe jetzt mal mein Thesenpapier zu Ende.«

Das, das schon fertig ist.

»Wenn du irgendwas brauchst, findest du mich in meinem Zimmer«, sage ich und schiebe die Hände in die Taschen meiner Jogginghose.

Nora nickt, dreht sich wieder zur Spüle und wäscht den Brokkoli noch mal.

In meinem Zimmer schließe ich die Tür und lehne mich mit dem Rücken dagegen. Das Holz fühlt sich kalt an auf meiner nackten Haut, ich bin erschöpft. Der Tag heute war echt *zum Kotzen,* und ich bin so froh, dass er vorbei ist.

Ich mache mir gar nicht die Mühe, ein Buch aufzuschlagen, um so zu tun, als würde ich lernen. Ich schalte nicht mal das Licht ein. Ich lege mich einfach aufs Bett und schließe die Augen. Eine Weile wälze ich mich herum und versuche, mich zum Einschlafen zu zwingen, aber ich bin innerlich noch immer aufgewühlt wegen Dakota.

Und jetzt auch noch wegen Nora. Sie ist in meiner Küche, und ich muss auf Distanz bleiben, obwohl ich nicht mal weiß, ob ich das überhaupt will.

26

Ein paar Minuten lang ist es still, dann höre ich Musik in der Küche.

Ich kenne den Song. Ich setze mich auf, weil es mich beeindruckt, dass Nora Kevin Garrett auch kennt. Er ist einer meiner Lieblingssänger.

Paradoxerweise spricht das Lied mich jetzt stärker an als je zuvor. Ich höre Nora in der Küche summen und stelle mir vor, wie sich ihr Körper in dem langsamen Rhythmus wiegt, wie sie singt und sich leichtfüßig durch die Küche bewegt.

Ich lehne mich wieder zurück, jetzt mit dem Rücken gegen das Kopfende aus Metall. Es hat Stunden gedauert, das Bett zusammenzubauen, und trotzdem quietscht es immer noch bei jeder Bewegung. Als ich es gekauft habe, waren Tessa und ich den ganzen Nachmittag bei Ikea – die Hölle. Es war wahnsinnig voll und alles viel zu groß. Während wir versuchten, dem Wegweiser zu folgen, erzählte Tessa mir die ganze Zeit etwas von einer roten Suppenkelle aus einem Buch über einen mordenden Stalker, in den Tessa aus irgendeinem merkwürdigen Grund verliebt ist. Sie sagte wörtlich, dass Beck – die weibliche Hauptfigur, also sein Opfer – »ihn gar nicht verdient hat«. Ich verdrehte die Augen und sagte ihr, dass sie öfter ausgehen sollte, aber als ich das Buch gegoogelt habe, schienen viele Leute die Geschichte genauso zu sehen. Es ist faszinierend, wie ein Erzähler einen dazu bringen kann, alles in Frage zu stellen, was man über die Welt zu wissen glaubt.

Aber egal, wie viele rote Suppenkellen Ikea wegen dieses Buchs verkauft oder wie toll es ist – für mich wäre es völlig okay, nie wieder in diesen Laden zu gehen. Es gibt da so kleine Bleistifte, mit denen man die Nummern der Artikel aufschreiben kann, und nachdem wir durch den ganzen Ausstellungsraum gelaufen waren, wollten wir alles haben. Als wir nach Hause kamen, hatten wir eine Million Sachen gekauft, und es war die Hölle, alles die Treppe hinaufzuschleppen, und noch schlimmer war es, das ganze Zeug zusammenzubauen. Und um dem Ganzen die Krone aufzusetzen, fehlte uns auch noch ein Päckchen Schrauben, und ich hing vierzig Minuten in der Warteschleife des Kundendiensts, bevor ich schließlich auflegte und beschloss, in den Baumarkt unten an der Straße zu gehen. Noch dazu hatten wir mit einem Typen um seinen Lastwagen gefeilscht, damit er uns zu dem Laden und unser Zeug nach Hause bringt.

Nora wird lauter, und ich nehme meinen Laptop vom Schreibtisch. Ich muss mich beschäftigen, damit ich abgelenkt bin. Damit ich nicht da rausgehe.

Aber langsam werde ich rebellisch, denn je mehr ich mich auf die Gründe konzentriere, warum ich es nicht tun sollte, desto mehr will ich es doch. Mit Nora befreundet zu sein ist toll, und Dakota wird bestimmt nicht plötzlich wieder hier hereinplatzen.

Wenn Tessa dabei ist, können wir uns wie Freunde benehmen, aber Nora hat irgendetwas an sich, bei dem in mir sämtliche Alarmlichter angehen. Und ich habe ohnehin schon genug Probleme. Ich weiß, dass wir nie zusammen sein werden, aber wenn sie mich noch einmal küsst, oder wenn ich weiterhin daran denken muss, wie sie mich geküsst hat, wird die Sache für Tessa ziemlich peinlich …

Puh. Nicht mal hier *zu Hause* ist es einfach.

Ich versuche, mich an mein Passwort zu erinnern. Ich muss es andauernd ändern, weil ich es immer wieder vergesse, und jedes Mal zwingt Apple mich, mir ein noch komplizierteres Passwort auszudenken. Das erste Passwort zum Beispiel lautete LANDON123, und das letzte, an das ich mich erinnere, hieß LaNdON123123!@#. Ich dachte, ich hätte es irgendwo in meinem Handy gespeichert, aber nicht einmal daran kann ich mich noch erinnern.

Nach vier Versuchen klappt es endlich. Mein Thesenpapier für den Geschichtskurs ist noch offen und schon fertig. Insgesamt sind drei Fenster offen: iTunes, das Thesenpapier und Yelp. Seit ich nach Brooklyn gezogen bin, benutze ich Yelp fast jeden Tag … abgesehen davon, dass ich null über den Laden recherchiert habe, in den Nora mich mitgenommen hat, wie mir plötzlich klar wird. Das ist komisch, normalerweise checke ich immer alles erst mal online. Es kommt mir vor, als wäre das alles schon ewig her.

Kaum zu glauben, dass Dakota vor weniger als einer Stunde gegangen ist. Gefühlt ist das schon Stunden, ja sogar Tage her. Ich werde bis morgen warten, ehe ich sie anrufe. Wenn sie Abstand braucht, sollte ich ihr den lassen, das weiß ich.

In der Küche erklingt der nächste Song, und wieder ist es Kevin Garrett. Er singt darüber, dass er weggestoßen wurde und sich einsam fühlt, und seitdem ich seine Version von »Skinny Love« gehört habe, liebe ich ihn, aber noch nie hat mich so viel mit ihm verbunden wie jetzt. Wenn ich es mir recht überlege, beschreibt fast jeder Song auf seiner Maxi-Single, was ich gerade mit Dakota durchmache.

Nora singt noch lauter mit. Wäre es wirklich so schlimm, wenn ich jetzt zu ihr ginge und mich ein bisschen mit ihr unterhalte?

Schließlich sind wir nicht zusammen, und es gibt da immer noch Dakota, was auch immer das jetzt ist zwischen ihr und mir. Also wird Nora mich wohl kaum küssen oder so.

Ich bin ein erwachsener Mann und schaffe es bestimmt, mit einer Frau befreundet zu sein, die ich attraktiv finde. In Filmen klappt so was auch.

Nur enden die Figuren dann am Ende doch immer zusammen im Bett …

Ich sollte wirklich aufhören, Filme mit der Realität und Pornos mit echtem Sex zu vergleichen. Beides hat nichts mit dem richtigen Leben zu tun, vor allem nicht mit meinem. Das ist schon das zweite Mal, dass ich heute an Pornos denke, dabei bin ich doch gar nicht so besessen davon. Ich habe sogar weniger Pornos gesehen als die meisten Typen in meinem Alter, da bin ich sicher.

Ich muss wirklich aufhören zu grübeln und stattdessen raus und unter Leute.

Dann sollte ich wohl zuerst mal ein Hemd anziehen. Ich öffne meinen Schrank und nehme das erste Sweatshirt heraus, das mir in die Finger fällt. Es ist blau und grün, und auf der Brust befindet sich in einem großen Kreis das Logo der Seahawks. Die Seahawks erinnern mich daran, wie Hardin und ich letztes Jahr zu einem Spiel gegangen sind. Er hätte sich fast mit einem Typen geprügelt, der scheiße zu mir war. Eigentlich halte ich nichts von Gewalt, aber der Typ war ein richtiges Arschloch.

Endlich gehe ich in die Küche, und als ich reinkomme, singt Nora immer noch. Sie steht am Herd, kehrt mir den Rücken zu und dreht an einem Herdknopf. Ihre langärmelige Arbeitsbluse hat sie ausgezogen und trägt jetzt ein schwarzes Tanktop. Die Träger ihres weißen BHs blitzen hervor, und ich sehe, dass sie oben auf dem Rücken ein Tattoo hat, gleich über der BH-Linie.

Eine Pusteblume, von der die Hälfte der Samen weggeflogen

und auf ihrem Rücken verteilt ist, als hätte jemand sich etwas gewünscht und dann auf die Blume gepustet. Eigentlich überrascht es mich nicht, dass sie tätowiert ist, ihr Körper scheint irgendwie dafür gemacht zu sein.

Ich lehne mich an den Türrahmen, betrachte sie und warte ab, dass sie mich bemerkt. Sie greift nach einer Flasche Olivenöl und gießt etwas Öl in die Schmorpfanne. Ihre Hüften bewegen sich langsam, und ihre Stimme ist jetzt leiser, als würde sie ganz im Kochen und Singen aufgehen.

Ich sehe zu, wie sie den geschnittenen Brokkoli nimmt und ihn in das brutzelnde Fett gleiten lässt. Sie reduziert die Hitze, nimmt einen Pfannenwender aus dem Küchenständer auf der Theke und rührt.

Während ich sie beobachte, fühle ich mich so creepy wie der Typ in Tessas Buch. Bisher hat sie gar nicht bemerkt, dass ich ihr zusehe. Ist sie von ihren eigenen Gedanken abgelenkt? Oder schaltet sie einfach ab, wenn sie kocht? Alles Dinge, die ich über diese geheimnisvolle Frau niemals erfahren werde.

Ein neues Lied fängt an, diesmal von *The Weeknd*. Ich weiß nicht, ob ich hier stehen und zusehen sollte, wie sie dazu tanzt, denn die Songs sind auch so schon anzüglich genug, und ihre Hüften sind kurvig und die Hose so eng.

Ich sollte meinen Arsch wieder in mein Zimmer schaffen und ins Bett gehen. Aber dreißig Sekunden später stehe ich immer noch da. Sie rührt den Brokkoli um, gießt irgendeine Sauce darüber, und dann dreht sie sich um und entdeckt mich.

Sie wirkt weder überrascht noch verlegen, als sie mich in der Tür stehen sieht. Ihre Lippen verziehen sich zu einem Lächeln, und sie winkt mich mit dem Pfannenwender zu sich. Der Ofen piept, und sie tänzelt singend darauf zu. Ich sage nichts, gehe nur rüber und setze mich an den Küchentisch. Die Küche ist klein, und der Tisch steht in der Ecke, ist aber nur ein kleines Stück vom Ofen und Kühlschrank entfernt.

Nora schnappt sich einen mit einer Sonnenblume bedruckten Topflappen von der Theke und öffnet die Ofentür. Sie zieht einen Kuchen heraus und stellt ihn auf die leere Seite des Herds. Multitasking hat sie wirklich drauf. Ich schaffe es kaum, einen Fertigkuchen aufzubacken und gleichzeitig zu atmen, und ich könnte schon gar nicht einen richtigen Kuchen backen und gleichzeitig etwas kochen.

»Tessa hat mir gerade getextet. Die zwanzig-plus hat gerade das Essen bekommen. Es wird noch eine Weile dauern, bevor sie nach Hause kommt«, erklärt Nora.

Ich nicke und versuche verzweifelt, ihre Brüste nicht zu beachten, die ihr fast aus dem Tanktop quillen.

Wäre es unhöflich, wenn ich sie bitte, ihr anderes Shirt wieder anzuziehen? Ja, wäre es. Und es würde ihr verraten, dass ich sie ein bisschen genauer betrachtet habe, als ich durchblicken lassen möchte.

»Das nervt.« Ich höre auf, ihr auf die Titten zu starren. »Wie kann es ihr dort nur gefallen? Sie sagt, sie mag den Job, aber du weißt ja selbst, dass sie sich nie beklagen würde.«

Ich halte das Gespräch unverfänglich und ohne irgendeinen Bezug zu einem ihrer Körperteile. Egal, wie sexy sie auch sein mögen.

Nora greift nach einer Gabel und sticht damit in eine Ecke des Kuchens. Sie wirft die Gabel in die Spüle und wendet sich mir zu. »Sie sagt, dass es ihr gefällt. Und jetzt, wo der blonde Herr Doktor dort ist, gefällt es ihr bestimmt noch besser.«

Ich sehe Nora an, dann die Wand und dann wieder Nora. »Hmm.« Ich weiß nicht, was ich sagen soll.

Ich habe keine Ahnung, wie viel Nora über Tessas und Hardins

Trennung weiß, und ich will nicht zu viel preisgeben. Das steht mir nicht zu.

»Er ist süß. Tessa hat gesagt, dass du ihn auch kennst. Er ist echt süß, stimmt's?«

Ist er attraktiv? Ich kann mich nicht mal erinnern, wie er aussieht.

»Ach komm. Du bist doch keiner von den Typen, die sich ihrer Männlichkeit nicht sicher genug sind, um zuzugeben, wenn ein anderer Mann gut aussieht.« Nora verdreht die Augen.

»Nein, nein, so bin ich nicht. Ich habe nur vergessen, wie er aussieht.«

Sie lächelt. »Gut. So hätte ich dich auch nicht eingeschätzt. Aber er ist scharf, das kannst du mir glauben.«

So scharf fand ich ihn nicht. Das Einzige, woran ich mich erinnere, sind blonde Haare, und ich bin mir sicher, er ist nicht so toll. Vielleicht wirkt er so anziehend auf Frauen, weil er Medizin studiert? Ich weiß es nicht.

»Aha.« Ich zucke mit den Schultern.

Nora hebt die Pfanne hoch und verteilt den dampfenden Brokkoli auf einem Teller.

»Hör mal, ich weiß, dass Hardin dein Bruder ist und so«, setzt sie an. »Und ich weiß auch, dass Tessa immer noch total in ihn verliebt ist, aber ich glaube, es wäre nicht schlecht, wenn sie mal wieder ein Date hätte. Sie ist zwar noch nicht so weit, aber als ihre Freundin bin ich vollkommen parteiisch und loyal, und ich möchte, dass sie glücklich ist.«

Ich hatte nicht erwartet, dass das Gespräch diese Richtung nehmen würde.

»Ich habe schon versucht, einen Typen für sie klarzumachen und …« Plötzlich verstummt sie, als hätte sie schon zu viel gesagt.

»Du hast jedes Recht, parteiisch zu sein.« Ich lächle sie an, um ihr Unbehagen zu mildern. »Auch wenn es falsch ist.«

Darüber muss sie lachen. Sie kommt auf mich zu und setzt sich neben mich an den Tisch. »Wie ist dieser Hardin eigentlich?«

»Du kennst ihn doch, oder?« Ich muss ein paar Monate zurückdenken. Ja, er ist ihr ein oder zwei Mal begegnet, glaube ich. Soweit ich weiß, haben sie nie groß miteinander gesprochen, aber sie sind sich definitiv über den Weg gelaufen. Ich glaube mich zu erinnern, dass er sie mit falschem Namen angesprochen hat.

»Ja, ich bin ihm schon mal begegnet, aber wie ist er wirklich? Vielleicht ist sie ohne ihn ja besser dran, dann sollte ich sie als Freundin doch in die richtige Richtung schubsen. Oder versuchen sie gerade, alles geregelt zu kriegen und wieder zusammen zu sein?«

Nora spricht schnell, als würde ihr das Ganze wirklich etwas bedeuten. Als würde Tessas Wohlbefinden ihr etwas bedeuten. Das gefällt mir.

»Es ist kompliziert.« Ich pule an dem absplitternden Lack des Tischs herum. Ikea hat versagt, wieder mal. »Aber als ihr bester Freund und sein Stiefbruder versuche ich, so neutral wie möglich zu sein. Ich mag sie beide, und wenn ich glauben würde, dass einer von ihnen seine Zeit verschwendet, dann würde ich es sagen. Aber ganz ehrlich, das glaube ich nicht. Ich glaube wirklich, dass sie glücklich miteinander werden. Irgendwie. Und wenn nicht, na ja, dann ist meine ganze Familie im Arsch, denn wir lieben sie alle beide.«

Nora starrt mich an, als wollte sie jeden Zentimeter meines Gesichts untersuchen. »Sagst du immer, was du denkst?«

Ihre Frage überrascht mich. Sie stützt beide Ellbogen auf den Tisch und das Kinn in die Hände.

Ich zucke die Schultern. »Ich versuche es.«

Allerdings werde ich dir auf keinen Fall sagen, dass ich nicht aufhören kann, daran zu denken, wie schön du bist.

»Manchmal ist weniger aber mehr.«

»Ich dachte, das gilt nur bei Schönheitsoperationen und Pumpenwillis?«, fragt Nora provozierend.

»Was zum Teufel ist ein Pumpenwilli?«

Nora grinst, offensichtlich freut sie sich, damit angeben zu können. »Kennst du diese Männerhemden, die mit Strass und großen Kreuzen verziert sind? Die, die immer zu eng sitzen, und die Kerle, die sie tragen, sind immer schmierig und sehen aus, als hätten sie sich im Bad gerade einen Schuss Anabolika gesetzt?«

Ich versuche gar nicht erst, mein Gelächter zu unterdrücken.

Sie neigt den Kopf und hebt eine Hand. Ihr Zeigefinger berührt meine Nase, und sie kichert. Was für eine merkwürdige und gleichzeitig hinreißende Geste.

»Du weißt genau, was ich meine.«

Das stimmt. Zum Glück habe ich so ein Hemd noch nie getragen, im Gegensatz zur Hälfte der Typen auf meiner Highschool. Ihre Beschreibung trifft voll ins Schwarze, und als ich wieder daran denke, muss ich noch lauter lachen.

»Ja«, gebe ich zu.

Sie lächelt wieder, und wenn sie den Mund schließt, sehen ihre Lippen aus wie ein Herz, voll, üppig und pink.

»Willst du mir helfen, den Kuchen zu dekorieren? Ich habe einen für deine Freundin da unten gebacken. Jeder sollte zum Geburtstag einen Kuchen bekommen«, sagt Nora, und die Freundlichkeit in ihren Worten ist so süß wie Honig.

Ich finde es so toll, dass sie einen Kuchen für Ellen gebacken hat, obwohl sie die ganze Zeit bei der Arbeit mit Backen verbringt und einen üblen Tag hinter sich hat.

»Das finde ich total toll von dir!«, sage ich und lächle. »Wann hast du eigentlich Geburtstag?« Ich weiß selbst nicht, warum ich sie das frage.

»Oh, nächste Woche schon. Aber wenn wir Freunde sein wollen, musst du mir eins versprechen.« Ihre Stimme ist jetzt leiser und klingt richtig ernst.

»Okay?«

»Du darfst mir niemals, wirklich niemals etwas zum Geburtstag schenken.«

Wie merkwürdig, so etwas versprechen zu müssen.

»Ähm … okay?«

Sie verlagert das Gewicht auf dem Stuhl und steht auf. »Ich meine es ernst. Keine Karten, kein Kuchen, keine Blumen. Abgemacht?«

Ihre Augen wirken dunkel, und sie hat die Lippen zusammengepresst.

»Abgemacht.«

Dann nickt sie, und ich sehe, dass sie sich freut. Sofort löst sich die Spannung wieder auf, die den Raum erfüllt hatte.

Ich weiß nicht, warum sie mich darum bittet, und ob es ein Scherz ist oder nicht, aber ich kenne sie nicht gut genug, um nachzuhaken. Wenn wir uns eines Tages so nahekommen sollten, dass sie es mir erzählt, werde ich gern zuhören, aber ich habe allmählich das Gefühl, dass nur sehr wenige Leute überhaupt etwas über diese Frau wissen.

»Also, was meinst du, welche Farbe nehmen wir?« Nora steht auf und geht zu dem letzten der Küchenschränke, die in einer Reihe an der Wand hängen.

Ich habe diesen Schrank noch nie geöffnet, vielleicht wusste ich deshalb nicht, dass er voller Lebensmittel ist.

Nora nimmt eine Tüte Puderzucker und eine kleine Dose mit einem Regenbogen darauf heraus. Vielleicht Lebensmittelfarbe?

Meine Vermutung wird bestätigt, als sie die Dose öffnet und vier kleine Flaschen mit weißen Deckeln herausnimmt. Rot, gelb, grün und blau.

»Kannst du Butter und Milch aus dem Kühlschrank holen?«, fragt sie.

Sie hantiert mit dem Puderzucker und öffnet die Schublade vor sich. Dann holt sie mehrere Messbecher heraus, und ich finde es lustig, dass ich hier wohne und keine Ahnung von dem ganzen Zeug hatte, das sich in der Küche befindet.

»Ja, Ma'am«, sage ich.

Sie dreht sich um. Ihre Lippen verziehen sich zu einem teuflischen Grinsen, und dieser Blick überfordert mich.

27

Ich stelle fest, dass ich ein mieser Bäcker bin. So mies, dass ich nicht einmal einen einfachen Blechkuchen dekorieren kann, ohne Chaos anzurichten.

»Nur einen oder zwei Tropfen jetzt«, erinnert Nora mich, als hätte ich kein bisschen daraus gelernt, dass sie vor einer halben Minute erschrocken gequietscht und mich angeschrien hat, weil ich die halbe Flasche Lebensmittelfarbe in die erste Schale Glasur gekippt habe.

Woher sollte ich wissen, dass in dieser kleinen Flasche genug Power steckt, um Ellens Mund für eine ganze Woche rot zu färben?

»Wir brauchen noch Zucker«, sagt Nora, und ich greife nach der Tüte auf der Theke.

Der Puderzucker rutscht auf eine Seite der Tüte, und ich merke, dass sie den Beutel an dieser Seite aufgeschnitten hat. Ich versuche ihn aufzufangen, bevor das ganze Zeug herausquillt, aber es ist zu spät. Der Zucker rieselt auf die Theke und den Boden. Eine weiße Puderwolke weht mir ins Gesicht, und Nora wedelt mit der Hand, während die Zuckerwolke sie einhüllt.

»O mein Gott!«, schreit sie amüsiert.

Ich lege die Plastiktüte auf die Theke und betrachte das Chaos, das ich angerichtet habe. Als wollte sie sich über mich lustig machen, fällt die Tüte auf den Boden, und der letzte Rest Zucker rieselt auch noch heraus. Mein Sweatshirt ist mit einer so dicken weißen Schicht überzogen, dass der Seahawk kaum noch zu sehen ist. Als Nora lächelt, bilden sich Fältchen in ihren Augenwinkeln, und irgendwie gefällt mir das.

»Tut mir leid! Ich wusste nicht, dass er schon offen war.« Ich wische mit einer Hand über die Theke, und obwohl ich das Gefühl des weichen Zuckers auf der Haut mag, weiß ich, dass ich nie wieder auch nur versuchen sollte, irgendetwas zu backen.

Noras schwarzes Tanktop ist mit Puderzuckerflecken übersät. Genau wie ihre Arme und Hände, ihre Wangen und die dunklen Haare.

»Schon okay.« Ihr Lächeln ist ansteckend, und das Chaos, das ich angerichtet habe, ist mir nicht mal peinlich. Ich finde es komisch, dass sie nicht wütend ist, ich weiß auch nicht, warum. Sie blickt zwischen dem Chaos und mir hin und her und schüttelt den Kopf, die Lippen zu einem Lächeln verzogen.

Dann schiebt sie die Rührschüssel beiseite und greift nach einer Rolle Küchenpapier. Sie dreht den Wasserhahn auf und schiebt mit einer Hand so viel Puderzucker wie möglich in die Spüle.

»In meinem ersten Semester an der Kochschule habe ich vergessen, den Deckel auf einen Fünf-Kilo-Mixer zu legen. Fünf Kilo Puderzucker waren in der ganzen Küche verteilt. Überflüssig zu sagen, dass ich Überstunden machen durfte, um zu putzen und meine Aufgabe noch mal zu erledigen. Und mein Lehrer war ein Arsch, er hat nicht zugelassen, dass mir jemand hilft.« Noras Hände bewegen sich schnell, um das Durcheinander zu beseitigen. Wahrscheinlich sollte ich ihr helfen.

»Hast du bestanden? Ich meine, nachdem du alles noch mal gemacht hast?«, frage ich.

»Nein. Wie gesagt, mein Lehrer war ein richtiger Scheißkerl.«

Ich blicke sie an, und sie wischt sich über die Wange und verschmiert den weißen Zucker auf ihrer gebräunten Haut.

Ich nehme ein Küchentuch. »Darum will ich Lehrer werden.«

Sie wirft die leere Zuckertüte in den Mülleimer. »Um ein Arsch zu sein?«

Lachend schüttele ich den Kopf. »Nein. Im Gegenteil. Ich hatte da diesen Lehrer in der Zehnten, Mr. Haponek, der weit mehr getan hat als das, was sein Job von ihm verlangte. Er war alles, was ein Lehrer sein sollte, und je älter ich wurde, desto weniger haben sich die Lehrer aus ihrem Job gemacht. Aber wenn ich mich an meiner Schule umgesehen habe, waren da so viele Kinder, die diesen einen guten Lehrer unbedingt gebraucht haben. Das macht wirklich viel aus, weißt du?«

»Wie war deine Highschool?«, fragt Nora.

Schrecklich.

Ein Scheißladen.

»Ganz okay«, sage ich.

Ich glaube nicht, dass sie wissen will, was ich dort wirklich erlebt habe. Und ich glaube nicht, dass ich es ihr erzählen würde. Das ist ungefähr so, als wenn man gefragt wird, wie es einem geht, und die Leute sowieso nur wollen, dass man »Gut!« antwortet. Jede weitere Erklärung empfinden sie als peinlich und unangenehm.

»Ich durfte nicht auf eine richtige Highschool gehen. Ich war auf einer kleinen Privatschule in der Nähe von Seattle. Es war furchtbar«, sagt Nora, und es überrascht mich, dass sie mir erneut einen kurzen Blick auf ihr wahres Ich gewährt.

»Meine Schulzeit war auch furchtbar«, räume ich ein.

Nora wirft mir einen zweifelnden Blick zu. »Ich wette, du warst beliebt. Du hast doch Sport gemacht, oder?«

Bei der Vorstellung, ein beliebter Schüler zu sein, muss ich fast lachen.

Eine Sportskanone? Ich? Wirklich nicht.

»Eigentlich nicht.« Meine Wangen laufen rot an, ich spüre es. »Ich war eigentlich gar nichts. Ich war nicht cool genug, um beliebt zu sein, aber auch nicht clever genug, um als Nerd zu gelten. Ich war einfach so mittelmäßig, dass ich allen scheißegal war. Ich war damals pummelig, und wenn die beliebten Jungs von ihren üblichen Opfern gelangweilt waren, dann haben sie eben mich schikaniert. Aber ehrlich gesagt, wurde mir erst klar, wie mies meine Highschool war, als ich nach der ersten Hälfte meines letzten Schuljahrs nach Washington gezogen bin. Da lief alles ganz anders.«

Nora geht zum Wandschrank und nimmt den Besen und das Kehrblech heraus. Sie fängt an, den Boden zu fegen, und ich bereite mich darauf vor, die Stille mit weiterem Gelaber über meine Highschool zu übertönen, während ich ein Stück Küchenkrepp anfeuchte und den Rest der Theke abwische.

»Nichts ist schlimmer, als wenn so ein Haufen Arschlöcher in der Highschool zur Hochform aufläuft«, stellt sie fest.

Ich lache schnaubend. »Das ist einer der wahrsten Sätze, die ich je gehört habe.«

»Wahrscheinlich habe ich nicht viel verpasst«, sagt Nora mit abwesendem Blick. Sie hat wieder diesen Ausdruck, den sie immer hat, wenn sie anfängt, sich zu langweilen.

»Wolltest du immer schon Konditorin werden?«, frage ich. Der Zucker ist fast aufgewischt, aber ich möchte mich weiter mit ihr unterhalten. Ich wünschte fast, es gäbe noch eine Tüte mit etwas, das ich *versehentlich* auf den Boden kippen könnte.

Ich habe Nora noch nie so viel reden hören, außer wenn sie und Tessa von den beiden Jungs schwärmen, die sich in dieser Sendung über Dämonenjagd küssen, von der Tessa so besessen ist. Normalerweise unterhalten sie sich ohne mich. Ich sitze dann in meinem

Zimmer und lerne oder bin auf der Arbeit, und jetzt, da wir allein sind und sie so ungewohnt gesprächig ist, möchte ich ihr so viele Worte entlocken wie möglich.

Sie bewegt den Besen über den gefliesten Boden und blickt zu mir rüber. »Danke, dass du mich nicht als Bäckerin bezeichnet hast. Und nein, eigentlich wollte ich Chirurgin werden. Wie mein Vater, mein Großvater und mein Urgroßvater.«

Chirurgin? Das war das Letzte, womit ich gerechnet hätte.

»Tatsächlich?«

»Tu nicht so überrascht. Ich bin sehr intelligent.« Sie neigt den Kopf, und ich merke, dass ihre spielerische Seite mir gefällt. Sie ist anders als Dakotas, weniger barsch und nicht so ehrlich.

Dakota.

In der letzten halben Stunde habe ich kein einziges Mal an sie gedacht, und ihr Name klingt fast fremd in meinem Kopf.

Macht mich das zu einem ätzenden Typen? Gerade noch bin ich nackt mit ihr zusammen, und im nächsten Moment denke ich schon nicht mehr an sie.

Sitzt sie zu Hause und wartet darauf, dass ich sie anrufe?

… Irgendwie bezweifle ich das.

»Daran habe ich keinen Zweifel.« Ich hebe eine zuckrige Hand. »Ich hätte nur gedacht, du würdest etwas sagen, das … das mehr mit Kunst zu tun hat.«

Nora betrachtet mich nachdenklich. »Hm. Und warum?« Sie lehnt den Besen an die Theke und beugt sich zu mir, um den Wasserhahn aufzudrehen. Ihre Arme streifen den Stoff meines Sweatshirts, und ich weiche ihr aus.

»Ich weiß nicht. Irgendwie sehe ich eine Art Künstlerin in dir.« Ich fahre mir mit einer Hand über den Kopf, und Puderzucker rieselt mir aus dem Haar. »Eigentlich weiß ich selbst nicht genau, was ich meine.«

»Du hättest das ausziehen sollen, bevor ich gefegt habe.« Noras Finger schließen sich um einen Faden meines Sweatshirts, und ich blicke nach unten auf ihre Hand.

»Wahrscheinlich«, sage ich, und sie kommt einen Schritt näher.

Ich halte den Atem an.

Unsere Blicke begegnen sich, und sie zieht leise die Luft zwischen die Zähne. »Manchmal habe ich das Gefühl, du kennst mich besser, als du solltest«, flüstert sie – und ich kann mich nicht rühren.

Ich kann weder atmen noch mich bewegen oder sprechen, wenn sie mir so nah ist. Sogar mit diesem Zucker überall ist sie so schrecklich atemberaubend, dass ich sie kaum ansehen kann.

»Vielleicht tue ich das«, sage ich, denn irgendwie habe ich dieses Gefühl auch.

In Wahrheit weiß ich fast nichts über sie, aber vielleicht geht es ja auch nicht um Fakten. Vielleicht spielt es keine Rolle, ob ich weiß, wie ihre Mom heißt oder was ihre Lieblingsfarbe ist. Vielleicht dauert es gar nicht mehrere Jahre, jemanden wirklich kennenzulernen, wie wir immer glauben. Vielleicht sind die wichtigen Dinge viel einfacher. Vielleicht ist es wichtiger, dass wir tiefer blicken, dass wir erkennen, was für eine Art Freunde sie sind, oder dass sie, ohne darum gebeten zu werden, für Leute Kuchen backen, die sie gar nicht kennen.

»Das ist nicht gut«, sagt sie und blickt noch immer zu mir auf.

Ohne nachzudenken, mache ich einen Schritt auf sie zu, und sie schließt die Augen.

»Vielleicht doch.«

Ich weiß nicht, wer ich in diesem Augenblick bin. Ich bin nicht nervös, obwohl ich einer so schönen Frau so nah bin. Ich habe nicht das Gefühl, nicht gut genug zu sein, um ihr Gesicht zu berühren.

Ich denke an fast gar nichts.

Ich mag die Stille in meinem Kopf, die sie erzeugt.

»Das können wir nicht machen«, sagt sie. Ihre Stimme ist so leise, dass ich sie kaum höre.

Ihre Augen sind immer noch geschlossen, und meine Hand liegt auf ihrer Wange, ohne dass ich mich erinnern kann, sie da hingelegt zu haben. Mein Daumen zeichnet den Umriss ihres üppigen Munds nach, und als meine Hand ihren Hals berührt, fühle ich, wie sich ihr Puls beschleunigt.

»Vielleicht doch«, flüstere ich.

Ich spüre nur noch, dass ihre Hände den Stoff meines Sweatshirts greifen, und obwohl ihre Worte mich daran zweifeln lassen, zieht sie mich näher zu sich.

»Du weißt nicht, wie schlecht ich für dich bin.« Die Worte platzen aus ihr heraus, ihre Augen sind zu Schlitzen verengt, und das Herz schwillt mir in der Brust.

Es ist Schmerz – ein tiefer Schmerz dringt durch das dunkle Grün und die braunen Flecken. Zum ersten Mal wird ihr Schmerz für mich sichtbar, und ihr verschleierter Blick lässt mich ahnen, wie groß er ist. Etwas verschiebt sich in mir und rastet an der richtigen Stelle ein, und mir fehlen die Worte, um es zu erklären. Ich will sie heilen. Sie soll wissen, dass alles gut wird.

Sie soll wissen, dass ihr Schmerz nur dann von Dauer sein wird, wenn wir das zulassen.

Ich weiß nicht, woher er kommt, aber ich bin mir sicher, dass ich alles tun würde, um ihn ihr zu nehmen. Meine Schultern können ihren Schmerz tragen. Sie sind stark und wie dafür gemacht, und ich will unbedingt, dass sie das weiß.

Jetzt empfinde ich ein heftiges Bedürfnis, sie zu beschützen, so als wäre das schon immer meine Aufgabe gewesen.

»Du hast keine Ahnung, worauf du dich einlässt«, warnt Nora

mich, und ich bringe sie zum Schweigen, indem ich ihr den Daumen auf die Lippen lege. Sie öffnet sie unter meiner Berührung und stößt einen atemlosen Seufzer aus.

»Das ist mir egal«, sage ich und meine es ernst.

Wieder schließt sie die Augen und zieht mich näher an sich, und noch näher, bis sich unsere Körper aneinanderpressen, ineinanderpassen, als wären sie dafür gemacht.

Ich beuge mich über sie, lecke mir über die Lippen, und sie stöhnt leise, als warte sie seit einer Ewigkeit darauf, dass meine Lippen ihre berühren, und tatsächlich fühlt es sich genau so an. Ich spüre eine tiefe Erleichterung, als hätte ich einen Teil von mir gefunden, von dem ich nicht einmal wusste, dass er mir gefehlt hat.

Ich lege meine Hand an ihre Wange, und zwischen unseren Mündern sind kaum zwei Zentimeter Platz. Sie atmet so leise, als wäre ich zerbrechlich, und geht sehr vorsichtig mit mir um.

Ihre Lippen schmecken nach Zucker. Sie ist mein Lieblingsdessert.

Sanft drücke ich ihr die Lippen auf den Mundwinkel, und tief aus ihrer Kehle dringt ein Laut, der mich schwindeln lässt. Ich fühle mich benommen, als sich ihr Mund öffnet und ihre Zunge sanft meine berührt.

Es ist wunderschön, so orientierungslos zu sein, und ich möchte nie wieder klar denken. Die Hand, die nicht auf ihrer Wange liegt, legt sich auf ihren Rücken, und ich drücke ihren weichen Körper an meinen, bis zwischen uns kein Zentimeter Platz mehr ist.

Zwischen ihren weichen Lippen flüstert sie meinen Namen, und nie zuvor habe ich diese Art Rausch erlebt. Sie zieht sich für einen Augenblick zurück, und ich fühle mich verloren, als schwämme ich mitten im Nirgendwo, und als ihre Lippen wieder meinen Mund finden, hat sie *mich* gefunden und mich mit ihr verankert.

Plötzlich vibriert die Theke, und die Musik, von der ich vergessen hatte, dass sie überhaupt noch läuft, verklingt.

Es ist, als hätte ich die letzten fünf Minuten meines Lebens verloren, aber ich möchte sie nie, niemals zurückhaben. Ich möchte hierbleiben, verloren in ihr.

Aber die Realität hat andere Pläne. Nora zieht sich zurück und nimmt meinen Seelenfrieden mit.

Sie greift nach ihrem Handy auf der Theke, und nach einem kurzen Blick darauf wischt sie schnell mit einem Finger über den grünen Kreis. Ich lehne mich an die Theke, um das Gleichgewicht nicht zu verlieren, und sie entschuldigt sich und geht in den Flur.

Einige Sekunden lang herrscht Stille. Ich kann hören, wie sie spricht, verstehe aber nichts. Ihre Stimme wird lauter, und ich zwinge mich, nicht näher zur Tür zu gehen und das Gespräch zu belauschen.

»Ich muss los«, sagt sie, als sie wieder reinkommt. »Aber morgen früh komme ich wieder und helfe dir, den Kuchen zu dekorieren. Ich packe ihn ein, damit er frisch bleibt.«

Sie bewegt sich durch meine Küche und wirkt jetzt anders. Ihre Schultern sind gebeugt, und als ich versuche, ihr in die Augen zu sehen, weicht sie mir aus.

In meiner Brust fängt es an zu prickeln. »Ist alles in Ordnung? Kann ich dir irgendwie helfen?«, frage ich. In diesem Moment wird mir klar, dass es nur wenige Dinge auf dieser Welt gibt, die ich nicht für sie tun würde.

Ich weiß, ich bin verrückt, und ich kenne sie kaum. Mir ist auch bewusst, dass es schwer ist, jemanden zu beschützen, der einem das nicht erlaubt. Mir ist auch klar, dass ich eine chaotische On-off-Beziehung mit einer anderen Frau habe, aber es gibt für mich jetzt kein Zurück mehr. Ich kann die letzten Minuten nicht ungeschehen machen – und wenn ich es könnte, würde ich es nicht tun.

»Alles okay. Ich muss nur zurück ins *Lookout*, meine Chefin braucht mich«, sagt sie mit einem schwachen Lächeln, das ich sofort durchschaue.

Schweigend stehe ich da, während sie Frischhaltefolie um die Kuchenform wickelt und dann ihre Bluse von der Stuhllehne nimmt. Sie steckt ihre Krawatte in die Gesäßtasche ihrer schwarzen Hose und geht auf die Küchentür zu.

Noch immer weicht sie meinem Blick aus, und ich bekomme Magenschmerzen. »Mach dir keine Gedanken um das Geschirr, das nehme ich morgen früh wieder mit.«

Ich nicke, denn ich weiß nicht, was ich sagen soll. Die Freude, die ich bei unserem Kuss empfunden habe, verflüchtigt sich schneller, als ich blinzeln kann, und viele Fragen gehen mir durch den Kopf.

»Es tut mir leid«, sagt sie, und ich habe das Gefühl, dass sie es ernst meint. Wenigstens das.

Sie verschwindet durch die Tür, und ich bleibe noch eine Weile stehen, durchlebe noch einmal jeden Moment, den wir miteinander erlebt haben. Vom süßen Geschmack ihres zuckrigen Kusses bis zu der Verzweiflung in ihren Fingern, als sie den Stoff meines Sweatshirts umklammerte.

In der Wohnung ist es im Gegensatz zu meinem Kopf totenstill, und ich drehe mich zur Spüle um und öffne den Geschirrspüler. Ich werfe den übrig gebliebenen Brokkoli weg und stelle das Olivenöl wieder in den Schrank. Als Tessa nach Hause kommt, sitze ich immer noch in der Küche am Tisch. Das Geschirr ist sauber und weggeräumt, und nirgendwo ist noch eine Spur Puderzucker zu sehen.

Beim Hereinkommen bindet Tessa sich die Schürze ab und legt sie über eine Stuhllehne. »Hey, warum bist du noch wach?«

Ich blicke auf die Uhr am Herd. Es ist fast ein Uhr nachts. »Ich weiß nicht«, lüge ich.

Tessa hat es in letzter Zeit schwer genug gehabt, ich will sie nicht mit meinen Problemen belasten, schon gar nicht, wenn ich sie nicht mal selbst verstehe.

Tessa mustert mich, und ich sehe in ihrem Blick, dass sie Vermutungen anstellt. Sie sieht sich im Raum um und entdeckt den Kuchen auf der Theke.

»Wo ist Nora?«, fragt sie.

Mein Hals ist wie ausgetrocknet, als ich sage: »Sie war kurz hier, aber dann hat sie einen Anruf von der Arbeit bekommen und musste wieder los.«

»Von der Arbeit? Von wem denn? Ich bin gerade erst gegangen, und außer Robert und mir war niemand mehr da.«

Ich sollte überrascht sein, bin es aber nicht.

Gleichgültig winke ich ab. »Dann habe ich sie wohl falsch verstanden. Wie war es denn heute?«

Und Tessa lässt zu, dass ich das Thema wechsle.

28

Der Morgen kommt schneller als erwartet.

Als ich aufwache, bleibe ich noch eine Weile im Bett liegen und starre den Deckenventilator an. Ich frage mich, wer vor mir hier gewohnt hat und warum sie beschlossen haben, den Ventilator in Farben zu streichen, die nicht zusammenpassen. Jedes Blatt ist anders gestrichen. Blau, grün, lila, gelb und schließlich rot. Ich frage mich, ob es ein Kinderzimmer war. Wenn nicht, müssen die Bewohner ziemlich abgedreht gewesen sein.

Ich weiß nicht, wie spät es ist, als ich mich endlich überwinde aufzustehen. Ich weiß nur, dass ich so erschöpft bin, als hätte ich in der Nacht einen Kampf ausgestanden. Als ich nach meinem Handy greife, um nachzusehen, wie spät es ist, ist es tot. Ich stelle es in die Ladestation und steuere auf das Wohnzimmer zu.

Im Wohnzimmer ist es dunkel, und der Fernseher läuft. Tessa schläft auf der Couch, über den Bildschirm flimmert eine Folge von *Cupcake Wars;* der Ton ist leise gestellt. Ich nehme ihr die Fernbedienung vom Bauch und schalte den Fernseher aus. Sie trägt immer noch ihre Arbeitsuniform. Sie muss erschöpft gewesen sein. Ihr sind schon die Augen zugefallen, als sie gegessen hat, was sie sich gestern Abend von der Arbeit mitgebracht hatte. Wir saßen nicht mal eine halbe Stunde am Tisch, und sie hat mir in allen Einzelheiten erzählt, wie ihr Abend verlaufen war.

Zwanzig Minuten vor Dienstschluss kam eine Gruppe von Professoren der NYU herein und setzte sich in ihren Bereich. Obwohl sie es nicht gesagt hat, muss es sie gestört haben, dass sie von der NYU kamen, der Uni, an der sie noch immer nicht angenommen worden ist. Ich bin sicher, dass sich das noch ändert, aber eben nicht mehr dieses Semester. Sie will nicht, dass Ken seine Position an der WCU nutzt, um ihr zu helfen, aber ich glaube, wenn sie sie im Wintersemester nicht annehmen, wird er es tun. Es wäre ziemlich cool, mit ihr auf dem Campus zu sein, obwohl wir unterschiedliche Hauptfächer haben. In unserem zweiten Studienjahr werden sich einige unserer Kurse überschneiden, weil ich Elementarpädagogik belegt habe und sie sich für Englisch entschieden hat.

Ich gehe in die Küche, um nach der Uhrzeit zu sehen. Es ist erst acht. Irgendwie ist es seltsam, dass sich die einzige Uhr in der ganzen Wohnung am Herd befindet. Wenn wir wissen wollen, wie spät es ist, verlassen wir uns auf unsere Handys, und ich frage mich, wie die Uhrenindustrie damit klarkommt.

Es wäre so merkwürdig, in einer Zeit zu leben, in der man in ein Gebäude oder auf den Marktplatz gehen musste, um nachzusehen, wie spät es ist. Und wenn die Uhrzeit dann falsch wäre, würde man es nicht einmal merken. Wenn Hardin damals gelebt hätte, hätte er wahrscheinlich auf all seinen Uhren eine falsche Zeit eingestellt, nur um die Leute zu verarschen.

Ich muss Tessa unbedingt erzählen, dass Hardin nächstes Wochenende kommt. Ich sage es ihr, wenn sie aufwacht.

Dieses Mal wirklich.

In der Küche ist es still, nur das leise Summen des Kühlschranks ist zu hören. Der Kuchen steht immer noch auf der Theke, eingewickelt in Frischhaltefolie.

Ich frage mich, ob Nora wirklich vorbeikommt, oder ob das,

weswegen sie gestern Abend weggegangen ist, sie auch heute festhalten wird.

Bevor ich mich für die Arbeit fertig mache, suche ich im Kühlschrank nach etwas Essbarem.

Fuck!

Arbeit.

Ich hätte heute schon um sechs dort sein sollen, um Poseys Schicht zu übernehmen.

Ich stürze in mein Zimmer, um mein Handy zu holen und meinen Chef anzurufen. Mein Fuß berührt etwas Hartes, ich stolpere und versuche, auf einem Bein das Gleichgewicht zu halten. Natürlich funktioniert das nicht, und meine Zehen knallen gegen meinen Schreibtisch.

Verdammt, das tut weh.

Ich halte meinen Fuß fest und erreiche endlich mein Handy. Natürlich ist es tot.

Noch mal verdammt.

Ich werde Tessas Handy benutzen müssen, um anzurufen.

Ich werfe mein Handy auf das Bett und hüpfe auf einem Bein hinaus und ins Wohnzimmer. Mein Zeh pocht immer noch. Als ich bei Tessa ankomme, suche ich ihren Körper und die Couch ab. Ihr Handy muss hier irgendwo sein.

Warum habe ich nicht auf meine Mutter gehört und mir einen Festnetzanschluss geholt?

Du weißt nicht, was alles passieren kann, Landon.

Irgendwann hast du vielleicht kein Netz.

Womöglich verlierst du das Handy und brauchst das Festnetz, um dich anzurufen und es wiederzufinden.

Oder die Aliens fallen in Brooklyn ein und klauen die ganze Technik, um ihre Pläne zur Übernahme der Erde durchzuführen und hier ihre bösen Taten zu vollbringen.

Okay, habe ich erfunden, als ich sie mit ihrer Besorgnis aufgezogen habe.

Dennoch wird mir gerade zum x-ten Mal klar, dass meine Mutter eigentlich immer genau weiß, wovon zum Teufel sie redet. Die meisten Zwanzigjährigen würden das niemals zugeben, aber ich bin clever genug, um zu wissen, dass es ein Glück ist, so eine Mutter zu haben.

Ich entdecke Tessas Handy. Es ist zwischen der Couchlehne und ihrer Hüfte eingeklemmt. Vorsichtig und mit angehaltenem Atem greife ich danach, um sie nicht zu wecken. Gerade als meine Fingerspitzen das Handy berühren und ich danach greife, zuckt Tessa zusammen und öffnet die Augen.

Ich warte ab, bis sie erkennt, dass ich es nur bin und dass sie auf der Couch in ihrem eigenen Wohnzimmer geschlafen hat.

»Alles okay mit dir?«, fragt Tessa und stöhnt. Ihre Stimme klingt, als ob sie noch schläft.

»Ja, sorry. Mein Handy ist tot, und ich komme zu spät zur Arbeit.«

Sie nickt und reicht mir ihr Handy.

Ich nehme es und will die Nummer wählen, aber das Ding fragt nach dem Passwort.

Tessa fängt an, Zahlen zu nennen, und ich tippe sie schnell ein.

»Null, zwei, null, eins«, sagt sie und schließt die Augen. Sie dreht sich auf die Seite und zieht die Knie an die Brust.

»Danke.«

Ich nehme die Decke von der Lehne der Couch und breite sie über sie. Sie dankt mir mit einem Lächeln, und ich entsperre ihr Handy. Es fühlt sich komisch an in meiner Hand, weil es im Vergleich zu meinem so klein ist.

Manchmal zieht sie mich auf und vergleicht mein Handy mit

einem iPad, und ich necke sie damit, dass ihres dauernd kaputtgeht oder sie es verliert. Zum Beispiel das Handy, das ihr in die Toilette gefallen ist, und das, das sie in einem Taxi vergessen hat und das »nicht auffindbar« ist. Und dann noch das, mit dem sie auf dem Dach unseres Hauses nach einer Spinne geworfen hat. Das einzige, das noch übrig ist und das ich nicht erwähne, ist ihr allererstes.

Das, bei dem sie absichtlich das Display kaputtgemacht hat und auf dem sie mindestens zwanzig Mal herumgetrampelt ist. Ich kam von der Arbeit nach Hause und sah, wie sie es kaputtschlug. Sie schwor, niemals wieder ein iPhone zu benutzen, und ich hatte den Verdacht, dass es nichts mit der Technologie zu tun hatte. Eher mit demselben Grund, aus dem sie nur noch kalten Kaffee trinkt. Dem Grund, warum sie es kaum noch erträgt, ihre Lieblingsband zu hören.

Nachdem sie eine Woche lang ein anderes Handy benutzt hatte, vergaß sie ihr Versprechen schnell wieder. Sie hatte all ihre Musik und die Daten verloren, auch sämtliche automatischen Log-ins und die Zugangsdaten für ihre Kreditkarten. Auf dem Weg zum Store hörte sie nicht auf, Apple zu verfluchen. Sie behauptete, die Firma übernähme allmählich die Weltherrschaft, und es mache sie stinksauer, dass sie so gute Geräte hätten, weil den Kunden deshalb nichts anderes übrig bliebe, als sie zu kaufen. Ziemlich paradox.

Sie hat auch schon öfter gesagt, dass sie preisgünstigere Sachen auf den Markt bringen sollten, und da habe ich ihr zugestimmt.

Als endlich das Display vor mir aufleuchtet, fällt mir ein, dass ich die Nummer vom *Grind* nicht auswendig kann. Normalerweise verlasse ich mich auf die Nummer, die in meinem Handy gespeichert ist. Ich kann mich kaum noch an die Zeit erinnern, bevor Smartphones die Welt erobert haben. Mit zwölf hatte ich tatsächlich ein altes Nokia, und meine Mom bestand darauf, dass ich es überallhin mitnahm, nur für den Fall, dass irgendetwas passierte. Meistens habe ich die Batterie gekillt, weil ich den ganzen Tag *Snake* darauf spielte.

Mann, komme ich mir alt vor.

Was zum Teufel würden wir ohne die Technik machen? Ich schäme mich, weil ich so abhängig davon bin, aber gleichzeitig zucke ich bei der Vorstellung zusammen, jedes Mal ein Telefonbuch suchen zu müssen, um die Nummer meiner Arbeitsstelle zu finden.

Mann, sind wir alle verwöhnt.

Nein, streicht das, wir Amerikaner sind verwöhnt. Es gibt unheimlich viele Orte auf der Welt, an denen die meisten Menschen noch nie ein iPhone gesehen haben, und ich sitze hier und denke über ein Leben ohne Apple nach.

Ich habe es echt verdammt gut.

Ich google die Nummer des *Grinds,* aber als ich anrufe, ist besetzt.

Verdammt, was ist da denn los?

Ich habe Poseys Nummer nicht. Wieder mal Technik als Hindernis.

Früher konnte ich die Telefonnummern all meiner Freunde auswendig. Ich hatte auch nur zwei Freunde, die noch dazu im selben Haus wohnten, aber trotzdem.

Dann beeile ich mich eben mit dem Anziehen und laufe schnell los. Ich lege Tessas Handy auf den Couchtisch und gehe in mein Zimmer.

Mein Zeh schmerzt immer noch.

Wenn ich jetzt losgehe, kann ich in weniger als einer Viertelstunde dort sein. Ich könnte schon fast da sein, wenn ich mich einfach angezogen hätte, statt zu versuchen, im *Grind* anzurufen.

Man kann nicht immer gewinnen.

Ich renne in meinem Zimmer herum und ziehe mir eilig eine dunkle Jeans und ein schlichtes graues T-Shirt an. Dann stürze ich ins Bad und putze mir die Zähne, pinkle und wasche mir die Hände. Ohne in den Spiegel zu sehen, schalte ich das Licht aus und gehe wieder ins Wohnzimmer. Langsam kommt wieder Gefühl in meine Zehen, und darüber bin ich froh, denn ich werde rennen müssen. Ich sehe wahrscheinlich total daneben aus. Wenn ich auf der Arbeit ankomme, werde ich mir erst mal mit den Fingern die Haare stylen müssen.

Meine Schuhe ... wo sind meine Schuhe? Ich suche den Boden ab und sehe in meinen Kleiderschrank.

Im Wohnzimmer. Sie müssen da in der Nähe der Tür stehen.

»Wo sie hingehören«, höre ich in Gedanken Tessas Stimme und lache leise in mich hinein.

Weniger als fünf Minuten, nachdem ich versucht habe, im *Grind* anzurufen, stehe ich in der Tür und ziehe meine Sneakers an. Ich schnappe mir meine Schlüssel, reiße die Tür auf, und plötzlich steht jemand vor mir.

Nora.

Mit einem Müllsack im Arm und einem Karton vor den Füßen.

Ihre Augen werden groß, als sie mich sieht, und ich blicke auf den Karton hinunter. Darin liegen ein Buch und ein Bilderrahmen, und darunter ist noch irgendwelches Zeug begraben, das ich nicht erkennen kann.

»Hi.« Noras Lippen formen das Wort, sie sieht mich unsicher an.

»Hi«, antworte ich und versuche mir zusammenzureimen, was sie hier tut. Mit ihrem Zeug.

»Alles in Ordnung bei dir?«, frage ich, und sie nickt.

Tränen steigen ihr in die Augen, und ich sehe, wie sie die freie

Hand zur Faust ballt. Sie atmet tief ein, strafft den Rücken und hält so die Tränen zurück.

»Kann ich reinkommen?« Ihre Stimme ist leise, sie klingt fertig, aber sie schlägt sich tapfer.

Ich bücke mich, hebe den Karton hoch und klemme ihn mir unter den Arm. Ich strecke eine Hand aus, damit sie mir den Müllsack gibt.

Ihr Blick ist hart, sie ist eine Kämpferin. Das sehe ich an ihren Augen.

Der Müllsack ist schwer, und ich stelle ihn im Wohnzimmer auf den Boden neben den Tisch meiner Großmutter. Ich stelle auch den Karton ab und winke Nora herein. Zögernd betritt sie den Raum, und Tessa richtet sich auf der Couch auf.

Ich blicke auf ihr Handy auf dem Tisch.

Scheiße.

Entschuldigend blicke ich Nora an. »Ich muss zur Arbeit. Bin echt spät dran.«

Sie nickt und lächelt mich an, aber es ist das mickrigste Lächeln, das ich je gesehen habe.

Das Versprechen, sie zu beschützen, das ich mir selbst gestern Abend gegeben habe, wallt in meiner Brust auf. Ich will nicht, dass sie so aussieht oder sich so fühlt.

Tessa steht auf und versucht, die Lage zu sondieren. Ich kann nicht bleiben, bis Nora eine Erklärung abgibt, obwohl es mich verrückt machen wird, nicht zu wissen, was los ist.

Was ist passiert?

Warum ist sie mit all ihren Sachen hergekommen?

Hat es irgendwas mit Dakota zu tun?

Bei dem Gedanken verkrampft sich mein Magen.

Wenn ich gehe, erzählt sie Tessa dann, dass wir uns wieder geküsst haben?

Ich wünschte, ich könnte noch bleiben, aber es geht nicht. Die Leute verlassen sich auf mich, und ich habe heute Morgen schon eine Menge vermasselt.

Ich stürme die Treppe hinunter. Ich habe keine Zeit zu warten, bis der kleinste Aufzug der Welt in meiner Etage ankommt.

29

Als ich die Türen zum *Grind* aufstoße, ist es brechend voll.

O nein.

Eine lange Schlange windet sich von der Kuchentheke bis zum Abholbereich durch das Café. Frauen und Männer in legerer Geschäftskleidung drängen sich überall im Lokal, sie plaudern und nippen an Getränken. Als ich die Schlange absuche, sehe ich ein paar gereizte Gesichter. Sofort schiebe ich mich durch das Gedränge und hinter den Tresen. Ich mache mir nicht die Mühe, nach einer Schürze zu greifen. Aiden nimmt Bestellungen entgegen, seine Finger bewegen sich schnell über die vertraute Kasse, und sein blasses Gesicht ist leuchtend rot. Genau wie sein Hals. Die Rückseite seines Hemds ist schweißgetränkt.

Tja, scheiße. Er wird sich nicht freuen, mich zu sehen.

Als ich hinter ihm auftauche, gibt er einer schwarzhaarigen Frau in einem roten Hosenanzug das Wechselgeld heraus. Die Frau ist ebenfalls verärgert und fuchtelt wütend zwischen ihnen herum. Wahrscheinlich will sie ihren Frust irgendwie loswerden.

»Hey, da bin ich. Tut mir leid, Mann. Mein Handy ist tot, und mein Wecker …«

»Schon gut.« Wütend starrt Aiden mich an. »Hilf mir einfach, diese Schlange abzuarbeiten«, sagt er dann leiser.

Ich wünschte, ich könnte Hermine herbeirufen, damit sie ihn

in ein Frettchen verwandelt. Trotzdem nicke ich, denn irgendwie kann ich seinen Frust verstehen. Diese Schlange ist echt nicht witzig, und manchmal sind die Leute einfach ätzend.

Draco – ich meine: Aiden – ruft mir eine Bestellung zu. »Macchiato. Mit extra Milchschaum!«

Ich greife nach einem kleinen Becher und mache mich an die Arbeit. Während ich die Milch aufschäume, blicke ich mich zu Aiden um. Schwarzer Kaffeesatz klebt auf der Vorderseite seines Hemds, und er hat einen feuchten Fleck auf der Brust. Es wäre viel amüsanter, wenn es nicht meine Schuld wäre. Wenn ich pünktlich gekommen wäre, wären wir immer noch ausgelastet oder sogar überfordert gewesen, aber zu zweit hätten wir es viel leichter bewältigen können.

Ich gieße die aufgeschäumte Milch auf den dunklen Espresso. Aiden reicht mir eine weitere Bestellung, und so machen wir weiter, bis die Schlange auf drei Leute geschrumpft ist. Aiden ist jetzt ruhiger, lächelt wieder und ist freundlich zu den Gästen. Gut für mich.

Es lenkt mich davon ab, dass Nora vor meiner Wohnung aufgetaucht ist und dass ich ein Idiot bin, weil ich mein Handy nicht mitgenommen habe, um mich bei Tessa zu vergewissern, dass alles in Ordnung ist.

Noch immer sind alle Tische besetzt, und mindestens zwanzig Leute stehen mit ihrem Kaffee in der Hand in dem Lokal. Ich bemerke, dass sie alle Lanyards tragen, und nehme an, dass es die übliche Elektronikertagung ist, die alle paar Monate in der Nähe stattfindet. Es sind wesentlich mehr Leute, als wir sonst auf einmal bedienen müssen, aber das ist gut fürs Geschäft. Das ist noch so etwas, was ich an New York City cool finde: Es ist immer irgendwas los.

Ich fange an, die Mahlwerke mit frischen Kaffeebohnen aufzufüllen und mit einem Tuch abzuwischen, während Aiden die Zutatenstation in Angriff nimmt, die Milchkännchen und die sieben verschiedenen Zuckersorten auffüllt, die wir anbieten. Bevor ich nach New York gezogen bin, hatte ich außer bei Bugs Bunny nie Zucker in Würfelform gesehen. Ich dachte wirklich, so was gäbe es nur als Gag in Cartoons.

Damals in Saginaw habe ich hin und wieder gehört, wie ein Kunde irgendetwas Fettfreies bestellt hat, aber das war auch schon das Komplizierteste, was es in dieser Kleinstadt in Michigan gab. Dakota und ich haben dort stundenlang herumgesessen. Wenn uns die Aussicht zu langweilig wurde, haben wir einfach die Tische umgestellt. Wir wurden high vom Zucker und gingen händchenhaltend und verträumt unter dem Sternenhimmel nach Hause.

Meine Gedanken schweifen über diese vertraute Erinnerung hinweg, und ich muss daran denken, wie Dakota und ich uns einmal bei Starbucks gestritten haben. Ich weiß noch, dass ihr Haar nach Kokosnuss roch und ihr neues Lipgloss klebrig war. Ich rannte ihr auf der Straße hinterher, und sie sprintete los und zeigte wieder einmal, dass sie schneller laufen konnte als jeder andere, den ich kannte. Der Leichtathletiktrainer unserer Highschool wusste es auch, aber Dakota hatte null Interesse an Sport. Sie hielt mich bei Laune, indem sie sich die Wettkämpfe mit mir ansah und mir tausend Fragen stellte, wenn ein Pfiff ertönte.

Sie wollte tanzen. Das wusste sie immer schon, und ich beneidete sie darum. Dakota rannte immer weiter vom Starbucks weg, und wie immer lief ich ihr nach.

Sie bog um die Ecke in eine kleine Gasse ein, und ich verlor sie aus den Augen. Ich hatte das Gefühl, nicht mehr atmen zu können, bis ich sie gefunden hatte. Es war zu dunkel für sie, um durch diesen Teil der Stadt zu rennen. Wenige Minuten später fand ich sie am Rand eines freien Felds. Sie saß auf dem Boden neben einem halb eingerissenen Zaun, hinter sich die Schwärze des Waldes.

In dem Drahtzaun gab es riesige Löcher, es war dunkel, und nach einer Minute konnte ich endlich wieder Luft holen. Sie hob graue Steine auf und warf sie in ein Schlagloch in der Straße. Ich weiß noch, wie erleichtert ich war, als ich sie entdeckte. Sie trug ein gelbes Shirt mit einem Smiley darauf und glitzernde Sandalen. Sie war wütend auf mich, weil ich es für keine gute Idee hielt, ihre Mom ausfindig zu machen.

Yolanda Hunter war schon zu viele Jahre verschwunden. Ich dachte, dass sie sich wohl nicht verstecken würde, wenn sie gefunden werden wollte.

Dakota war sauer und sagte, ich hätte keine Ahnung, wie es wäre, keine Eltern zu haben. Ihre Mom war weggelaufen und hatte ihre Kinder mit einem Säufer zurückgelassen, der gern seinen Sohn schlug.

Als ich Dakota einholte, weinte sie, und sie brauchte ein paar Sekunden, bis sie mich wieder ansehen konnte. Es ist echt merkwürdig, dass ich mich in allen Einzelheiten an den Abend erinnere. Ich hatte angefangen, mir Sorgen um sie zu machen. Manchmal dachte ich, dass sie vielleicht auch verschwinden würde, genau wie ihre Mom.

»Es gibt keinen Beweis dafür, dass sie mich nicht bei sich aufnehmen würde«, sagte sie an dem Abend.

»Aber auch keinen, dass sie es tun würde. Ich möchte nur, dass du darüber nachdenkst, wie du dich fühlen würdest, wenn sie nicht das sagt, was du hören willst … oder wenn sie überhaupt nichts sagt«, erklärte ich, als ich mich neben sie auf den knirschenden Kies setzte.

»Damit komme ich schon klar. Auf keinen Fall kann es schlimmer sein, als gar nichts zu wissen«, erwiderte sie.

Ich erinnere mich, dass ich ihre Hand nahm und sie den Kopf auf meine Schulter legte. Schweigend saßen wir da und blickten in die Sterne. In jener Nacht leuchteten sie sehr hell.

Manchmal, wie auch in dieser Nacht, fragten wir uns, warum sich die Sterne überhaupt die Mühe machten, über unserer Stadt zu leuchten.

»Ich glaube, sie wollen uns quälen. Sie machen sich über diejenigen unter uns lustig, die an elenden Orten festsitzen und ein beschissenes Leben führen«, sagte Dakota dann immer.

Und ich antwortete so was wie: *»Nein, ich glaube, sie sind hier, um uns Hoffnung zu geben. Hoffnung, dass es da draußen noch mehr gibt. Sterne sind nicht so gemein wie Menschen.«*

Dann blickte sie mich an und drückte meine Hand, und ich versprach, dass wir irgendwann und irgendwie verdammt noch mal aus Saginaw herauskommen würden.

Sie schien mir zu glauben.

»Tut mir leid, dass es so lange gedauert hat!« Durch den Nebel von Erinnerungen erkenne ich Poseys Stimme. Sie redet mit Aiden. Eine Frau in einem schwarzen Kleid hält ein Schild hoch und teilt so allen Gästen mit, dass es Zeit ist zu gehen. Während die Menschenmenge aus dem Café strömt, belausche ich das Gespräch zwischen Posey und Aiden.

Er hebt gerade sein Hemd, um sich das verschwitzte Gesicht abzuwischen, als sie sagt: »Es ist alles okay. Schließlich ist Landon ja noch gekommen.«

Posey dreht den Kopf und entdeckt mich, wie ich mit einem Lappen über die Metalltheke wische.

Und natürlich kein bisschen gelauscht habe.

»Es tut mir so leid!«, sagt Posey und kommt auf mich zu. Sie bindet sich gerade die Schürze zu, ihr rotes Haar hat sie heute zu einem Knoten hochgesteckt.

»Ich hätte schwören können, dass wir heute unsere Schichten getauscht haben. Aber ich habe wohl vergessen, dich zu fragen«, erklärt sie.

Ich schüttele den Kopf und lasse die Krümel aus dem Lappen in den Mülleimer fallen, bevor ich ihn wieder in den Putzeimer tauche. »Nein. Wir haben getauscht. Aber gestern Abend war ich irgendwie verpeilt und hab mein Handy nicht rechtzeitig geladen. Tut mir leid, dass du den ganzen Weg hierherfahren musstest.«

Sie beobachtet Aiden, und ich folge ihrem Blick. Er sieht keinen von uns an, sondern spricht mit einem Gast darüber, dass entkoffeinierter Kaffee widerlich schmeckt und vollkommen sinnlos ist.

»Das ist wie alkoholfreies Bier. Zeitverschwendung«, sagt der Mann mittleren Alters mit rauer Stimme. Er sieht aus, als hätte er heute schon ein paar Bier gehabt.

»Ich kann die Stunden ganz gut gebrauchen«, flüstert Posey mir zu. Mit einem Kopfnicken deutet sie auf den Tisch an der hinteren Wand, direkt vor dem kurzen Flur zu den Toiletten.

Ihre kleine Schwester Lila sitzt geduldig da, das Kinn auf den Tisch gestützt. »Ich habe Verstärkung mitgebracht.«

Lila greift in die Hosentasche und holt drei kleine Autos heraus. Hot Wheels vielleicht?

»Sie liebt ihre Autos.« Ich lächle das kleine Mädchen an, aber sie merkt es nicht.

Posey nickt. »O ja, das tut sie.«

»Willst du wirklich bleiben? Ich kann das auch machen. Ich habe nichts zu tun«, sage ich.

Ein schrecklich selbstsüchtiger Landon in mir wünscht sich, dass sie bleibt, damit ich abhauen und nachsehen kann, wie es Nora geht, aber das würde ich niemals laut aussprechen.

»Nee. Ist schon okay, ehrlich. Ich habe nur diese zwei Stunden heute Morgen gebraucht, weil meine Grandma einen Arzttermin hatte. Es geht ihr nicht so gut.« Posey blickt ihre Schwester an, und ich erkenne eine Spur von Angst in ihrem Blick.

Als Studentin, die in einem Café jobbt, wäre es für Posey fast unmöglich, ihre kleine Schwester nur mit ihrem Lohn durchzubringen. Ich weiß nicht besonders viel über ihr Familienleben, aber ihre Eltern werden wohl kaum auf wundersame Weise wiederauftauchen.

»Ich kann Lila ein paar Stunden mitnehmen. Ich gehe wieder nach Hause. Entweder dorthin, oder ich gehe mit ihr in den Park auf der anderen Straßenseite?«

Ich hätte nichts dagegen, eine Zeit lang auf sie aufzupassen, damit Posey die letzten zwei Stunden ihrer Schicht noch arbeiten kann.

Und es würde auch bedeuten, dass ich noch mal in meine Wohnung gehen kann.

Ich bin ein schrecklicher Mensch.

Alle paar Sekunden schaut Posey wieder nach ihrer Schwester. Sie passt unglaublich gut auf sie auf, sogar wenn sie hinter dem Tresen steht. Das kleine Mädchen sitzt noch immer genauso da, und es sieht hinreißend aus, wie sie das Kinn auf den Tisch stützt.

»Bist du sicher? Du musst das nicht machen.«

»Ich weiß«, antworte ich. »Aber ich würde gern helfen.«

Mann, dafür komme ich bestimmt in die Hölle.

Posey sieht wieder ihre Schwester an und versucht offenbar zu ergründen, wie sehr sich das kleine Mädchen langweilt. »Okay. Aber nimm sie mit in deine Wohnung. Heute ist es heiß, und wir waren schon den ganzen Morgen draußen.« Sie lacht. »Es ist noch früh, und sie braucht noch ein bisschen Power.«

»Verstehe. Ich räume noch eben die Tische ab, bevor ich gehe.«

»Danke, Landon.« Posey lächelt mich an. Ihre Sommersprossen sind heute besonders auffällig. Das sieht süß aus.

»Kein Ding.«

Ich greife nach der Schüssel, und sie hebt die Absperrung an und winkt mich durch.

Die Tische sind dreckiger denn je. Ich muss drei Mal das Geschirrtuch wechseln, um all die Kaffeeringe und -flecken zu entfernen.

Wenigstens ist die Meute verschwunden. Nur ein Kunde ist noch da, ein Hipster, der etwas in sein goldenes MacBook tippt. Er wirkt zufrieden.

Als ich gehen will, sitzt Lila immer noch auf demselben Stuhl. Das Kinn hat sie nicht mehr auf den Tisch gestützt. Stattdessen lässt sie ein kleines violettes Auto über die Tischplatte sausen, begleitet von leisen Geräuschen.

»Hey, Lila. Kennst du mich noch?«, frage ich sie.

Ihr kleines rundes Gesicht blickt zu mir auf, sie nickt.

»Cool. Willst du ein bisschen mit mir abhängen, solange deine Schwester noch arbeitet? Wir könnten zu mir nach Hause gehen? Ich habe eine Freundin, die dich sehr gern kennenlernen würde.« Ich bücke mich, bis ich auf Augenhöhe mit ihr bin, und sie blickt wieder auf ihr Auto.

»Ja.« Ihre Stimme ist leise, klingt aber trotzdem forsch.

Posey ruft nach mir, und ich sage Lila, dass ich gleich wiederkommen und sie dann mitnehmen werde.

Als ich vor Posey stehe, ist ihre Miene starr.

»Du kennst dich doch mit Kindern aus, oder? Sie ist noch so klein. Ich meine, ich vertraue dir ja, sonst würde ich sie niemals mit dir allein lassen. Aber weißt du auch, wie du mit Kindern umgehen musst? Was machst du, wenn sie Hunger hat? Oder wenn sie hinfällt und sich das Knie aufschlägt?« Poseys Stimme ist leise, und sie klingt wie eine Mom. »Du musst sie an die Hand nehmen, wenn ihr draußen unterwegs seid. Die ganze Zeit. Und sie isst nur Pommes und Kräcker mit Erdnussbutter.«

Ich nicke. »Nur Pommes und Kräcker mit Erdnussbutter. An die Hand nehmen. Aufpassen, dass sie nicht hinfällt. Sie ist zu klein, um meine Hausarbeiten für mich zu schreiben. Kapiert.« Ich grinse sie an, und sie seufzt und erwidert mein Lächeln.

»Bist du sicher?«, fragt sie noch einmal.

»Auf jeden Fall.«

»Ruf mich an, wenn irgendetwas ist«, sagt sie.

Ich nicke und versichere ihr mehrmals, dass alles gutgehen wird. Ich erzähle ihr nicht, dass mein Handy in meiner Wohnung liegt, ich aber geradewegs nach Hause gehen werde. Das würde sie nur in noch größere Panik versetzen, wenn das überhaupt geht.

Posey erklärt Lila, dass sie noch ein bisschen arbeiten und sie dann bei mir zu Hause abholen wird. Lila scheint das überhaupt nichts auszumachen.

Als ich mich von Aiden verabschiede, bemerke ich einen dunkellila Fleck seitlich an seinem Hals, gleich über dem Hemdkragen. Mein Magen verkrampft sich ein wenig, und ich versuche, mir nicht vorzustellen, welchen Typ Frau er mit zu sich nach Hause nimmt.

Auf dem Weg zu meiner Wohnung hält Lila meine Hand. Sie zeigt auf jeden Bus, jedes Polizeiauto und jeden Krankenwagen, der vorbeifährt, und benennt sie. Jedes Auto mit Lichtern auf dem Dach ist in ihren Augen ein Krankenwagen.

Wir gehen schnell, und sie ist gesprächig, obwohl sie manchmal schwer zu verstehen ist. Wenn ich mich umsehe, kommt es mir vor, als wären heute wahnsinnig viele Frauen unterwegs. Entweder das, oder Frauen schenken Männern mit Kindern tatsächlich mehr Beachtung. In den letzten zwanzig Minuten bin ich öfter gegrüßt und angelächelt worden als in der gesamten Zeit, seit ich in diese Stadt gezogen bin. Sehr merkwürdig. Es ist wie in dem Film mit dem Hund, in dem Owen Wilsons Freund seinen Welpen benutzt, um attraktiver auf Frauen zu wirken. Aber wahrscheinlich sollte ich Kinder lieber nicht mit Welpen vergleichen.

Als wir da sind, lasse ich Lila den Knopf für den Aufzug drücken und zähle die Sekunden, während er zu meinem Stockwerk hochfährt. Ich hoffe wirklich, dass Nora noch da ist.

Der Fernseher läuft, als wir zur Tür hereinkommen. Tessa ist noch auf der Couch, das Haar hat sie sich zusammengebunden. Als sie sich aufsetzt, um unseren Gast zu begrüßen, sieht sie immer noch müde aus. Sie sitzt allein dort, das sehe ich sofort.

»Oh, hi«, sagt sie und schenkt Lila ein Lächeln.

Lila winkt und zieht ihr blaues Auto aus der Tasche ihrer kleinen Jeans.

»Das ist Poseys kleine Schwester. Ich passe in den nächsten anderthalb Stunden auf sie auf.«

Das scheint Tessa aufzumuntern. Sie strahlt und winkt Lila zu. »Wie heißt du?«

Lila antwortet Tessa nicht. Sie setzt sich einfach auf den Boden und fängt an, ihr Auto über unseren kleinen bedruckten Teppich rollen zu lassen. Als sie mit dem Auto die Linien entlangfährt, gibt sie leise Geräusche von sich.

»Sie ist total süß«, sagte Tessa.

Ich nicke. »Ich stecke schnell mein Handy ein und gehe dann ins Bad. Kannst du so lange auf sie aufpassen?«

Ich suche das Zimmer zum zweiten Mal nach Nora ab und hoffe, dass es nicht allzu auffällig ist.

»Natürlich«, sagt Tessa, und ich gehe in mein Zimmer und schließe das Handy an.

Mein Bett ist nicht gemacht, und mein Laptop steht aufgeklappt neben dem Bett auf dem Fußboden. Gut, dass ich nicht draufgetreten bin, als ich heute Morgen hier herumgehetzt bin. Ich warte eine oder zwei Minuten, bis sich mein Handy einschaltet, damit ich Posey texten und ihr sagen kann, dass wir heil bei mir zu Hause angekommen sind. Kein Sturz. Keine Probleme.

Als mein Handy angeht, sehe ich, dass Nora mir geschrieben hat:

Bitte erzähl Tessa nichts. Sie kann im Augenblick kein Drama gebrauchen :/

Ich frage sie, wo sie steckt.

Als ich nach einigen Sekunden keine Antwort bekommen habe, texte ich Posey und stelle das Handy zurück. Ich werfe einen Blick ins Wohnzimmer und gehe ins Bad. Als ich mir gerade die Hände wasche, öffnet sich die Tür, und im Spiegel sehe ich Nora.

30

Ein paar Sekunden lang starre ich in den Spiegel, und Nora starrt zurück.

Sie kommt nicht näher. Sie steht nur in der Tür und sieht mir in die Augen. Ohne den Blick abzuwenden, drehe ich den Wasserhahn zu und schnappe mir ein Handtuch, um mir die Hände abzutrocknen. Sie muss in Tessas Zimmer gewesen sein, als ich gekommen bin.

»Hi«, sagt Noras Spiegelbild.

»Hi«, wiederhole ich.

Das scheinen wir heute ziemlich oft zu sagen.

»Was ist passiert?«, frage ich. Ich hatte eigentlich vorgehabt zu warten, bis sie es mir von sich aus sagt, aber offensichtlich bringe ich das nicht fertig.

Sie atmet tief ein, und ich sehe, wie sich ihre Brust hebt und senkt. Ich drehe mich um, und sie kommt herein und schließt die Tür hinter sich.

Als sie sich mir nähert, ist sie reserviert, nicht dieselbe Frau wie gestern Abend in der Küche. Sie hat die Hände ausgestreckt, aber nicht, um in mein Sweatshirt zu greifen. Ihre Lippen sind geschürzt, aber sie küsst mich nicht.

Noras Haar ist zu einem Zopf geflochten und liegt auf ihrer Schulter. Sie ist ungeschminkt, und ich bemerke einige Sommersprossen auf ihren Wangen. Ihre Augen sind müde und verraten, dass sie nicht viel geschlafen hat. Sie trägt ein weißes T-Shirt, das eine Schulter frei lässt, und schwarze Leggings. Ihre Füße stecken in Socken mit aufgedruckten Pizzen. Zum zweiten Mal sehe ich alberne Socken. Das gefällt mir.

»Mir geht's gut«, sagt Nora und leckt sich über die Lippen.

Ich nehme ihre Hand und versuche, sie näher an mich heranzuziehen. Sie zögert einen Moment, dann gibt sie nach.

Der Müllsack voller Klamotten sagt etwas anderes, Nora.

»Du siehst aber nicht so aus.« Ich hebe meine freie Hand und berühre das Ende ihres Zopfs. Sie schließt die Augen.

»Du kannst mit mir reden. Das weißt du doch, oder?« Ich lasse ihr Haar los und hebe ihr Kinn an, nur leicht, damit ich sie besser ansehen kann.

Müde blaue Ringe liegen unter ihren mandelförmigen Augen. Sie sind geschwollen, und ich bekomme Magenschmerzen, wenn ich daran denke, dass sie geweint hat. Ich fahre mit dem Daumen über ihr geschlossenes Lid, und ihre Lippen öffnen sich.

Ihre Wimpern sind so lang, dass sie mich an das Gefieder eines Vogels erinnern.

Eines sehr schönen Vogels.

Oh, meine Fantasie geht gerade merkwürdige Wege.

Sie nickt, und ich lege ihr den Daumen erneut unter das Kinn. Ihre Augen öffnen sich, gerade so weit, dass ich erkennen kann, dass sie etwas vor mir verbirgt.

Ihre Stimme ist leise, sie weicht meiner Berührung aus und sagt nur: »Ich passe schon auf mich auf.«

Ich trete einen Schritt zurück, um sie nicht einzuengen, und sie überrascht mich, indem sie nach meinem Hemd greift und mich zu sich zieht. Sie legt mir die Arme um den Rücken und vergräbt das Gesicht an meiner Brust. Sie weint nicht, steht nur da und atmet flach, ohne ein Wort zu sagen.

Ich streiche ihr mit einer Hand über den Rücken und lasse sie zur Ruhe kommen.

Nach einigen Sekunden hebt sie den Kopf und blickt mich von unten an.

»Ich möchte auf dich aufpassen«, sagt mein Herz. Und dann sagt mein Mund dasselbe.

Sie nimmt meine Worte in sich auf, unsere Blicke verschmelzen. »Ich will nicht, dass jemand auf mich aufpasst.«

Ihre Ehrlichkeit versetzt mir einen Stich, aber ich darf nicht vergessen, dass sie einige Jahre älter ist als ich und schon eine ganze Weile allein klarkommt.

»Ich will die Hilfe meiner Eltern nicht. Ich will deine Hilfe nicht. Ich will niemandes Hilfe. Ich will nur einfach klarkommen und dabei so wenig Probleme wie möglich machen. Ich mache dir nur Schwierigkeiten, sonst nichts. So bin ich eben. Und das sage ich nicht einfach so daher – ich meine es ernst, Landon.«

Sie blickt mich an, ihre Augen flehen mich an, ihr zuzuhören. *Wirklich* zuzuhören. »Ich trage zu viel mit mir herum, und ich bin nicht auf der Suche nach dem Ritter in glänzender Rüstung.«

Ich weiß nicht, was ich sagen soll. Ich weiß nicht, wie ich das in Ordnung bringen kann, und ob es überhaupt etwas gibt, das ich für sie in Ordnung bringen muss.

Ich bin es nicht gewöhnt, nicht gebraucht zu werden. Ich war immer derjenige, der alles repariert hat, aber wer bin ich sonst?

Ich weiß es nicht.

»Ich weiß, Prinzessin«, sage ich und versuche, scherzhaft zu klingen und die Spannung abzubauen, von der ich nicht weiß, wie ich damit umgehen soll.

»Iiih!« Ihr Gesicht verrät reine Empörung. »Ich bin keine Prinzessin.«

»Was bist du dann?« Ich frage mich wirklich, wie sie sich selbst sieht.

»Ein Mensch.«

Hinter ihren Worten steckt mehr als nur Sarkasmus.

»Ich bin kein Burgfräulein und keine Prinzessin. Ich bin eine Frau, die in jeder Hinsicht menschlich ist.«

Unsere Blicke treffen sich, und wieder umarmt sie mich.

»Können wir einfach noch ein paar Sekunden so stehen bleiben? Hältst du mich noch ein bisschen fest, damit ich mir merken kann, wie sich das anfühlt?«

Ich hasse es, dass ihre Worte so unheilvoll klingen, so als würde sie mir mehr sagen als einfach nur Auf Wiedersehen.

Ich antworte nicht, halte sie schweigend im Arm, bis sie mich einen Augenblick später loslässt.

»Ich wünschte, du würdest mir sagen, was los ist«, erkläre ich schließlich, als sie sich von mir löst.

Sie weicht meinem Blick aus. »Ich auch.«

Nora stellt sich ganz gerade hin und reißt die Augen auf. »Okay. Lass uns den Kuchen verzieren und Ellen den schönsten Geburtstag ihres Lebens bereiten.«

Die Veränderung kommt ganz plötzlich. Es beunruhigt mich, wie schnell sie das Thema wechseln kann.

Ich will mehr von Nora. Ich will Antworten. Ich will ihre Probleme kennenlernen, damit ich ihr eine Lösung anbieten kann. Ich will sie im Arm halten, bis sie mir glaubt, dass ich wirklich für sie da bin. Ich will ihren Schmerz wegküssen und sie zum Lachen bringen, bis sie vergisst, warum sie sich vor mir versteckt. Sie soll wissen, dass ich sie sehe, auch wenn sie das nicht will.

Ich möchte so viele Dinge, aber sie muss sie auch wollen. Und jetzt gebe ich ihr, was sie will, und setze ein falsches Lächeln auf.

»Dann los.« Ich hebe die Hand, um sie abzuklatschen, und sie lächelt.

Sie schlägt ein. »Du bist echt der blödeste Typ, den ich kenne«, sagt sie und öffnet die Badezimmertür.

Ich folge ihr. »Das ist okay für mich.«

Und schon sind wir wieder »Freunde«, einfach so.

Tessa und Lila sind noch im Wohnzimmer, als wir herauskommen. Lila spielt immer noch hingerissen mit ihrem Auto, und Tessa sitzt im Schneidersitz auf der Couch und sieht dem kleinen Mädchen mit einem breiten Lächeln zu.

Tessa sieht mich an, dann Nora, dann wieder mich. Das Misstrauen ist deutlich in ihrem Gesicht zu erkennen, aber sie sagt kein Wort.

»Lila.« Ich bücke mich, um mit dem kleinen Mädchen zu reden. »Wir verzieren jetzt einen Kuchen. Willst du mit uns in die Küche kommen?«

Lila blickt zu mir auf und greift nach ihrem Spielzeugauto. »Auto«, sagt sie mit piepsiger Stimme und hält den glänzenden Hot Wheel hoch.

»Jep. Du kannst dein Auto mitnehmen.« Ich reiche ihr die Hand, und sie ergreift sie.

»Ich mache noch ein paar Minuten die Augen zu«, sagt Tessa und legt sich wieder hin.

Ich sage, dass sie noch ein bisschen schlafen soll, und führe Lila in die Küche. Nora folgt uns.

»Hallo Süße. Wie heißt du denn?«, fragt Nora.

Ohne sie anzusehen, nennt Lila ihren Namen und setzt sich an den Tisch.

»Was für ein schöner Name. Magst du Kuchen?«, will Nora wissen.

Lila antwortet nicht.

Ich berühre Nora am Arm. Sie dreht sich zu mir, und ich halte mir die Hand vor den Mund, damit Lila nicht mitbekommt, was ich sage.

»Sie ist Autistin«, erkläre ich.

In Noras Gesicht zeichnet sich eine Erkenntnis ab, sie nickt und setzt sich neben Lila an den Tisch.

»Cooles Auto«, sagt sie.

Lila lächelt, lässt das Auto über Noras Hand rollen und sagt: »Brumm brumm.« Ich betrachte das als Ausdruck ihrer Zustimmung.

»Weißt du noch, wie man die Glasur macht?«, fragt Nora mich von ihrem Platz am Tisch aus.

Ich nicke. »Puderzucker, Butter, Vanille und noch etwas …«

An die letzte Zutat kann ich mich nicht erinnern, obwohl wir das Zeug gestern Abend *zwei Mal* angerührt haben.

»Milch.«

Ich nicke. »Genau. Milch. Und siebzehn Tropfen Lebensmittelfarbe.«

Sie wirft mir einen scharfen Blick zu. »Einen oder zwei Tropfen.«

»Okay, also zehn. Ich hab's kapiert.«

Lachend verdreht sie die Augen. Mir fällt auf, dass sie plötzlich wieder leuchten und lebendiger wirken. »*Zwei* Tropfen.«

Ich gehe zum Küchenschrank und hole die Packung mit der Lebensmittelfarbe heraus. »Also, wenn ich alles richtig machen soll, brauche ich vermutlich jemanden, der mich beaufsichtigt. Kennst du irgendeinen Bäcker?«

Da hast du es, Konditorin.

Sie schüttelt den Kopf. »Nee. Ganz sicher nicht, sorry.« Ein verspieltes Lächeln lässt ihr Gesicht strahlen.

Ich seufze dramatisch und nehme eine neue Packung Puderzucker aus dem Schrank.

»Zu schade. Ich kann nicht versprechen, dass ich das hier nicht vergeige.«

Nora betrachtet mich belustigt. »Er ist ein schrecklicher Bäcker«, flüstert sie Lila laut zu.

Lila blickt sie an und lächelt.

Ich drohe den beiden mit einem großen Löffel. »Hey, wehe, ihr verbündet euch gegen mich.«

Nora lacht.

Ich steuere auf den Kühlschrank zu und nehme Milch und ein Stück Butter heraus, dann hole ich die Rührschüssel aus dem Geschirrspüler. Ich weiß noch, wie die Glasur gemacht wird.

Glaube ich jedenfalls …

Nora bleibt ganz ruhig, als ich anfange. Nachdem ich Zucker und Butter vermischt habe, füge ich Vanille und Milch hinzu. Vorsichtig lasse ich zwei Tropfen grüne Lebensmittelfarbe hineinfallen, und Nora klatscht in die Hände, als ich alles in der silberfarbenen Edelstahlschüssel verrühre.

Nach einer Minute des Schweigens steht Nora auf und kommt zu mir. Sie wickelt den Kuchen aus, und ich tauche den Löffel in die Glasur und verteile sie auf dem Vanillekuchen.

»Wow. Sieh mal einer an. Jetzt verzierst du den Kuchen ganz allein. Du hast es weit gebracht, Greenhorn.«

Ich lache, und sie stößt mich mit der Schulter an.

Dann mustert sie Lila. »Wer ist sie eigentlich? Ich hab ganz vergessen, dich das zu fragen.«

»Sie ist die Schwester meiner Freundin Posey. Posey musste heute Morgen arbeiten, und da habe ich ihr angeboten, auf sie aufzupassen. Ungefähr in einer Stunde kommt sie und holt sie wieder ab.«

Nora blickt mich auf ihre typische Art an, und ich habe das Gefühl, dass sie meine Gedanken lesen kann. Mein Puls beschleunigt sich.

»Du bist etwas ganz Besonderes, Landon Gibson«, sagt sie zum zweiten Mal innerhalb von zwei Tagen.

Ich erröte, und es ist mir sogar egal, ob sie es merkt.

»Du gehst gut mit ihr um.« Ich deute mit dem von grüner Glasur bedeckten Löffel auf Lila.

»Ich? Mit Kindern?«, fragt Nora aufrichtig überrascht.

»Ja«, sage ich und stupse ihr mit dem Zeigefinger auf die Nasenspitze.

»Mach mich nicht nach!« Sie dreht ihre Schultern, sodass sie mich anblickt, nur Zentimeter von meinem Gesicht entfernt.

Ich streiche mit dem Löffel über den Kuchen und achte darauf, auch die Ecken zu erwischen. »Ich habe keine Ahnung, wovon du redest.«

Ich blicke zur Decke und dann wieder auf den Kuchen.

Erneut stößt Nora mich mit der Schulter an. »Lügner.«

»Ich bin ein Lügner, und du hast Geheimnisse. Das ist dasselbe …«

Die Worte sind heraus, bevor ich sie aufhalten kann, und ich hasse die Art, wie sich ihr Gesichtsausdruck sofort von sorglos zu reserviert verändert.

»Das ist nicht dasselbe. Geheimnisse sind etwas anderes als Lügen«, verteidigt sich Nora.

Ich drehe mich zu ihr und lege den Löffel auf dem Rand der Kuchenform ab. »So habe ich es nicht gemeint. Es tut mir leid.«

Nora sieht mich nicht an, aber ich spüre, dass ihr Misstrauen mit jedem Atemzug geringer wird. Schließlich fragt sie: »Versprichst du mir etwas?«

»Was immer du willst.«

»Versuch nicht, mich zu ändern.«

»Ich …«, setze ich an, verstumme aber gleich wieder.

»Versprich es mir.« Sie gibt nicht nach. »Versprich mir das, und ich verspreche dir, dass ich dich nicht anlügen werde.«

Ich mustere sie. »Aber Geheimnisse hast du trotzdem?«, frage ich und kenne die Antwort bereits.

»Keine *Lügen.*«

Ich seufze und gebe mich geschlagen. Ich will nicht, dass sie ihre Geheimnisse für sich behält.

»Eine andere Möglichkeit gibt es nicht?«, frage ich und kenne auch diesmal bereits die Antwort.

Sie nickt.

Ich denke ein paar Sekunden über ihren Vorschlag nach. Wenn dies die einzige Möglichkeit ist, ihr näherzukommen, habe ich keine andere Wahl.

Ich weiß nicht, ob ich dieses Versprechen halten kann, aber es ist meine einzige Chance. Ich atme tief ein und nicke langsam. »Ich verspreche dir, dass ich nicht versuchen werde, dich zu ändern.«

Sie atmet aus, und ich hatte gar nicht gemerkt, dass sie die Luft angehalten hat.

»Und jetzt du.«

Diesmal ist sie es, die zögert. »Ich verspreche, dass ich dich nicht anlügen werde.«

Sie hält mir den kleinen Finger hin, und ich hake meinen ein.

»Jetzt ist es ein Pakt. Brich ihn nicht«, warnt sie mich.

Ich werfe Lila einen Blick zu. Zufrieden sitzt sie mit ihrem Spielzeugauto am Tisch.

»Und was passiert, wenn doch?«

»Dann verschwinde ich.«

Noras Worte sind schneidend wie Rasierklingen, und ich weiß ohne jeden Zweifel, dass sie es ernst meint.

Danksagung

Dieses Buch habe ich schon vor einiger Zeit geplant, noch bevor ich überhaupt mit einem Verlag über die *After*-Serie sprach. Ich schrieb auf Wattpad und wusste nicht, was ich mit meinem Leben anfangen sollte. Und ich konnte es kaum erwarten, mit dem Buch loszulegen und mich in Landons Kopf hineinzuversetzen.

Als ich mich dann endlich hinsetzte und schrieb, wunderte es mich, wie wenig Spaß es mir machte. Ich mochte die Geschichte, aber sie fühlte sich komisch an, als würde etwas fehlen; nur wusste ich nicht, was. Ich tippte und tippte, in Hotelfoyers und vollen Coffeeshops, doch jedes Mal, wenn ich den Text danach las, kam er mir unecht vor, als würde ich meine Geschichte lesen, aber geschrieben von jemand anderem. (Stellt euch Fan-Fiction vor, nur weniger gut.)

Der Abgabetermin rückte näher, und ich wusste, dass die Story okay war, nur machte sie nicht so viel Spaß wie die erste Serie. Ich durchlief Phasen, in denen ich dachte, »OMG, bin ich überhaupt eine Autorin?« oder »Was ist, wenn *After* meine einzige Geschichte war?«

Dann jedoch fing ich an, Auszüge an eine kleine Gruppe von Freunden zu schicken, die meine Leser gewesen waren, als ich mit dem Schreiben anfing, und inzwischen zu meinen besten Freunden geworden waren. In dem Moment, in dem sie die Teile lasen und mir ihr Feedback schickten, machte etwas in mir klick. Es war so cool, ihre Reaktionen und Meinungen zu hören, auch wenn die meisten von ihnen waren: OMFGGG. (Danke Bri, Trev, Lauren und Chels. Ich liebe, liebe, liebe euch, Leute.)

Kurz darauf fing ich an, die Geschichte zu überarbeiten und praktisch die ganze erste Version zu streichen, aber ich hatte immer noch ein kleines Problem. Ich wollte die Kapitel, größtenteils live, auf Wattpad schreiben, ehe ich sie an meinen Verlag schickte. Diese Vorgehensweise ist sooo ungewöhnlich und offen gesagt auch ein bisschen beängstigend für Verlage. Ich verstehe das auch, trotzdem hatte ich das Gefühl, dass das Schreiben auf Wattpad entscheidend war. Ich mag es sehr, öffentlich zu schreiben, die Kommentare, den Adrenalinschub, wenn ich ein neues Kapitel poste.

Einen Autor stellt man sich als jemanden vor, der in Einsamkeit und Stille schreibt und nicht mal davon träumen würde, tausenden Lesern seine Arbeit zu zeigen, bevor der Verleger sie zu Gesicht bekommt. Kurz bekam ich Panik und drückte die Daumen, dass mein Verlag mich verstehen und zumindest darüber nachdenken würde.

Ich hielt den Atem an und erklärte meinem Lektor, Adam Wilson, meine Situation. Das Erste, was er sagte, war: »Das ist absolut sinnvoll.« Und ich hätte schreien können, so glücklich war ich. Er hat es verstanden, versteht es, hat schon immer erkannt, dass nicht alle Autoren gleich sind. In dem Augenblick, in dem ich ihn kennenlernte, wusste ich, dass er mich verstand. (Das Wort dürfte ich jetzt an die zehn Mal benutzt haben, LOL.)

Adam ist immer so offen und interessiert an den neuen und einzigartigen Formen des Schreibens. Er weiß, dass Autoren aus dem Netz anders sind, und er hat mir nie das Gefühl gegeben, ich müsste dem Bild eines traditionellen Autors entsprechen. Er bestärkt mich immer in meinen Eigenarten und lobt meine Fähigkeit, Dinge auf meine Art zu tun. Die Verlagsbranche kann sich glücklich schätzen, jemanden wie ihn zu haben.

Also muss ich dir unbedingt danken, Adam, und zwar 39 394-fach. Danke für deine Geduld und dafür, dass du mir immer den Rücken freihältst. Ich kann mir nicht vorstellen, ohne dich ein Buch zu schreiben.

Ashleigh Gardner: Danke, dass du mir immerzu Rückendeckung gibst und eine treibende Kraft in der Modernisierung des Verlagswesens bist.

Ursula Uriarte: Danke, dass du mein Gehirn und meine beste Freundin bist. Und dass du mir immer Malec-Gifs schickst, wenn ich gestresst bin. Ohne dich würde ich alles vergessen.

Aron Levitz: Danke, dass du mich so toll rausbringst. Und jetzt pack das Buch weg und mach VERDAMMT NOCHMAL URLAUB. *Bunny Emoji*

Wattpad: Danke, dass ihr meine Heimat seid.

Jen Bergstrom: Danke, dass du mich so bereitwillig Neues ausprobieren lässt. Es bedeutet mir viel und macht mich richtig glücklich. Ich liebe alle bei Gallery so sehr.

Danke an die Leute aus Lektorat und Herstellung – ihr Leute seid der Hammer und habt ein unglaubliches Tempo.

Ein riesiges, gigantisches, ganz fettes Dankeschön an meine ausländischen Verlage, die immer so hart für mich arbeiten. Es war unglaublich schön, viele von euch kennenzulernen, und ich bin sehr dankbar, dass ihr so viel für mich tut.